팔순의 언론인이 회한으로 되돌아보는 삶의 여정

# 구름따라 인생도 흘러

윤여덕 지음

우리책

초판 1쇄 인쇄 | 2012년 9월 15일
초판 1쇄 발행 | 2012년 9월 20일

글 | 윤여덕

대　표 | 김남석
펴낸이 | 김정옥

펴낸곳 | 우리책
주　　소 | 135-231 서울시 강남구 개포로 140길 8 (일원동 640-2)
전　　화 | (02)2236-5982
팩시밀리 | (02)2232-5982
등록번호 | 2002. 10. 7. 제2-36119호

값 12,000원



ISBN | 978-89-90392-30-5　03810

잘못 만들어진 책은 바꾸어 드립니다.

구름따라
인생도 흘러

# 머리글

　이번에 이 에세이집을 내면서 "무슨 일을 그리 했다고 '자서전' 까지"라고 평소 입바르다는 소리를 듣는 한 집안 식구의 냉소(冷笑) 섞인 반응에 지금 껏 잊고 살던 나 자신을 다시 한 번 되돌아보게 되었다. '자서전'이라고 하니 까 쉽게 떠올렸음직한 품격(品格) 높은 위인들의 전기(傳記) 정도는 아니라 할지라도 그래도 뭔가 이 사회를 위해 공헌(貢獻)하거나 기여(寄與)한 것을 상정(想定)했을 법 한데 그런 점에서 보면 그의 지적이 좀 따갑긴 했지만 그 렇다고 노상 섭섭해 할 일만은 아니라는 생각을 하게 되었다.

　춘치자명(春雉自鳴)이라고 봄이 되면 스스로 울어대는 장끼란 놈처럼 무 심코 마냥 울고 싶어졌는지 모른다. 덕지덕지 개칠하다시피 살아온 80 평생 을 글자 그대로 취생몽사(醉生夢死)에서 헤어나지 못하고 있는 자신이 너무 도 한심하고 부끄러워 풀덤불 어리삼아 마냥 울고 싶어졌는지도 모른다. 그 럼에도 불구하고 굳이 이 책을 내는 이유는 마지막 남은 한 가닥 양심의 발 로(發露)일게다. 말하지 않고는 도저히 베길 수 없는 '임금님 귀는 당나귀 귀'처럼 말이다.

　아버지는 지금껏 내 마음의 심연(深淵)속에 깊이 잠들어 있던 아득히 먼 기억의 '잠금장치' 이자 '탑 시크리트' 이었다. 그것을 이번에 깨버린 것이다. 해방 이후로만 쳐도 근 70 년만의 '해금(解禁)' 이다. 한 사상(思想)의 신봉자로서의 아버지 이전, 내 마음 속에 깊이 각인(刻印)되어있는 육친(肉親)에 대한 소중한 기억들을 되살려본 것이다. 울긋불긋한 감나무 옷으로 위장한 포수와 여우 이야기를 어릴 적 잠자리에서 곧잘 들려주시던 아버지, 밤중에 땀내기 재 마루에서 황소 숨소리를 내던 호랑이를 순간의 기지(機智)로 퇴치시켰다는 무용담(武勇談)을 들려주시던 아버지, 1년에 4번 있는 선대 할머니 할아버지 제사 때마다 강경서 20리길이 짱짱한 뒷갓(낭산면) 할아버지 댁까지 제수(祭需) 꾸러미를 지팡이에 메달아 울러 메고 으슥한 밤길을 앞장 서 가시면서 조상 이야기를 곧잘 들려주시던 아버지, B-29의 기관총 사격을 몸으로 막고, 학질(말라리아)에 걸리면 이름만 들어도 무서워서 도망치게 한다고 루스벨트 스탈린 처칠 등 전 세계의 현역 정치인들 이름을 붓으로 써서 등에 부쳐주시던 아버지는 해방되던 해 내가 중학교(현 고등학교) 시험 보러 대전으로 올라갈 때 한창 창궐(猖獗)했던 호열자(虎列刺 콜레라) 예방한다고 마늘과 식초를 싸가지고 기차에 오르셨다. 목조 교사 2층 벽에다 써 붙인 합격자 발표 명단에서 내 이름을 발견하시고는 내 손을 꼭 잡은 체 어린애처럼 기뻐하시던 아버지의 모습을 나는 영원히 잊지 못할 것이다.

　"넌 여난(女難)의 상(相)이야"

　중학교에 갓 입학하여 기숙사 생활을 막 시작할 무렵 룸메이트였던 한 고학년(구제 중학 5학년) 선배가 들려주던 이 한 마디 말을 나는 지금도 또렷이 기억하고 있다. 그러나 그 때는 솔직히 정확한 뜻조차 몰랐던 사이비(似而非) 도인의 방언고론(放言高論) 쯤으로 생각했던 이 말이 내 인생에 이처럼 숙명적인 족쇄가 될 줄은 미처 몰랐다. 그렇다고 거친 직업 탓을 하는 것은 아니지만 고삐 풀린 망아지처럼 외롭게 떠돌다 지친 가슴에 한 번 지핀  무명(無明, 탐욕과 성냄과 어리석음)의 불길은 끝내 내 온 몸과 마음을 산산이 헤집어 놓고 말았다. 돌이켜보면 나의 80평생은 이렇게 두 여인 사이를 방황하고 끄달리며 산 노생(盧生)의 신(新) 황량몽(黃粱夢, 메조밥을 짓는 사이 80년간의 영화로운 꿈을 꾸다)같은 무상(無常)한 삶이었다고 해도 과언이 아니다. 올 데 갈 데 없는 자업자득(自業自得)의 업보(業報)인 것을 수원수구(誰怨誰咎)할 게제는 아니지만 결국에는 두 여인들까지 모두 다 먼저 보내고 이제는 다시 외톨이로 돌아온 빈털터리 신세가 되고 말았다. 무엇보다도 노심초사(勞心焦思)하며 마냥 흘려보낸 그 수많은 시간들을 생각할 때마다 지금도 가슴을 후벼 파 듯 에어오는  깊은 회한(悔恨)을 주체할 길이 없다. 그렇다고 몇 백 년을 살 것도 아닌데 단 한 번뿐인 생(生)을 걸고 마치 도박판에서 베팅을 하듯  흔전만전 허망하게 날려버렸으니…. 때늦은 자책과 돌이킬 수 없는 무모(無謀)에 스스로 생각해 보아도 너무 어처구니가 없다. 말과 글로는 곧잘 절제(節制)와 균형(均衡)의 미덕을 되뇌면서도 현실에서는 정 반대의 길을 걸었던 나는 이미 구제불능(救濟不能)의 독선(獨善)과 아집(我執)의 포로가 되어있었던 것이다.

그래서 후생(後生)들에게만은 나의 이런 어리석은 전철(前轍)을 되밟지 않고 경계(警戒)로 삼을 반면교사(反面敎師)를 자천(自薦)하는 의미에서 주제(主題)가 있는 나의 가족사와 그동안 여러 매체(媒體)에 발표했던 기억에 남을 만 한 글들을 한데 모아 단출한 한 편의 소품(小品)으로 엮어보았다. 이 글모음에 굳이 이름을 붙이자면 "팔순기념 자전적(自傳的) 에세이집"이라고 부르고 싶다.


2012. 9. 경기도 안양 박달로 우거(寓居)에서

德泉  尹汝德 삼가 씀.

# 목 차


들어가는 말 … 4

4월이 오면 … 10

한라(漢拏)의 녹선(綠線)을 기다리며 … 13

이름 모를 들꽃 숲에 묻힌 시비(詩碑) … 21

할머니의 팔베게 … 28

할아버지가 이름을 바꾼 이유 … 35

백의(白衣)의 사제(司祭) … 39

사학(私學)의 요람(搖籃), 종학당(宗學堂) … 42

구름 따라 인생도 흘러 … 49

땀내기재의 추억 … 52

울 할아버지 … 61

태(胎)자리 … 64

논두렁 공부 … 69

르네상스의 산실(産室), 안산(安山) … 73

조선 가사(歌辭) 문학의 메카, 담양(潭陽) … 79

추사(秋史), 검여(劍如)의 서맥(書脈) … 87

백두산 천지(天池)에서 맞은 8·15 … 95

선춘령(先春嶺) 가는 길 … 103

다시 가 보고 싶은 연희(延禧) 동산 … 109

잊을 수 없는 동문 … 115

마지막 자유인 … 118

미리 써둔 명정(銘旌) … 121

감사 결핍증(缺乏症) … 126

"하나님 믿으세요." … 131

홍익인간과 평등사상 … 138

마당 꺼지는 데 솥뿌리 걱정하는 사람들 … 144

보통명사 기원(紀元)은 서기(西紀)가 아니다 … 150

N선생께 드리는 글 … 155

광화문=光化門이 될 수 없는 이유 … 159

시험복(試驗福) … 166

빛바랜 흑백(黑白) 사진 … 170

어두운 시대의 아픔, 그 마지막 가사 … 176

상전벽해(桑田碧海), 평창(平昌) … 179

노블리스 오블리주의 성지(聖地), 김천(金泉) … 185

Y맨의 사랑방 … 191

원점(原點)으로의 회귀(回歸) … 196

일본에 대한 가장 큰 오해 … 203

많은 안양시민들이 걱정하는 것은 … 211

화곡동 … 214

임종기(臨終記) … 221

복사골 사계(四季) … 225

이별 연습 … 231

단군 저작상(著作賞)을 받고 … 234

# 4월이 오면…

나의 봄은 백로(白鷺)들의 군무(群舞)와 함께 열린다. 희끄무레 얼부풀었던 하늘이 유리창에 수놓았던 빙화(氷花)와 함께 녹아내리고 파란 속살을 드러내는 4월 초순이 되어야 그들은 돌아온다.

그들의 길마중이라도 하려는 듯 엊그제 밤을 도와 내린 비가 겨울가뭄으로 찌든 땟국을 구석구석 말끔히 씻어내어 예년에 없이 맑은 하늘을 선보일 모양이다.

먼 남국의 여로에서 돌아와 미처 여진(旅塵)을 떨칠 겨를조차 없이 고향 하늘가에 둥지를 트는 것이 그들의 오랜 습성으로 정착되어 있었다.

그들의 도래지는 전국 곳곳에 흩어져 있다. 남으로는 삼천포 학섬을 비롯하여 하동(河東), 전북 임실(任實), 조치원(鳥致院), 공주(公州), 경기지방의 여주(驪州), 강원도 횡성(橫城) 등지까지 그들은 이맘때면 어김없이 고향을 찾는 귀성객처럼 날아든다.

당나라 시인 최호(崔顥)가 황학(黃鶴)을 노래하며 백운(白雲)을 대구(對句)로 삼았듯이 백학(白鶴)은 청송(靑松)이라야 제 격이다. 그 색조(色

調)의 배합과 대조가 이처럼 완미하게 어울리기도 드물 것이다.

엷은 백사(白紗) 자락보다도 더 눈부신 백로의 양 나래가 부채 살 모양으로 활짝 펴지면서 푸르디푸른 하늘 색 물감이 금시 베어들 것만 같다. 신선처럼 유연하고 유려(流麗)한 자태에 서린 귀태(貴態)로 해서 백로는 그리도 고고한 기품을 뽐내며 장생하는 영물(靈物)로 일컬어지는 가보다.

망향의 슬픈 사연을 간직한 듯한 긴 목이 그토록 어울리는 것은 연미복 신사의 시원스레 뻗은 다리 때문일 것이다.

그놈의 기질은 무척이나 낙천적이다. 외솔나무 가지에 둥지를 틀면서 곧잘 사랑을 나눈다. 사랑의 기쁨으로 작약(雀躍)하는 그들의 모습에서 사랑의 농도(濃度)를 가늠할 수가 있다.

사랑이 무르익을 때면 솜털마냥 하늘하늘한 깃털 하나까지도 뽀얗게 세우고 부리를 비벼대며 애무한다. 기지개를 켜며 몰려드는 춘곤(春困)에 온 몸이 녹아내릴 것 같은 오후, 이 황홀한 자연의 섭리(攝理)에 나는 그만 취해버리고 만다.

꿈결 같은 사랑의 계절이 지나고 나면 그들은 새 생명의 탄생을 준비하기에 바쁘다. 새끼들은 스스로 알집을 깨고 나온다. 아직 깃털이 채 여물지 않아 맨살 바람으로 그 연한 부리를 하늘을 향해 한껏 벌이고 있는 모습에서 약동하는 생명의 외경(畏敬)을 느낀다.

보통 수놈이 둥지를 지키고 암놈이 먹이를 찾아 나선다. 때로는 농약에 오염된 먹이를 잘못 먹고 영영 돌아오지 않는 어미를 기다리다 지쳐 목을 빼문 채 숨진 새끼들의 참상을 대할 때도 있다.

공해는 이렇듯 자연을 파괴할 뿐만 아니라 가뜩이나 메마른 인간의 정서까지도 황폐화시킨다. 게다가 또 한여름의 사나운 풍우(風雨)에 부대끼며 그들은 자란다. 그리고 그들은 여름이 가기 전에 벌써 대양을 건널 차비를 해야만 한다.

처음에는 어미를 따라 나르다가 저 혼자서 날을 수 있게 되면 이번에는 어미 대신 먹이를 물어 나르는 훈련을 하게 된다. 마치 청소년들이 한 사람 몫의 성인이 되기까지 어린이도 아니고 어른도 아닌 복잡한 훈련과 학습의 긴 경계인(境界人) 시대를 거치는 것처럼 그들은 한 마리의 백로가 되기 위해 이토록 피나는 수련을 쌓고 있는 것이다.

그들의 모습이 유난히 풍요롭고 아름다워 보이는 것은 이처럼 험난한 시련 끝에 얻어진 값진 삶 때문인지도 모른다.(한청,1988.4월호)

양 날개를 활짝 펴고 사랑의 밀어(密語)를 나누는 백학 한 쌍(안혜자 촬영)

# 설선(雪線) 따라 녹선(綠線)따라

제주도에서 걸려온 전화를 받는 순간 처음에 나는 내 귀를 의심했다. 외딴 섬 길바닥에 쓸어져 내 이름을 부른다는 병든 노파는 분명 나의 어머니였기 때문이다. 그러나 그 이산(離散)의 아픔이 너무도 긴 13년이란 세월의 무게 때문인지 도무지 감전(感電)이 되질 않는다. 오히려 얄밉도록 담담해지는 나 자신을 발견하고 스스로에게 놀라지 않을 수 없었다.

## 세월의 장벽에 가려

4.19 나던 해 그달 초순 어느 날로 기억된다. 하루가 다르게 가열되어 가던 학생 데모로 그 때만 해도 조석 간을 발행하던 신문사 편집국은 밤낮이 따로 없었다.

박하기로 소문 난 H신문사 월급 가지고는 사글세 방 신세 면하기도 어렵다고 예나 지금이나 투기성이 강한 김장 배추장사에 손을 대 남의 돈을 자포 낸 어머니는 그 담 집을 나가 3개월여나 소식이 끊어졌다가 이 날 연락이 온 것이다. 그러나 이날 모자간의 만남이 그 긴 헤어짐의 마지막 자리가 될 줄은 나도 미처 몰랐다. 그리고 13년이 흐른 것이다. 말이 13년이지 강산이 변하고도 남을 이 기나긴 세월 동안에 나는 결혼을 하고 자식을 둔 가장이 되어 있었다.

어머니에 대해서 좀 더 자세히 말하기 위해서는 이야기를 다시 어릴 적으로 되돌려야 할 것 같다. 경상도(거창 居昌)에서 그런대로 유복한 유소년 시절을 보낸 나는 해방되기 바로 전해에 나의 교육을 위한 아버지의 뜻에 따라 그 때만 해도 대처(도회지) 소리를 듣던 강경(江景)으로 나왔다. 지금은 조그만 포구로 영락되고 말았지만 일찍이 그 시장의 규모가 원산(元山)과 맞먹었달 정도로 번창했던 곳이다.

## 대처 바닥을 밟고

평양 대구와 함께 조선의 3대시장의 하나로 교과서에까지 오른 강경은 당시 운송수단의 주종을 이루었던 철도와 하운(河運)을 겸비한 요충이었다. 외항인 군산(群山)을 거쳐 강경까지는 주로 범선을 이용하여 수산물 등을 들여와서는 내륙 지방으로 풀어먹이는 목젖과 같은 구실을 했던 곳이다. 그리고 논강(論江) 평야와 호남평야 일대에서 생산된 농산물은 일단 이곳에 집결되었다가 역시 배와 철도편을 이용하여 외지로 실려나가는 그 때로서는 최적(最適)의 물류시스템을 갖추고 있었다. 이 루트가 바로 일제의 수탈 통로이기도 했다. 지금까지도 일본식 건물이 더러 남아있는 이 도시에는 그래서 일본인들이 특히 많이 살았다.

금강 본류에서 너비 10여m의 인공 운하와 곧장 연결되는 미창(米倉, 대한통운의 전신) 창고가 숲을 이루고 높다란 급수탑(給水塔)이 솟아 있는 기차역 구내는 늘 들고 나는 화차로 북적 댔다.

과문(寡聞)의 탓인지 몰라도 강경은 해방 직전 남한 일대에서 미군기의 폭격을 당한 유일한 도시로 알고 있다. 어릴 때 들은 말로는 총독이 암행순시 나온 것을 미군이 탐지하고 공격했다고 하는데 그 보다는 이곳이 물류 중심지였기 때문에 특히 하운(河運)과 철도를 겨냥한 병참선(兵站線) 공격이 아니었나 여겨진다.

## 몸으로 막은 기총 소사

역에서 얼마 떨어지지 않은 전매청 관사 건물에서 살았던 나는 처음에는 총탄 막이가 잘 된다는 솜이불을 뒤집어쓰고 있다가 양철 지붕을 사정없이 볶아대는 기관포 소리에 놀라 밖으로 뛰쳐나와 집 앞 옥수수 밭으로 뛰어들었다. 이 때 아버지가 땅바닥에 찰싹 엎드린 내 등에 포개 엎드려 총탄막이 방패가 되셨는데 후둑후둑 소리를 내며 옥수수 이파리를 스치고 지나가던 기관포탄 소리가 50여 년이 지난 지금까지도 두 귀에 쟁쟁하다.

그 시각 시장에 나가셨다가 공습을 당한 어머니는 경황 중에 방학인 줄도 잊고 학교로 달려가 나를 찾았으나 보이질 않자 양 손에 고무신을 벗어들고 모두들 방공호로 대피한 뒤의 쥐죽은 듯 고요한 거리에서 내 이름을 부르며 대성통곡하셨다는 사실을 뒤에 짓궂은 한 반 친구들이 어머니 흉내를 내며 놀려대는 바람에 비로소 알게 되었다.

해방이 되면서 아버지는 이른바 사상운동에 뛰어들었다. 10 대 후반부터 이념서적에 심취했었다는 아버지는 독서클럽 활동을 하다가 옥고를 치른 뒤부터 사회주의에 경도(傾倒)되어 해방 후에는 그 연장선상에서 자연스럽게 좌익 운동의 일선으로 나서게 된 것 같다.

## 아버지의 잦은 감옥행

### "너의 아버지는 진짜 공산주의자도 못돼"

민주당 정권 때 잠시 문교부 장관을 지낸 대부 벌 되는 집안 어른이 언젠가 나에게 하시던 말씀이 생각난다. 아버지와 비슷한 연기(年氣)로 어려서 서당에서 함께 공부했다는 이 대부 말씀이 아버지처럼 그렇게 보학(譜學, 족보 등 가계 家系를 밝히는 학문)에 밝은 사람이 어떻게 신분이나 반상(班常) 계급 타파를 제 일의(一義)로 삼고 있는 공산주의자와 상용(相容)할 수 있겠느냐는 것이다. 말하자면 진짜 골수(骨髓)는 못 된다는 뜻이다.

그리고 보니 해방이 되자마자 제일 먼저 3.8선을 넘어 평양 근교 대동(大同) 탄광까지 가서 일제 때 모집해갖고 간 석탄광부들과 그곳에 살고 계시던 큰 아버지 댁 식구들을 솔가(率家)하여 다시 사선(死線)을 넘어 남으로 내려오신 분이 바로 아버지다. 전래의 장자(長子) 가계 계승도 이루어드리기 겸해서 부여 석성(石城)이라는 곳에 가대(家垈)까지 마련하여 조부모님과 합산을 시켜 들였다.

그러나 이 무렵부터 지하운동에 들어간 아버지는 감옥행이 잦아졌고 옥바라지 하며 집안 살림을 어머니가 홀로 떠맡게 되었다.

일제 때부터 입던 검정 몸뻬 차림 그대로 식량이 귀했던 때라 쌀장수에서부터 건어물 무명 삼베 등에 이르기까지 돈이 되는 것이면 무엇이던지 닥치는 대로 산지(産地)에서 때어다가 외지에 내다파는 도부장수로 변신을 한 것이다. 제주도에도 이 때 베를 팔러 다니면서 그 고장 문리와 길속을 익히게 된 것 같다. 그 유명한 4.3 사건 때는 시체가 더미로 쌓인 한라산 중 산간 지대 참호 속에서 구사일생으로 살아 돌아오신 적도 있다.

## 몸뻬 입고 도부장수로

보통 제주도는 한 행보에 한 달 기한을 한다는데 두 달이 지나도록 안 돌아오시자 모두들 사건의 와중에서 돌아가신 게 틀림없다고 체념들을 하고 있었다. 그러던 어느 날 저녁 봉두난발(蓬頭亂髮)에 거의 탈진상태가 되어 돌아오셨다. 옷에는 이가 하도 많아 손톱으로 일일이 잡을 수 없어 옷 말기를 잡고 손바닥으로 훑어 내렸달 정도다.

내가 구제 중학 5학년 때 6.25가 일어났다. 대전으로 이사 와서 살 때다. 이 해 4월 어느 날 아버지는 서울에서 적발된 한 사건에 연루되어 또다시 잡혀가는 몸이 되었다. 양 손에 수갑을 찬 채 그러나 조금도 움추린 기색 없이 "걱정 말고 공부 잘하라"는 마지막 말씀을 남기신 채 사복형사에게 이끌려 옛 대전역 출찰구를 빠져나가시던 아버지 모습이 지금도 눈에 선하다. 그것은 영원히 내 머릿속에 각인(刻印)되어있는 37 세의 아버지 모습이다.

서대문 형무소에 수감 중 북한군의 서울 점령으로 풀려난 아버지는 그 담 저들의 군복으로 갈아입고 선발대로 편성되어 남하, 강경 주변의 가까운 친척들을 두루 찾아보고 호남 지방으로 내려간 뒤 영영 소식이 끊어졌다. 친 대소가가 집성촌을 이루고 사는 낭산(朗山)에서 며칠을 묵었다고 하는데 이 때 인근 채운(彩雲)이라는 곳에 나를 데리고 피난 나와 있던 어머니를 찾아 내외분이 마지막 해후(邂逅)를 하셨다고 한다. 그러나 어머니는 나에게는 끝내 아버지의 동정(動靜)에 대해서는 발설하지 않으셨다. 지금 와서 생각해보면 아버지는 어차피 돌아올 수 없는 몸임을 안 이상 거기다가 자식마자 잃을 수는 없다는 생사의 기로에서 선택한 모성보호본능의 발로였던 것 같다.

## '치마 두른 장부(丈夫)'

집안에서는 어머니를 '치마 두른 장부' 라고 곧잘 불렀다. 외아들인 나를 웬만한 남자도 엄두를 못 내는 일류 대학에 진학시킨 일을 두고 모두들 입에 침이 마르도록 칭찬하는 말 가운데 하나다. 이런 어머니께서 내가 대학만 나오면 그 모진 고생을 얼마쯤은 덜어 주리라는 기대를 왜 하시지 않았겠는가. 그러나 대학을 졸업하고 세칭 일류 신문사라는 데 취직을 했는데도 수입은 여전히 바닥을 헤매고 있는데다 전에 없던 술타령에 예사로 밤샘까지 하는 날이 잦아지자 믿었던 도끼에 발등 찍히는 격으로 자연 환심(換心)이 될 수밖에 없었을 것이다. 결국 어머니가 집을 나가게 만든 동기를 자식인 내가 제공한 셈이 되었다.

실로 13 년 만에 이룬 모자 상봉의 기쁨도 잠시, 이미 병이 깊어 질대로 깊어진 몸으로 집에 돌아오신 어머니는 꼭 6개월을 함께 사시다가 환갑을 1년 앞두고 돌아가셨다. 유신(維新)이 선포되던 해(1972) 음(陰)7월 27일이다. 그리고 꼭 40년만인 2011년 10월3일 장흥(長興, 남양주군) 유택(幽宅)을 떠나 양동(陽東, 양평군) 하늘숲 공원에 수목장으로 옮겨 모셨다. 자식들에게는 내가 죽으면 어머님 아랫자리에 묻어달라는 유언과 함께 '죽어서도 못 다 갚을 어머님 은혜' 라는 묘지명(墓誌銘)을 새겨 하늘 높이 우람스럽게 뻗어 올라간 소나무 중등에 매어달았다.

## 철 따라 꽃 따라

생전에 어머니는 그 길고 긴 헤어짐의 시간을 철 따라 꽃 따라 다니시며 양봉(養蜂)을 치셨다고 한다. 4.3 사건 때 죽을 고비를 넘긴 한라산 중산간 계곡에다 천막을 치고 설선(雪線)이 녹선(綠線)에 밀려 정상을 향해 올라가는 4월이면 진달래와 산 벚꽃 꿀부터 따기 시작해서 화신(花信) 따라 서서히 북상한다는 것이다. 유채꽃으로 절정을 이루는 제주도의 봄이 가고 나면 이번에는 바다를 건너 남도의 아카시아 꽃과 만경(萬頃)들의 자운영 배꽃 꿀까지 따고 중부 지방의 밤꽃과 싸리 꽃은 한 여름의 주된 밀원(蜜源)이었다고 한다. 강원도의 매밀 꽃 꿀을 따고 나면 다시 제주도로 돌아와 한라산의 초가을 엉겅퀴 꽃 꿀을 마지막으로  한 해 농사를 마무리하게 된다는 것이다. 이렇게 매년 되풀이되는 대자연의 섭리(攝理, 신이 인간을 위하여 다스리는 일)속에서 응어리진 한(恨)을 삭이고 달랬을, 까맣게 그을은 두 눈자위가 휑하니 갈앉은 어머니의 모습을 떠올릴 때가 있다.

## 눈 다래처럼 속 깊은 한(恨)

어느 해 가을 녘에는 한라산 오리목 계곡에 천막을 치고 새우잠을 자고 있는데 꿈속에 할아버지가 나타나 "지금이 어느 땐데 한가롭게 잠을 자고 있느냐"고 생시처럼 호통을 치시는 바람에 놀라 깨어보니 후둑후둑 천막에 빗방울 떨어지는 소리가 나더라는 것이다. 재빨리 벌통과 천막을 수습하여 언덕배기로 거둬 올려놓고 나니 빗줄기가 장대처럼 쏟아지면서 갑자기 불어난 급류가 계곡을 삽시간에 휩쓸고 지나가더라고. 병석에서도 조상님의 뜨거운 영검을 마치 현실의 연장처럼 생생하게 들려주시던 어머니는 처녀 적부터 고담 소설 중에서도 춘향전과 심청전을 줄줄이 꿰었달 만큼 타고 난 이야기꾼이었다고 한다. 청이 워낙 좋아 곧잘 이웃 아낙들의 눈시울을 적시곤 하였다는 것이다.

몽당연필로 눌러쓴 안개꽃같은 자신의 전설(傳說)을 꽃피워내고 꿈같

은 반세기 풍상(風霜)에 떠밀려 골 깊은 한라 오름에 묻어버렸을 눈 다래
처럼 속 깊은 한(恨)이 이제는 어머니보다도 더 늙은 노년에 접어들어서
도 문득 문득 가슴 시리도록 밀려올 때가 있다.(草稿 1986)

일제 말에 전학 와서 해방 직후 졸업한
강경 중앙 초등학교 정문에서

# 이름 모를 들꽃 숲에 묻힌 시비(詩碑)

세상에 나만큼 자식 복이 없는 사람도 아마 그리 흔치는 않을 것이다.

5년 전에는 아들하나 있는 것을 가슴에 묻고 작년여름 이맘때쯤에는 그자식이 남기고간 유일한 혈육(血쳐)마저 제 어미 따라 저의 외가가 있는 대구 경산(慶山)으로 떠나보내야만 했다.

## 외아들 가슴에 묻고 손녀까지

몸이 멀어지면 마음도 자연 멀어진다는데 그렇다고 일상적인 안부편지만 노상 쓰고 앉아 있을 수도 없는 노릇이고 해서 이제 갓 사춘기에 접어들어 고무풍선처럼 예민한 손녀와의 대화를 어떻게 이어갈 수 있을까 고심하던 참이었다.

이때 마침 조선일보에 연재 중이던 명작동시 50선(選) 가운데서 한정동(韓晶東)시인(1894-1976)의 '따오기'를 만나게 되었다.

이 동시가 우리나라 아동문학사상 최초의 신춘문예(동아일보) 당선작으로 세상에 나온 것은 1925년, 그러니까 내 나이보다도 근10년이나 앞서있다. 윤극영의 곡으로 더 유명해진 이 시는 부모를 여읜 어린 소녀의 슬픔을 따옥이라는 가슴저미는듯한 의성어(擬聲語)에 담아 노래한 것인데 일제 말 유소년 시절을 보낸 나는 접할 수 있는 기회가 없었다. 일제 강점기 때 조선인의 애환(哀歡)을 노래 하였다하여 금지곡으로 지정된 때문이기도 하거니와 저들의 엄혹한 국어말살정책으로 한글자체를 몰랐으니 알 턱이 없는 것은 당연할밖에…

## 문학사상 최초의 신춘문예 당선작

역설적이게도 동시에 대해서 애착을 느끼기 시작한 것은 중년을 훨씬 지나면서 부터였다. 인생의 쓴맛 단맛을 웬만큼 맛보고 난 뒤의 남모를 허전함과 상처받은 영혼의 속살을 감추기 위해 술이라도 취해 집에 들어오는 날이면 즐겨 부르던 동요 가운데 하나가 바로 이 따오기다.

'슬픔은 덜 여문 감정의 찌꺼기를 걸러내는 정화(淨化)효과가 있다' 고 한 이 시의 평자(장석주 시인) 말마따나 일제의 모진 식민통치하에서 우리민족이 유독 슬픈 노래를 좋아 했던 것은 이처럼 구슬픈 노래를 반복해서 부름으로서 시름도 덜고 맺혔던 한(恨)도 풀어내는 카타르시스적 효과가 분명히 있었기 때문이라고 생각한다.

## 시름 덜고 맺혔던 한(恨)도 풀어내

마치 시공(時空)을 초월한 은은한 산사(山寺)의 종소리처럼 아릿한 시상(詩想)의 여운(餘韻)이 맑은 울림으로 닥아 오는 시편 끝의 감상노트를 읽어 내려가다가 한(韓)시인의 시비가 시흥 물왕리 저수지 주변에 있다는 대목에서 나는 문득 눈이 멎었다. 물왕리라면 내가 사는 안양에서 버스로 불과 20여 분 거리밖에 안 된다.

1973년 안양읍이 시로 승격되어 분리되기 전까지는 시흥군에 속해 있었으니까 사실상 경계라는 게 큰 의미가 없는 한 지역이나 다름없다. 그리고 몇 년 전까지만 해도 해마다 5월 단오(端午)를 전후해서 이 저수지 둑에서 자라는 약쑥을 뜯으러 다니던 곳이다. 1년 중 가장 양기가 왕성한 날인 단오날 중에서도 오시(午時, 오전11시~오후1시)가 최고로 왕성하다고 해서 예부터 농가에서 이 시각에 맞춰 익모초(益母草)와 약쑥을 뜯어 약용으로 쓰던 풍습이 있었다.

## 단오날 약쑥 뜯던 물왕저수지

오랜 지병인 위장병을 다스리는 데 효험이 있다는 말을 듣고 이곳에서 채취한 약쑥으로 10여 년째 뜸을 뜨고 있다. 어느 햇가는 도시락을 싸들고 손녀아이와 함께 약쑥을 뜯던 기억이 서려 있는 곳이기도 하다.

이런저런 인연으로 해서 마음 같아서는 금방 찾을 수 있을 것 같았다. 그래서 이 고장 문화원으로부터 얻어들은 주소 한 장 들고 6월 마지막 일요일 날 아침 일찍 길을 나섰다. 첫 목적지인 남대문교회 묘지(남대문부 활동산)를 찾는 데는 그리 오랜 시간이 걸리지 않았다. 그런데 문화원이 가리켜 준 묘지 입구 일대는 아무리 둘러보아도 한 시인의 시비나 묘비는 보이지 않는다. 묘지 안내판에 적힌 데로 서울 남대문교회에 직접 전화를 걸어보았지만 어찌된 영문인지 전화조차 받지 않는다. 하는 수없이 산현동(山峴洞) 본 마을로 내려가 처음부터 복기(復碁)하는 심정으로 다시 길을 찾아보기로 하였다.

## 한 나절을 헤매 다닌 피울 고개 길

오던 길을 되짚어 내려와 다리건너마을 번영회 옆 가게 집 젊은 여주인에게 길을 묻자 선뜻 피울고개 넘어 깨꼴 농장 옆에 있다고 전부터 잘 알고 있는 것처럼 서슴없이 대답하는 것이었다.

하도 자신 있게 말하기에 이번에는 틀림없겠다싶어  컨테이너박스 건물이 촘촘히 들어선 공장지대를 지나 숲으로 터널을 이룬 고갯길을 넘어서 물어물어 목표지점까지 가보았더니 그것은 시비가 아니라 몇 백 년 묵은 고비(古碑)였다. 낭패(狼狽)란 아마 이런 경우를 두고 하는 말일 것이다. 이때 고비의 바로아래 낡고 허름한 고가에서 도방(陶房)을 경영하고 있는 한 젊은이가 인터넷검색으로 시비의 위치를 다시 확인 시켜 주었다. 지번(地番)상 처음 찾아갔던 그 자리가 맞는다는 것이다.

도시개념으로만 계산했던 1개동의 범위가 이렇게 넓을 줄은 미처 몰랐다. 피울 고개를 사이에 두고 산지사방으로 흩어져 있는 자연부락들을 수소문 하고 다니다가 본래자리로 다시 돌아왔을 때는 오후1시 가까운 시각이었다. 보행기에 찍힌 숫자를 보니 우리 이수(里數)로 40 리 가까운 거리를 헤맨 셈이 되었다.


## ‘초록바다’ 의 시인이 비문 쓰고

이날따라 구름 한 점 없이 노바기로 쏟아지는 따가운 땡볕세례를 받으며 부활동산 초입 공장 뒤 골목의 전주 8 부쯤 되는 높이에 달려있는 어린에 손바닥 만 한 따오기 시비 안내표지판을 발견하게 되었다. 동산을 중심으로 좌청룡(左靑龍)에 해당하는 왼쪽지맥 끝자락 억새풀에 파묻힌 묘지 위에는 쪽빛 엉컹퀴 꽃이 두세 그루 머리를 풀어 헤치고 동전만

한 크기의 하얀 이름 모를 야생화(개망초?)가 새 다리처럼 가느다란 가지를 비벼대며 하늘거리는 모습이 마치 한 점의 사생화(寫生畵)같다. 산소를 가운데 두고 왼쪽에는 백민(白民) 한정동 선생 묘비(횡비)가 오른쪽에는 역시 비슷한 크기의 따오기시비가 서 있다.

1977년6월 23일자로 아동문학가 일동이 세운 시비의 글씨는 '초록바다' 의 시인 박경종(朴京鐘, 1916~2006)이 쓴 것으로 되어있다.

'초록빛 바다 물에 두 손을 담그면 파란하늘빛 물이 든다.' 는 언어의 연금술사(鍊金術師) 박경종은 백민선생이 생전에 자신의 이름을 따서 만든 아동문학상의 제1회(1969년)수상자이다. 그 이후 올해로 37회째를 맞은 한정동 아동문학상은 그 자체가 우리나라 아동문학사의 큰 줄기를 이루었다.

## 첫수상자가 불씨 살린 문학상

어린이운동의 대부로 일컬어지는 소파(小波) 방정환(方定煥)선생(1899~1932)이 정기간행물이나 모임 발표회 등을 통해서 주로 외국작품의 줄거리는 그대로 둔 채 인정 풍속 인물 등을 우리나라의 것으로 고치고 개작(改作)하는 동화 번안가(飜案家)로 활약한 반면에 나이로도 다섯 살이나 위인 백민선생은 평생을 한 결 같이 교직에 몸담고 있으면서 창작 동시(童詩)만 을 고집한 심산절벽 위의 석청(石淸)같은 시인이였다. 그리고 소파 선생은 42년이라는 짧은 생애에도 불구하고 동화번안, 창작 외에 때로는 독립지사로 또는 선구적인 언론인으로 교육자 아동문학운동가 사회운동가로 다방면에 걸쳐 기념비적인 업적을 남겼으나 6.25전란 때 어린 딸(한택실)하나를 데리고 월남한 백민선생은 교직(덕성여고)

을 천직으로 여기고 홀몸으로 따님 뒷바라지 하면서 몸에 밴 근검(勤儉)과 절약생활 틈틈이 동시집 간행 또는 신문잡지에 기고한 작품의 원고료를 10년 간 모아 문학상 기금을 마련할 정도로 물샐틈없이 정확하고 철저한 분이었다고 한다.

## 7회 수상자가 바통 이어받아

1968년 10월 문학상을 제정하면서 소회(所懷)를 밝힌 취지문에도 그의 이런 뜻이 잘 드러나 있다. 그는 50여년을 아동문학에 힘써오면서 느낀바가 한 가지 있었다면서 '누구든 현상(懸賞)에 당선이 되면 그 상을 받은 책임에선지 그 방면으로 힘을 기울이게 되는데 이런 정신(사실)을 살려 보자는 뜻(마음)에서 상을 제정하게 되었다.' 면서 신춘문예당선 최초의 아동문학가로서 마치 자신이 걸어온 외길 인생 역정을 말해 주는듯 하다.

'평소 조용하고 올곧은 성품이셨다.' 고 회고하는 엄기영시인(73.한국아동문학연구회회장)은 이 상의 제7회 수상자로 34회 이후 금년까지 4회째 시상을 주관하고 있다.

1976년에 백민선생이 돌아가신 뒤 이 상의 운영을 맡아 33회(2001년)까지 이끌어온 박경종 시인은 생활의 방편삼아 한편으로 조그만 사업체를 운영하면서 시작(詩作)을 병행했었다고 한다.

## 멸종된 따오기 중국서 들여와

그가 세상을 뜨기 2년 전부터 바통을 이어받았던 엄기원 시인이 2006년부터는 출판사를 경영하는 한 독지가(백수출판사 예종화 사장)의 후원으로 선생의 평생 반려였던 동시보다도 더 아름다운 꿈을 이어가고 있다.

한편 선생이 노래한 따오기(천연기념물198호)는 한자로 주로(朱鷺) 또는 홍학(紅鶴)이라고 하는데 울음소리가 노랫말처럼 그렇게 아름답지는 못하고 실제로는 '과아과아' 하고 운다고 한다.  1979년 이후 한반도에서는 한 번도 관찰된  적이 없어 멸종된 것으로 추정되는 세계적인 희귀조이다. 그런데 지난 6월초 내가 이 글을 쓰기로 마음먹기 한 달 전에 중국을 국빈 방문한 이명박 대통령이 후진타오 중국국가주석으로부터 선물로 약속받은 따오기가 연내에는 들어올 것이라는 소식이다.

우연의 일치겠지만 '보일 듯이 보일 듯이 보이지 않는' 신비(神秘)의 베일에 가려진 따오기의 모습을 실제로 볼 수 있는 날도 이제 그리 멀지는 않은 것 같다.(참좋은이들 21, 2008. 8.)

한정동 시인의 묘소와 따오기 시비 옆에서

# 할머니의 팔베게

"옛날이야기 너무 밝히면 가난하게 산다더라."며 어려서 할머니는 요술주머니처럼 무궁무진한 이야기보따리를 좀처럼 풀어놓으려 하지 않으셨다. 그래도 끈질기게 졸라댈라치면 마지못해 "딱 한 자루만이다."라는 다짐을 받고서야 비로소 말문을 여시는데 대신 한 번 고가 풀렸다하면 그 다음부터는 청산유수처럼 절로 흘러가는 일종의 관성(慣性)의 법칙 같은 것이 있었다. 그렇다고 한여름 텔레비젼에서나 볼 수 있는 '전설의 고향' 같은 유(類)의 납량(納凉) 공포물은 입에 올리지 않으셨다.

## '작은 거인' 이원익(李元翼)

〈삼국지〉의 충의열전 중에서도 조자룡(趙子龍)이 강보에 쌓인 태자 아두(阿斗)를 품에 안고 단기필마로 적진을 무인지경처럼 돌파해나가는 장판교 대전을 묘사할 때는 그 생동감 넘치는 영웅적 무용(武勇)에 흠뻑 취해버리고 만다. 본관이 전주 이씨인 할머니에게 왕실의 존엄과 권위는 불가침의 성역(聖域)이었다. 할머니 앞에서는 조심을 한다면서도 무심결에 '이성계' 라는 이름이 튀어나올 때가 있는데 그 때마다 할머니는 반드시 '아태조(我太祖)라고 해야 한다' 며 바로잡아주시곤 하였다

왜구를 물리친 황산(荒山, 남원 운봉) 대첩 때는 활의 명콤비였던 여진족 출신의 이지란(李之蘭)이 18 세 어린 적장(아지발도 阿只拔都)의 투구 끈을 먼저 끊은 다음 이성계가 투구를 벗기면 드러나는 얼굴을 맞혀 사살하기까지 절묘한 콤비풀레이로 제왕(帝王)의 손에는 피를 묻히지 않는다는 일종의 금기(禁忌, 타부)를 방패삼아 등극(登極)의 예조(豫兆)를 암시하기도 하였다.

'계란도 유골(有骨)' 이라는 황희(黃喜) 정승의 청빈일화와 익살스러운 오성(鰲城) 이항복(李恒福)과 한음(漢陰) 이덕형(李德馨)의 평생교우에 얽힌 일화 역시 빠트릴 수 없는 단골메뉴 가운데 하나다.

이어서 이들보다 9 년에서 14 년을 먼저 태어났지만 워낙 장수를 누린 덕에 거의 동시대를 살았던 키 작은 정승 오리(梧里) 이원익(李元翼 1547~1634) 대감 이야기가 나올 때쯤이면 몇 십 리 밖을 지나는 호남선의 마지막 열차가 울려대는 기적소리가 깊은 밤의 정적을 깨고 꿈속처럼 아득하게 들려오곤 했다.

## 한국 최초의 종가(宗家)박물관

동은 같은 소하동이나 안양 쪽에서 시내로 들어가는 초입 선생 묘소 아래 시에서 세운 오리(梧里) 이원익(李元翼) 기념관이 있고 여기서 1킬로쯤 시내 쪽으로 더 들어간 곳에 그가 남긴 유물 유적 1500여 점과 영정각, 강감찬과 서견(徐堅, 려말 문신) 이원익을 모신 삼현사 등을 아울러서 13대 종손 이승규(70)씨가 세웠다는 충현(忠賢)박물관이 있다.

선조와 광해군 인조 3 대에 걸쳐 전후 다섯 차례나 영의정을 지낸 오리는 황희(黃喜) 맹사성(孟思誠)과 함께 조선의 3 대 청백리로 꼽힌다. 그가 퇴임한 후에는 두어 칸 오막살이 초가에 조석끼니꺼리조차 없을 정도로 청빈하였다고 한다. 이에 인조가 노후를 편히 보내라고 하사한 집이 관감당(觀感堂, 경기도 문화재자료 제 90호)이다. 즉위 9 년째인 1631 년의 일이다.

경기감사에게 명하여 건축공사를 대행하게 하였는데 결국 백성들이 감당해야하는 힘겨운 노역으로 민폐를 끼치게 될 것이 두렵다고 세 번이나 극구 사양하던 끝에 인조의 간청에 못 이겨 더 이상 거절할 수 없었다는 일화가 전해오고 있다. 인조에게 이원익은 정치적인 스승 이상의 국가원로였던 것이다.

말년 들어 점차 난폭해지기 시작한 광해군에게 임해군(광해군의 형)의 처형을 극력 반대했는데도 관철되지 않자 병을 핑계로 고향에 내려와 있었는데 이번에는 인목대비 폐위론에 극력 반대상소를 올린 것이 화근이 되어 강원도 홍천으로 유배를 가게 되었다.

1623 년 인조반정이 일어나기 직전에 그는 경기도 여주로 이배(移配)되어 있었는데 즉위 직후에 그를 제일 먼저 영의정으로 부른 것은 하루아침에 천하가 바뀌는 소용돌이 속에서 자칫 동요할지도 모를 민심수습의 안전판(安全瓣)으로 삼고 반정의 정당성을 확보하기 위한 수순이었던 것이다.


## "썩은 대들보는 갈아야지"

이렇게 한 치의 차질 없이 혁명에 성공할 수 있었던 것은 반정 측과 오리 사이에는 어떤 형태로던 사전 교감(交感)이 있었지 않았겠느냐는 추측을 가능케 한다. 그러나 이런 내밀한 부분이 역사의 전면에 나올리는 없고 여기서 다시 할머니의 이야기보따리를 빌어 그 특유의 사실적 고담으로 돌아가는 수밖에 없다.

반정 후에 병조판서를 지내고 효종 조에서 좌의정에까지 오른 원두표(元斗杓)가 밀사로 파견되어 오리와 대좌한 자리에서다. 먼저 원두표가 "고가의 대들보가 썩어 집이 무너지려하고 있다."고 운을 떼자 "그러면 새로 갈아 끼울 대들보는 있느냐"고 묻고는 "대들보가 있다면 갈아야지…"라고 비유를 섞어 나눈 몇 마디 대화를 통해서 국가 최고원로로부터 일종의 거사 승인과도 같은 묵계(默契)를 이끌어내는데 성공한 것이다.

반정이 성공한 후 오리는 새임금인 인조보다는 폐주 광해군을 먼저 찾았다고 한다. "나리 내 말을 들었더라면 이런 일은 없었을 텐데…"라며 반정을 기정사실화하고 그 다음에 인조를 찾아 등극하례를 올림으로서 신구(新舊)질서의 자리매김을 분명히 하는 것을 잊지 않았다고 한다.

반정에 성공하자 광해군을 죽이자는 여론이 높았다. 그러나 오리는 광해를 죽이면 그 밑에서 영의정을 한 자신도 조정을 떠날 수밖에 없다고 상대를 설복함으로서 광해는 유배지(제주)에서 천수를 누릴 수 있었다고 한다. 이렇게 모든 일의 앞뒤가 한 치도 이치에 어긋남이 없는 오리도 젊어서 한때는 신체적으로 병약한데다 키도 작아 이를 눈가림하기 위해 굽 높은 나막신을 다 신고 다닐 정도로 소심하고 심약했었다고 한다.


## 평생을 가야금과 벗하며

일찍이 선조가 사람을 알아보는 지인지감(知人之鑑)이 있다는 당시

영의정 동고(東皐) 이준경(李浚慶, 1499~1578)에게 인재를 추천하라고 하자 인삼 3백 근이 든다고 했다는 것이다. 동고는 그 인삼을 갓 출사한 이원익에게 줘 먹게 했으나 기대했던 효력이 나타나지 않자 인삼 3백 근만 날렸다고 뒷말이 무성했었다고 한다.

그러나 그로부터 20여 년이 흐른 뒤에 일어난 임진왜란 때 이조판서가 되어 선조의 의주몽진(蒙塵, 임금이 피란 감)을 수행했을 때 난데없는 왜적 간자(間者)의 임금 시해음모를 사전에 적발하여 비로소 전날의 인삼 값을 톡톡히 하게 되었다는 이야기의 구성(構成)이 조금은 황당한 것 같지만 상대가 오리이기 때문에 통하는, 전설적 일화가 그의 주변에는 수 없이 많다.

30 평가량 되는 관감당 앞뜰에는 수령 4백 년의 측백나무가 하늘을 가리고 그 밑동에는 반 평쯤 되는 편편한 바위가 비스듬히 가로놓여 있다. 일부러 옮겨다 놓은 것 같지는 않고 전부터 그 자리에 박혀 있는 자연석 같았다. 오리가 가야금을 타던 탄금대(彈琴臺) 구실을 하던 바위라고 했다.

그의 나이 41세 때인 정해 년(1587. 선조 20) 연보에 보면 '집이 서울 낙산(현 동숭동) 밑에 있을 때 매일 산에 올라 거문고를 타며 노래하였다' 고 적고 있다. 그리고 음률에 정통하였다고 덧붙이고 있다. 이 사실을 뒷받침하는 1차 자료가 오리의 5대손인 인복(仁復)이 그의 문집에 남긴 '문충공 유금(遺琴)내력 전말기' 이다.

이 기사의 첫머리에 보면 이원익의 성품이 워낙 간략하고 검소하여 물질적으로는 즐기는 것이 없었으나 오직 거문고 타는 것만을 유일한 낙으로 삼았다.

선세의 유풍을 좇아 아무리 어려운 처지에 놓인다 하더라도 이를 극복하고 돌파해 나가는 힘이 모두 거문고에서 나온다고 할 정도이다.

그래서 그는 귀양 갈 때나 벼슬살이를 할 때 산수에 오르내리거나 그가 임하는 곳이면 그곳이 어디든 그의 곁에는 언제나 거문고가 놓여 있었다고 적고 있다.

## 파직 자청, 8도 명승지 순례

그가 우부승지로 있을 때 도승지 박근원(朴謹元)과 영의정 박순(朴淳)이 서로 사이가 좋지 않은 것을 두고 왕자사부 하락(河洛)이 탄핵소송을 올려 규탄하자 모두들 두 사람의 불화에서 기인(起因)한 일이라고 해서 우선 눈앞에 닥친 화부터 모면하려고 하였다. 그러나 오리만은 동료를 희생하고 자신만 책임을 면할 수는 없는 일이라고 상주하여 스스로 파직을 자청하고 그 뒤(1597년) 이조참판 권극례의 추천으로 안주목사에 제수되기까지 5년 동안 야인 생활을 하게 된다.

이 때 그는 삼각산 백운대를 비롯하여 개성 성거산, 천마산, 영평(永平, 현 포천)의 백로주(白鷺州), 합천 해인사, 안음(安陰, 현 함양)의 황석산, 선산(善山)의 금오성, 향산(香山, 묘향산)의 상원, 해주의 수양동, 장연의 금사사 등을 답사하고 천석 총석을 지나 금란국 사선정, 안변의 국도 언불 좌도 등 8도의 명승지를 두루 돌면서 그 옛날 신라시대의 화랑 4선(仙, 남석행 南石行, 술랑術郞 영랑永郞 안상安祥)이 그랬던 것처럼 명산대천의 정기로 심신을 다스리고 맑히는 수련의 기회로 삼았을 것이다. 그리고 이 때 그의 어깨에는 분명 거문고가 메워져 있었을 것이다.

## (天人合一)은 고유사상의 뿌리

오리의 이와같은 행장(行裝)은 공교롭게도 상마도의(相磨道義 도의로서 서로 몸을 닦고), 상열가락(相悅歌樂, 노래와 춤으로서 서로 즐기며) '유오산수(遊娛山水, 명산 대천을 찾아 노닐다.)라는 화랑(花郎) 집단의 3대 교육 과목과 거의 일치하고 있다.

원래 유교에서 질서와 화합을 이끌어내는 동력(動力)으로 작용했단 예악(禮樂)은 두 글자를 따로 때어서 생각할 수 없는 치국(治國) 치민(治民)의 소중한 덕목이었다. 유교를 국시(國是)로 삼고 있던 당시 조선 사회의 선택받은 엘리트 이원익은 그러나 현실적인 유교 윤리에 안주(安住)하지 않고 그 옛날 신라의 화랑들이 추구했던 것처럼 우리 고유사상의 원천(源泉)이었던 우주 대자연과 인간이 하나 되는 천인합일(天人合一)의 경지를 동경(憧憬)하고 이르고자 했던 것은 아니었을까.(참좋은이들 21, 2008. 10.)

# 할아버지가 이름을 바꾼 이유

할아버지 이름에 얽힌 사연은 바로 우리 집안 내력을 말해주는 키워드다.

할아버지가 처음 양자 들어오실 때 나이가 열아홉 살이었다고 한다. 우리 할아버지를 양자로 들이기 위해 생가 할아버지 댁 문전에 자리 깔고 몇 날 며칠 머리 풀고 석고대죄(席藁待罪, 거적에 엎들여 죄를 청함)를 하던 끝에 가까스로 승낙을 얻어냈다는 증조부께서는 서둘러 아들 혼인부터 시키고 그해 가을 48세의 아직은 방장한 나이로 세상을 뜨셨다. '손(孫)을 잇는다.'는 시대의 고금이 따로 없는 인간의 가장 고귀한 의무를 몸소 실천하였다는 긍지(矜持)를 안고 그래도 편히 눈을 감으실 수 있었다는 것이다.

## 상속 재산 골고루 분재(分財)

할아버지 할머니 생전에 몇 번을 들어 이젠 훤히 꿸 정도로 알고 있다는 막내 고모의 증언에 의하면 이 때 증조부께서 남긴 유산은 자그마치

12 섬지기에 이르렀다고 한다. 한 섬지기가 스무 마지기(斗落,100평-300평) 할 때였으니까 모두 2백4십 마지기에 이르렀다는 이야기다. 1년 농사로 근동 마을이 3년을 먹고도 남는다는 기름진 명천(鳴川,익산 낭산 朗山)들을 통째로 물려받은 할아버지는 그러나 이 땅을 아버지의 형제자매들에게 한 두 섬지기식 골고루 나누어주었다고 한다. 분재(分財)라고 해서 요즘 말로 재산분배를 한 것이다. 자신을 양자로 들이기 전에 아들을 낳기 위해 처녀장가를 드셔서 딸 둘을 두었던 젊은 서모(庶母)를 위해서는 따로 집 한 채를 지어 한 섬지기 딸려 분가까지 시키고 심지어는 아버지의 고모 그러니까 대고모까지도 챙기는 그 나이에 어울리지 않을 만큼 자상하고 후덕(厚德)한 모습을 보였다는 것이다. 그러고도 남은 재산이 다섯 섬지기나 되었는데 호사다마(好事多魔)라고 일본을 상대로  무역업을 하는 한 동네 사는 친구의 딱한 사정을 외면할 수 없어 재정보증을 서 준 것이 화(禍)를 불렀다. 친구의 사업이 실패하는 바람에 마지막 남은 재산을 몽땅 날리게 된 것이다. 일제 초기니까  무역업이라는 업종 자체가 조선 사람들에게는 생소했을 테고 더욱이 글공부만 하던 서생(書生) 할아버지에게는 감당할 수조차 없었을 것이다. 그런데도 친구 따라 강남 간다고 그 많은 재산을 겁 없이 모두 내주고 나니 이번에는 송사(訟事)에 밝다는 율사(律師,변호사)들이 나서 그 땅 찾아주겠다고 무려 3년 동안이나 삐데다 보니 소송비용 섞언 피해는 눈덩이처럼 불어났다. '송사(訟事) 3년에 집안 망한다.'고 당시 복심(覆審) 법원(현 고등법원)이 있는 대구까지 내왕하며 벌인 소송에서 결국은 패소하여 마지막 남은 재산까지도 자신을 위해서는 단돈 한 푼 만져 보지도 못하고 모두 날려버리고 만 것이다.

# 저승 길 오 간 꿈과 현실

심신이 지칠 대로 지친 끝에 할아버지는 결국 몸져눕고 말았다. 내종(內腫, 일명 농흉 膿胸으로 늑막강腔 안에 고름이 든 병)에 걸린 것이다. 현대 의료 기술이 미비했던 시절이라 주로 한의약과 민약(民藥)에 기댈 수밖에 없었는데 좀처럼 병줄은 잡히지가 않았다. 그러던 어느 날 밤 꿈에 난데없이 벙거지 쓴 놈이 하나 나타나더니 단자(單子, 물목이나 명단을 적은 종이) 한 장을 내밀며 "당신이 윤 철중이 맞느냐"면서 건네주려 하더라는 것이다. 이에 할아버지께서는 "그래 철중이가 맞기는 하오 마는 나는 맑을 철(哲)자 철중이고 이 마을 서북쪽 음지덤에 쌍길 철(喆)자 철중이가 또 한 사람 있소"라고 대답하자 그 벙거지 쓴 놈, 잠시 고개를 갸웃거리더니 그럼 잘못 찾아온 것 같다면서 도로 나가더라는 것이다. 그리고 잠시 후 할아버지는 잠을 깼는데 역시 오래 전부터 병중에 있었다는 음지덤 철중씨네 집에서 아닌 밤중에 곡(哭)소리가 들려와 쌍길 철자 철중의 죽음을 알게 되었다는 것이다. 선뜻 믿기 어려운 꿈과 현실 사이에서 옛 어른들의 맑고 순수한 영력(靈力)이 영롱하게 빛을 발하는 대목이기도 하다. 할아버지는 벙거지 쓴 놈이 바로 '저승사자'라며 이 일이 있은 후에 자신의 이름을 지금의 도울 익자  익중(翊重)으로 바꾸게 되었다는 것이다.

자신의 이름만 바꾼 것이 아니다. 아들 손자들의 이름까지도 딴 사람 이름과 글씨는 물론 발음도 겹치지 않게 신경을 쓴 나머지 잘 쓰지 않는 벽자(僻字)만 골라서 짓는 바람에 친사촌이나 내(內)사촌들이 고충(苦衷)을 호소하는 일이 종종 있다. 너무 어려운데다 옥편을 찾아야만 비로소 확인할 수 있는 벽자가 돼서 잘 몰라 못 쓰거나 써도 틀리는 경우가 허다

하다는 것이다. 누구나 물론 아름을 딴 사람과 겹치지 않게 짓는 것은 당연한 일이라고 하겠지만 할아버지의 손자들 이름 챙기기는 좀 유난스럽기는 하나 그 차원이 다르다. 자신이 겪은 전철(前轍)을 자손들만은 다시 밟지 않도록 하겠다는 의지가 은연중에 그 가운데 배어 있음을 알 수 있다.(2011. 9)

# 백의(白衣)의 사제(司祭)

'하늘이 능히 내 불효함을 알고서/ 비를 내려 그 제사 길 마자 막는구나./ 신명(神明)께서 이렇듯 선악(善惡)을 밝히시니/ 세상 사람들이 어찌 나를 손가락질 하지 않겠는가.'

(天能知我不順親 送雨妨行參諱辰 確實神祇分善惡 世間?作指名人)

할아버지께서 생가 어머님, 그러니까 나에게는 증조할머님의 제삿날(음력 5월 18일)에 마침 큰비가 내려 석성천(石城川, 부여)이 넘치는 바람에 생가를 눈앞에 두고 발길을 돌려야만 했던 심회(心懷)를 칠언시(七言詩)로 읊으신 것이다.

출계(出系, 입양 入養)를 하셨기 때문에 생(生) 양(養) 대소가를 합치면 이루 다 손꼽을 수 없으리만치 제사가 잦았다. 그러나 할아버지께서는 어느 할아버지 할머니 제사건 빠짐없이 참례하셔서 향사(享祀)를 주관하고 자문하셨기 때문에 대소가 제사에는 의례 할아버지가 참석하셔야만 행사가 진행되는 것으로 여기게끔 되었다. 그래서 언젠가 어느 글 속에서 읽은 기억으로 '백의(白衣)의 사제(司祭)' 라는 이름을 붙여 드린 일까지 있었지만 이런 어른이 친어머님 제사에 참례하지 못하셨으니 그 애절한 심정을 헤아릴 만도 하다.

노성(魯城, 논산)을 중심으로 하여 부여(扶餘) 공주(公州) 익산(益山) 등 일원에 흩어져 살고 있는 대소가까지는 보통 2,30리, 멀리는 4,50리가 되는 거리도 있었다. 대중교통 편이 거의 없던 때라 할아버지께서는 이 길을 늘 걸어서 다니셨고 자녀 질들이 드리는 노자로는 길 중간 중간 주막거리에서 텁텁한 막걸리 사발로 요기하시며 유유자적(悠悠自適)하시었다.

한 번은 술이 좀 과하셨던지 낭산(朗山, 익산)들어가는 야산 모퉁이(일명 여우 골)에서 친조카(석항 錫恒)로 둔갑(?)한 여우를 만나 담뱃대로 퇴치시켰다는 무용담을 사뭇 진지하게 들려주시던 기억이 난다.

그 할아버지께서 돌아가신지 벌써 30년이 흘렀다. 기일(忌日)이 마침 2년 전에 돌아가신 할머님과 같은 4월 초파일(석탄일 釋誕日)이어서 자손들이 기억하기 좋고 모이기 좋고 또한 경제적이어서 그만해도 예사 복이 아니라고 늘 두 어른의 음덕(蔭德)에 감사드리고 있는 터이다.

향화(香火)를 지피기 위하여 생전에 마련하여 쓰시던 목침덩이 만하던 향목(香木)이 오랜 세월 깎이고 또 깎여 제법 홀쭉해진 것을 보고 새삼 세월의 무상함을 느끼게 된다.

그런 바로 지난 초파일 날 올해 할아버지 제사에 참례를 하지 못했다. 처음 일이기는 하지만 뭐 그렇게 특별한 일이 있어서도 아니었다. 단지 몸이 좀 불편해서 쉬고 싶었을 뿐이다.

인간의 힘으로 어쩔 수 없는 불가항력의 자연 재해 때문에 참례하지 못한 제사 길을 하늘의 노여움이라고 자책하시던 바로 그 어른의 제사에 말이다. 생전에 할아버지께서 예법(禮法)을 못 가리는 자를 향해 곧잘 꾸짖으시던 나도 이제 '어쩔 수 없는 불쌍놈'이 되었나보다.(종보 宗報, 1993. 6월호)

# 사학(私學)의 요람 종학당(宗學堂)

어려서 할아버지는 내가 빼들거리고 밉상을 부릴라치면 "저 놈 미내
다리 밑에서 주워온 놈이라 말을 안 듣는다."고 곧 잘 놀려대곤 하셨다.
그 때는 그 말이 그렇게 듣기가 싫었고 마치 가족들로부터 버림받은 것
같은 소외감마자 느꼈던 기억이 난다.

## 양반들의 못자리 논산(論山)

딱히 언제부터인지는 알 수 없으나 논산(論山)지방 민담(民譚, 민간설
화) 중에 '저승에 가면 염라대왕이 바로 그 강경 미내 다리와 은진미륵,
연산(連山) 개태사 철확을 보고 왔느냐고 반드시 묻는 다고 생전에 이 세
가지 유물은 꼭 보고 와야 한다는 다분히 협박성 메시지가 담긴 우스갯
소리가 전해오고 있다.

도대체 이 유물 유적들이 얼마나 대단하기에 이런 말이 다 나오는 것
일까. 지리적으로 봐도 이 유물들의 상거(相距)거리는 2,30리 간격으로
도래 도래 모여 있다. 빠른 걸음이면 걸어서도 하루거리가 체 안 된다. 현

대적인 관광의 개념 자체가 없었을 시절 이야기지만 관광객 유치 선전
치고는 기발한 아이디어다.

언젠가 계룡산 갑사(甲寺)에서 출가했다는 한 노스님(무불 無佛)이 젊
은 시절 절을 나서면 허리 펼 틈이 없었다고 하던 말이 생각난다. 큰 갓
쓴 양반네들을 만날 때 마다 허리를 굽혀야하기 때문에 그렇다는 것이
다. 바로 그 양반네들의 못자리라고 할 수 있는 곳이 또한 논산이다. 그리
고 연산 돈암(遯巖) 서원은 바로 그 수원지 구실을 한 곳이다. 우리나라
예학(禮學)의 대가인 사계(沙溪) 김장생(金長生,1548-1631)과 신독재(愼
獨齋) 김집(金集,1574-1656) 부자, 우암(尤庵) 송시열(宋時烈,1607-
1687) 동춘당(同春堂) 송준길(宋浚吉,1606-1672)을 모신 서원이다. 그
문하에서 중후기 조선 사회를 이끌었던 많은 에리트가 배출되었다. 그
대표적인 인물이 송시열이다. 우암문하에서 다시 기라성 같은 인물들이
배출되는데 그 이후 2백여 년에 걸쳐 후기 조선사회를 전단(專斷)하는 중
추세력(노론)으로 등장하게 된다.


## 돈암(遯巖) 서원은 그 수원지(水源池)

후일 회니(懷尼) 논쟁((회덕 懷德에 살던 송시열과 니산 尼山(현 노성
魯城)에 살던 윤증 尹拯 간에 병자호란 때 윤선거(尹宣擧, 윤증의 아버지)
의 강화에서의 생환을 둘러싸고 벌인 논쟁))으로 결별하긴 했으나 누가
뭐래도 명재(明齋) 윤증(尹拯,1629-1711)은 가장 촉망 받는 우암의 수제
자였다. 그와 그의 문하에서 배출된 소장(小壯) 세력이 스승(송시열)의 독
주를 견제(牽制)하는 대체(代替) 세력(소론)으로 성장하여 조정의 균형자
역할을 담당하게 되는 것이다. 이 같은 필자의 생각에 논란의 여지가 없

는 것은 아니나 거시적(巨視的)으로 봐서 그렇다는 것이다.

돈암서원이 창설된 것은 1634년(인조12). 지금의 임리(林里) 1구에 해당하는 숲 밭에 세우고 김장생을 처음 모시었다. 효종 9년에 그의 아들 김집, 다시 숙종 7년에 송시열과 송준길을 차례로 배향하였다. 돈암서원이 사액(賜額, 임금으로부터 서원 이름을 직접 하사받음)을 받은 것은 1660년(현종1, 庚子년). 그 후 고종 연간에 내린 대원군의 서원 훼철 령 때도 무사할 수 있었다.

이렇게 돈암 서원이 제자리를 잡기까지는 황강(黃岡) 김계휘(金繼輝, 1526-1582) 이후 실로 3대에 걸쳐 쏟은 육영의 집념과 교육도량 수호의 피나는 노력이 있었기에 가능한 일이었다. 그 교육기관의 이름이 바로 정회당(靜會堂)이다. 5천6백여 평 부지 맨 위 쪽에 있는 서원을 중심으로 가운데 장서각이 있고 그 오른 쪽에 있는 8 간짜리 당우를 두고 하는 말이다. 돈암서원 소개 책자에는 유생들의 휴게소라고 적고 있는 이 정회당 이야 말로 바로 사계(沙溪) 예학의 뿌리를 심은 텃밭이자 모태(母胎)라고 할 수 있을 것이다.

## 사계(沙溪) 예학(禮學)의 뿌리

이보다 앞서 김계휘가 낙향한 뒤 처음에는 고운사라는 절의 승사(僧舍)를 빌어 종중 자제들과 원근의 향수(鄕秀, 양반 자제)를 대상으로 강학을 시작했는데 재정이 늘어나자 승사 곁에 따로 세운 당우가 인화당(因貨堂)이다. 정회당의 전신인 셈이다. 이를 두고 최초의 사숙(私塾, 사설 글방)이라 일컫는다.

최초의 수난은 정유왜란 이듬해(무술년) 왜구들에 의해 인화당이 불타고 이 때 학당 안에 있던 전적류(典籍類)까지 모두 잿더미로 화하고 말았다.

1881년(고종 12)에는 또 큰 장마로 서원이 물에 잠기고 땅이 함몰하여 지금의 서원말(일명 범나미)로 옮겼는데 후손 심암(心巖) 김지수(金志洙)가 고종 20년(癸未)에 이를 중건하였다. 그 후 국운이 기울어가던 을사 정미 연간(1905-1907년)에 의병들이 봉기하여 이를 진압하려는 왜군과 대둔산 일원에서 접전을 벌일 때 적의 분탕질로 정회당은 또다시 회진되어버리고 만다. 실로 세 번 째의 수난이다. 그러나 그 왼쪽에 일찍이 김장생이 세워두었던 양성당(養性堂,지방문화재 8호)이 정회당을 계승하여 오늘에 이르고 있다.

정회당에서와 같이 지금까지 서당 형태에 머물러있던 사학(私學)을 오늘날 사립학교와 비교해도 손색이 없는 종합교육기관으로 한 단계 업그레이드시킨 것이 파평(坡平) 윤문의 종학당(宗學堂)이다. 논산 시내에서 10수 킬로 떨어진 노성면 병사리(丙舍里) 마을 앞 긴보(노성저수지) 건너편 손에 잡힐 듯 얕으막한 호암산(해발 180M) 중턱 욱어진 송림 속에 묻혀있는 종학당은 아카데미즘을 상징하는 윤문(尹門)의 아이콘이었다.

## 윤문(尹門)의 아이콘 종학당

사거재(舍車齋) 윤심규(尹心奎)가 지은 '종학당 기문'에 따르면 그 발원은 윤증의 백부 되는 초대 사장(師長,학장) 동토(童土) 윤순거(尹舜擧,1596-1668)의 종약(宗約)에서 비롯되어 2대 윤증, 3대 둔옹(鈍翁) 윤지(尹指), 4대 반호(盤湖) 윤광안(尹光顏,1757-1815),5대 과천공(果川公) 윤정규(尹正奎)로 이어지고 있다. 이렇게 힘겹게 시작한 종학당이 오늘과 같은 모습을 갖추게 된 것은 윤광안 대에 이르러서부터라고 한다.

그가 경상감사 재직 시에 녹봉을 털어서 마련한 3백석지기 전답을 출연하여 학당운영비에 충당하고 4백여 권의 경전사략(史略)을 영인하는 등 기본재단 조성에 생애를 바치다시피 하였다. 그러나 불행하게도 그가 학당 건립에 착수한 직후 세상을 뜨자 종중결의에 의해 정규 형제가 이 사업을 인수하여 1757년(영조 33)에 완공을 보았다. 처음에 호암산에서 5백여 미터 떨어진 유봉(酉峰) 명재 영당 앞에 세웠다가 72년 후(1829년) 현재의 자리로 옮겨 세웠다고 한다.

친가와 외가 처가 등 3족의 자제들로 구성된 학동들은 35 명에서 최대 42 명까지 인근 면 마을에서부터 시작하여 2.30리 떨어진 인접 군(부여 공주)에서 멀리는 7,8십리 떨어진 진잠(鎭岑, 현 대전)과 금산(錦山) 지역까지 분포되어 있었다. 원거리 학동들에게는 종학당 요사에서 숙식(쌀 3 말)을 제공받는 오늘날의 기숙사제도가 이때 벌써 시행된 것이다. 학동들의 수업료는 없었으며 교장 격인 사장에게 주는 급료는 쌀 9 말이 전부였다.

사장 아래에 있는 초빙 강사인 강장(講長)이 매월 한 번식 학동들의 학력고사를 하게 되어 있었다. 성적 고과는 최고점수에 통(通) 2푼을 주고 그 다음이 약(略) 1푼, 지금의 양(良)에 해당하는 조(粗)에 반 푼을 주었다. 성적이 불량한 자에게는 불(不)을 주어 그 정도에 따라 답안을 써서 올리는 정단(呈單), 맞대놓고 훈계하는 면고(面告), 써서 붙이는 게벌(揭罰), 회초리 등 벌을 주고 거재(居齋)라고 해서 재실에 묵으면서 학업을 닦는 지금의 보충 수업 같은 것을 시켰으며 심할 때는 집으로 돌려보내는 환가(還家) 조치까지 시켰다고 한다.

## 전인(全人) 교육의 도량으로

무엇보다도 종학당의 특징은 종합적인  학과목 편성에 있다. 소학에서부터 시작하여 4서 3경과 춘추(春秋,노 魯나라의 사관이 짓고 공자가 가필하였다는 역사책)가 정상과목이라면 이에 곁들여 천문과 지리 상식 등도 함께 가르치는 이른바 전인(全人) 교육이었던 것이다. 3대 사장 둔옹(鈍翁)이 지은 천지문답, 동몽(童蒙) 문답 등이 학동들의 교재로 쓰였다는 예기다. 명재의 유물 중에 특히 눈길을 끄는 혼천의(渾天儀, 천체의 운행과 위치를 관측하는 기계)가 또한 이를 뒷받침해주고 있다.

거기에다 '조석으로 부모님의 안부를 묻고 살핀다.'(혼정신성 昏定晨省)는 효행교육과 몸가짐 독서 판단력(응사 應事.) 마음가짐(접물 接物) 등 인간의 기본 덕목 외에도 예(禮)가 아니면 보지도 듣지도 말하지도 말라(논어의 4물장 勿章)고 몸을 닦는 수신(修身)의 도를 총도(總圖)라는 표로 만들어 가르치고 있다. 특히 '옷은 몸을 가릴 수 있으면 족하고 음식은 공복을 채우는데 그치고 집은 비바람을 가리면 족하다' 는 이른바 삼불가(三不可) 교훈(사치 奢侈, 감미 甘美 안태 安泰)은 물질만능에 찌든 현대인에게 따끔한 일침을 가하는 경구(警句)로도 손색이 없다. 그러고 보면 종학당 문하에서 문과 급제자만 무려 42명을 배출한 것은 결코 우연이 아니라는 것이다.

종학당의 마지막 학동 윤석원(尹錫元,75,논산군 연무읍 고내리)씨는 마지막 사장 윤기중(尹器重)의 아들로 생존자 2 명 가운데 한 사람이다.(1986년 당시) "일상 행동거지 하나하나 에 한결같이 신경을 써야 했다"고 학창시절을 회고하는 그는 끝내 현대 교육을 외면하고 평생을 한문 고전 연구에 바치고 있다. 4촌 동생인 윤석오(尹錫五)씨 또한 종학당

동문이기도 하다. 그도 역시 현대 교육을 받지 않은 곧은 선비로 이승만 대통령에게 발탁되어 경무대 비서 겸 총무처 차관까지 역임하였다.

지금은 행정구역이 바뀌어 연무읍이 되었지만 그가 살던 원래 지명은 전북 익산군 황화면(皇華面)이었다. 이 마을은 또 이 나라 마지막 유학자 이자 한학자로 불리는 위당(爲堂) 정인보(鄭寅普) 선생이 해방 직전 일제 의 탄압을 피해 피신 은거하던 곳이기도 하다. 윤씨 집안과 인척관계를 맺고 있던 위당은 윤기중을 마을 이름을 따 중리(中里) 선생이라 부르고 예사(禮師)로서 극진히 존경하였으며 윤석오의 재주를 무척 아껴 '국중 유유여재(國中唯有汝在, 나라 안에 아직도 너 같은 재주가 있었구나)' 라 고까지 칭찬을 했다는 것이다.

일제의 식민지 교육이 본격화되어가던 1921년 종학당은 끝내 350년 역사의 막을 내리게 되는데 65년만인 1986년 사학(私學)회보(사학 연합 회 발행)가 발굴하여 재조명을 받게 되었다.(도시문제, 2011.10월호)

파평 윤문(尹門)의 아이콘
종학당마루에 앉아서

# 구름 따라 인생도 흘러

흘러가는 구름도 쉬어 넘는다는 추풍령(秋風嶺). 영하 15도의 카랑카
랑한 고산 냉기 속에 움츠리고 선 시그널이 시베리아의 어느 한역(寒驛)
풍경을 연상케 한다. 기차가 김천(金泉) 역을 지나 추풍령을 약 1킬로 쯤
앞둔 당마루 막바지를 기어오를 때면 으레 지친 듯 기적을 울려댄다.
'뚜...' 희뿌연 입김을 토하며 안간힘을 쓰는 목쉰 기적 소리가 철길 넘어
선개산(仙蓋山, 추풍령 주봉)에 메아리치고 다시 당마루 분이(粉伊)네 집
지천을 울릴 무렵, 분이는 가물가물한 호롱 불빛에 마주 앉아 기다란 대
통에 풋담배 한 옴큼을 욱여넣고 뿌연 연기를 길게 내뿜는다.

분이는 이제 할머니가 되었다. 9순을 바라보는 김분이 할머니 곁에 환
갑이 불원한 막내아들 김덕암(金德巖,54)씨가 시체사람(현대사람)들의
시체 말은 잘 모른다면서 통변(통역)을 들고 있었다.

담 하나를 사이에 두고 경북과 충북이 갈라지는 도계(道界)의 첫 집.
경북 금능군(金陵郡) 봉산면(鳳山面) 광천동(廣川洞) 610 당마루 대문 집
에 분이 할머니가 이사를 온 것은 막내 아들 돌전이었으니까 지금으로부

터 꼭 55년 전 일이다. 아직은 이곳으로 국도가 나지 않은 산비탈 풀숲 욱어진 소로 길에 조랑말과 사인교가 왕래하던 시절부터 당마루에 주포(酒鋪, 주점)를 열었다.

영마루를 넘나드는 길손들이 목을 축이고 지나가는 외딴 주포에서 구름처럼 흘러 보낸 60년을 돌이켜 분이할머니는 지그시 눈을 감았다. 눈이 부시도록 하얗게 센 머리 밑으로 불그스레한 얼굴빛이 나이보다는 정정한 편. 열여섯에 시집와 아들 넷 딸 셋 7남매가 주렁주렁 매달린 아직도 30 안 젊은 나이에 그는 과부가 되었다. 그러나 단지 어린 것들과 살기 위해서 반 호장 지른 당코저고리에 트레머리 땋아 올리고 분이는 술을 팔았다.

한편으로는 봉래방(합숙)도 붙이고 겨울밤이면 희미한 아주까리기름 불 밑에서 드세게 벌어지는 투전판이 이름난 곳이기도 하다. 김천 되로 쌀 한 되(석되가옷 들이) 3돈 할 무렵, 큰 판은 1백량까지 엽전꾸러미가 더미로 쌓였다. 도계가 돼서 첫째 법의 손길이 멀고 보조 꾼(보조 헌병)이 온다 해도 담 하나만 넘으면 화(?)를 면할 수 있는 이점 때문에 이름난 한량들이 당마루로 많이 몰려들었다는 것이다. 당마루 분이네 집을 모르는 술꾼과 도박꾼은 이 고장엔 없다. 빨간 태 모자에 긴 칼 찬 보조 꾼에게 끌려가기도 여러 번.

돌산에 목도꾼들이 들끓고 신작로 공사에 한산인부(기술자를 이르는 말)가 밀어닥치면서 소주와 투전 대신 짓고땡이 나돌기 시작했다.

그가 기차를 처음 본 것은 고향인 선산(善山)에서 당마루로 이사 올 때. 김천정거장에 갔더니 "뭐이 산더미같이 떠들어오더니 고함을 지르고, 아이고 사람 잡아먹는 괴물이 나타난다고." 무서워서 기차를 안타고

50리 길을 걸어서 왔단다. 그러나 철로와 신작로가 들어오면서 인심은 점점 야박스러워졌다. 주재소 순사들은 모질기만 하고 술 세금은 늘어만 갔다.

목도꾼들은 한 잔에 1전하는 외상 술 값을 무쪽 잘라먹듯 떼먹고 달아 났다. 언젠가는 외상 술꾼을 신발짝으로 두들겨 패서 주재소에 고발당한 일까지 있다고 했다.

"날보고 거세다 케요" 억센 경상도 사투리에 묻힌 젊은 과부의 내력은 너무나 뻔했다. 지근대는 주정꾼의 성화를 밤이면 고담소설로 달래고 틈 틈이 길쌈도 해서 닷새에 베 한 필을 짜내는 숙수(熟手)이기도 했던 분이.

몇 년 전만해도 옥루몽이며 삼국지를 줄로 꿰듯 읽어 내렸다는 그가 이제는 눈이 어두워 돋보기를 써도 잘 안보여 돗수가 높은 걸로 갈아 끼 워야겠단다. 술집을 집어 치운지도 벌써 10년째. 길 건너 혼자 사는 그의 손녀가 술집을 열어 당마루 대문 집을 이으리라지만 숱한 나그네의 가슴 을 적셔주던 분이는 다시 돌아오지 않은 채. 감나무 얼어 죽던 날 죽었다 는 영감님 제삿날이 바로 내일(음력 12월 18일)이라면서 지나가는 기차 소리에 잠시 대화를 잃고 분이할머니는 또 한 번 담배 연기를 한숨인양 길게 내뿜었다.(1966.1.6 중앙일보)

# 땀내기 재의 추억

실로 50년만의 환고향(還故鄉)이다. 그런데 남들처럼 그렇게 정겹고 애틋한 고향은 아니었다. 보통 나서 자란 곳을 고향이라고 하는 것인데 나는 이 두 곳이 같지 않을 뿐 아니라 호적상의 원적지 본적지가 제각기 다르다. 즉 출생지는 여산(礪山, 익산), 원적지는 노성(魯城, 논산) 본적지는 서울, 성장지는 거창(居昌) 하는 식이다.

노성은 22세(世) 이후 파평 윤문(坡平尹門)이 중흥을 이룬 세거지(世居地)로 논산을 중심으로 공주 부여 대덕 금산 익산 등 근동 여러 지역에 후손들이 흩어져 살고 있다. 그런데 이곳 경상도 고제(高梯, 일명 높은 다리, 거창)는 내가 4살 때 부모님을 따라 들어와 10년을 살았으니 그나마 추억이 가장 많이 남아 있는 '고향' 인 셈이다.

## 50년만의 환고향(還故鄉)

10대 중후반에 벌써 이념 서적에 심취했었다는 아버지는 독서클럽 활동 중 왜경에게 체포되어 한 겨울 발가벗기운 채 우신(牛腎, 숫소의 성기)

을 굵은 철사에 꿰어 만든 고문기구로 배후를 대라며 매일처럼 매질을 당하다가 마침 저들의 소위 황태자(현 일왕 아끼히도 明仁)가 태어나 특사(特赦)로 20세 되던 해 일단 풀려는 났으나 요시찰(要視察)의 딱지를 붙인 채 늘 감시 속에서 살아왔다고 한다. 17세 때 결혼 하셔서 20세 때 나를 낳으셨으니 경상도로 흘러들어 온 것은 아버지 나이 24세 때의 일이다. 삼봉산(三峰山,1254m) 금광 경기를 타고 이 심심산골에서 제법 호황을 누렸다는 아버지 진외가 댁(반남박씨 潘南朴氏) 양조장 운영, 관리를 맡아 솔가(率家) 이주하게 된 것이라고 한다.

전라도 무풍(茂豊)에서 거창 땅으로 들어가는 도계 근처에서부터 장마 비에 패이고 쓸린 2차선 비포장도로를 타고 1시간 남짓 덜커덩거리며 달렸을 때다. 비록 반세기가 넘게 지난 옛날이지만 눈과 귀에 익은 행정 지명 봉산리(鳳山里,일명 둥구정이)가 눈앞에 나타났는데도 나는 한 동안 어리둥절할 수밖에 없었다. 그것은 분명 어려서 내가 살던 그 마을이 아니었기 때문이다. 우선 이상한 것은 마을이고 앞 내고 뒷동산이고 어찌 그리 작고 얕고 비좁은지 모르겠다.

이따금 광산용 자재를 싣고 흙먼지를 풀썩이며 마을 앞 비탈길을 오르는 목탄차 뒤꽁무니를 따라잡기 위해 신 바람나게 달리던 그 신작로가 아니었다. 길 둔덕을 따라 흐르는 시냇물을 건너서 풀포기를 잡고 기어 올라가다가 갑자기 위에서 굴러 내린 돌덩이에 깔려 으께어진 왼손 새끼 손가락의 상처 흉터가 지금도 선명한데 웬만한 밭두렁 정도로 내려앉은 길 둑은 높이가 2m도 채 안되어 보인다. 명색이 국도인데 넓이가 4.5m 쯤 되어 보이는 길가 왼쪽 마을 어귀에는 낡은 농협 창고가 한 채 서 있고 그 맞은편으로 뼈대가 앙상하게 다 들어난 가게와 살림집이 서너 채 퇴락해가는 모습으로 게딱지처럼 다닥다닥 맞붙어 있다.

삼봉산 산그늘 때문이었을까 오후 6시가 조금 지난 시각인데 벌써 어슴어슴한 땅거미가 밀려들기 시작했다. 길에서 만난 한 중노(中老)의 아낙에게 "양조장이 어디냐"고 물어보았더니 없어진지 벌써 오래 되었다며 의아스러운 표정으로 내 행색을 다시 한 번 훑어보는 것이었다. 그리고 마을을 건너다보니 과연 양조장 건물은 흔적도 없다.

## 기억 되살린 둥구정이 정자나무

세루 두루마기 차림의 아버지가 양조장집 아들인 동생 벌되는 까만 학생복 차림의 소년(서울 어느 상업학교 학생으로 기억됨)과 함께 찍은 색이 누렇게 바랜 옛날 사진 속의 날아갈듯 덩그렇던 그 기와집 말이다. 그렇다고 누구에게 이름을 대고 알만한 마을 사람도 하나 내 기억에는 없었다. 아까 그 아낙이 일러준 대로 아랫마을 이장 집을 찾아가서 물어보기로 했다. 그러나 그도 마침 출타중이라 그야말로 망연히 고샅길을 서성이고 있는데 이 때 동구 밖 마을 어귀에 서 있는 몇 아름드리 괴목 정자나무를 보니 희미하게나마 어릴 적 기억이 조금씩 되살아나기 시작했다. 이 나무가 바로 '둥구정'이라는 본래 마을 이름의 어원이 되고 있는 그 괴목 나무다. '마음의 행로'를 헤매 도는 나그네처럼 나는 내 기억 속의 심연(深淵)을 헤집으면서 돌담 너머로 이 집 저 집 안팎을 기웃거리고 있었다. 어느새 한 여름 산촌(山村)의 저녁밥 짓는 연기가 여기저기서 희끄무레 피어오르고 있었다. 어느 집을 보아도 사립문은 없는데 어른 가슴 높이만한 돌담을 두른 대문 자리에다 사다리를 가로 걸쳐놓은 집이 눈에 띈다. 나중에야 안 일이지만 소가 새끼를 낳아 밖으로 나가지 못하게 막아놓았다는 그 집 아주머니에게 말을 건네고 있는데 마침 그 집 주인인 듯한 노인 한 분이 지게를 지고 들어섰다. 찾아온 내력을 말하고 아버지 이름을 댔더니 대뜸 자네 이름이 아무개 아닌가 하는 것이었다. 이 말을 듣는 순간 나는 어찌나 반가웠던지 이것이 꿈인가 생신가 내 귀를 다 의심할 정도였다. "저게 자네네 집이고 여기는 양조장 자리, 이 밭은 정서(政緖,아버지의 진외가 동생)네 집 자릴세" 하고 그 자리에 선채로 일일이 손을 들어 가리켜 준다. 그는 아버지보다는 열 살 쯤 연하로 어려서 아버지를 많이 따랐다고 자신을 소개하면서 "자네 얼굴이 아버지를 꼭 빼닮았다"고 반가워하였다.

## 염소우리에 얽힌 사연

나는 먼저 맞은편의 옛집부터 달려가 보았다. 집 뒤 돌담 곁에 감나무가 두 그루 서 있고 서남향을 한 일자집. 워낙 긴 세월이 흐른 데다 너무 어릴 적 일이어서 집 어느 구석에도 남을만한 기억거리는 없었다. 다만 이 집 오른 편에 새로 세운 백회 칠을 한 바깥채를 보는 순간, 그것이 염소우리가 있던 자리라는 것을 어렴프시 짐작할 뿐이었다.

염소우리에 대한 기억이 이때 불현듯 떠오른 것은 염소 풀을 뜯기느라 논틀밭틀 끌고 다니며 정이 든 때문이기도 하지만 유난히 춥던 어느 겨울 날 아침 새끼를 낳은 지 얼마 안 되는 어미 염소가 호랑이에게 물려가버린 충격이 너무나 컸기 때문이다. 갓 낳은 두 마리 염소 새끼가 하도 귀여워서 눈만 뜨면 염소 우리로 달려가 윤기가 반질반질한 새끼 등을 쓰다듬어 주곤 했었는데 새벽바람에 어미 염소가 없어진 체 텅 빈 우리를 제일 먼저 발견한 나는 동네사람들과 함께 울며불며 찾아 헤매다가 집에서 좀 떨어진 논둑 아래에서 칼로 쨀 듯 배가 짝 갈라진 시뻘건 어미 염소의 주검을 발견하게 되었다.

동네사람들이 모두 이는 분명히 큰 짐승(호랑이)의 소행이라고 수군대는 바람에 어린 나는 무섭기도 하려니와 어미염소가 너무 가엽서서 몇 날 며칠을 두고 눈물 바람을 하며 가슴앓이를 한 적이 있었다. 더구나 두 마리 새끼들은 그해 겨울 밤마다 내 방에서 잠을 재웠는데 한 밤에 어미 생각이 나면 갑자기 '움메…' 하고 울어대는 바람에 어미를 물어간 그 호랑이가 다시 찾아 올까봐 이불을 푹 뒤집어쓰고 가슴을 조이던 적이 한 두 번이 아니다.

## 할아버지 머물던 사랑채 자리

양조장이 섰던 자리에는 헛간같이 너덜너덜한 벽채만 남은 다 쓸어져 가는 초가 장옥이 한 채 서 있고 정서 아저씨가 살던 집터에는 아욱과 상추 등 푸성귀가 소담스럽게 자라고 있었다. 이제는 모두 다 고인이 되었지만 정서 아저씨의 어머니 되시는 할머니는 자손이 놀던(귀한) 집안이라 나를 친 손자처럼 귀여워해 주셨다. 종손 집이어서 제사도 자주 지냈는데 할머니는 그 때마다 나를 불러 벽장 속에 갈무리하여 두었던 오색 과일 등 마른 제물(祭物)을 꺼내 먹이곤 하셨다. 잉어다 화조(花鳥)의 채색 민화(民畵)가 그려진 그 댁 벽장문을 바라볼 때마다 나는 조건반사적(條件反射的)으로 군침을 삼키던 기억이 지금도 생생하다.

그리고 그 댁 사랑채에는 1년에 한 두 번씩 꼭 다니러 오시는 할아버지께서 거처하시던 방이 있었다. 한 번 오시면 보통 한 두 달식 머무르시게 되는데 할아버지의 말동무가 바로 나였다. 일에 바쁜 아버지는 늘 밖으로

만 도셨고 어머니는 또 속병을 앓으셔서 할아버지께서 다니러 오실 때마다 약을 지어 오셔서 집안에서는 한약 달이는 냄새가 끊이지 않았다.

아직 초등학교에 들어가기 전이었으니까 온 종일 할아버지 곁을 떠나지 않았으며 약주를 무척 좋아하셨던 할아버지께서는 어린 나를 무릎에 앉혀놓고 술을 드시다가도 의례 한 모금 남겨가지고 나의 입에 넣어주시곤 하셨다. 내가 젊어서 이후 남달리 술을 좋아하고 많이 마시게 된 데는 이렇게 어려서부터 입에 익힌 술이 적잖이 영향을 미쳤을 거라는 생각이 든다. 이런 할아버지가 고향으로 돌아가시는 날은 나에게는 더 없이 서러운 날이었다.

## 산천은 옛 그대로인데…

어찌나 할아버지 옷을 잡고 매어 달렸던지 다음부터는 나 몰래 먼저 집을 나서 웅양(熊陽)으로 가는 땀내기 재를 넘으셨다. 시야에서 점점 멀어져가는 흰 두루마기 입은 할아버지 모습을 놓질 세라 두 주먹으로 어머니 등을 방망이질 하면서 하늘이 노랗도록 울어대던 산천은 옛 그대로인데 그 어른들은 모두 다 떠나가셨다. 인생에 있어서 만남과 헤어짐이라는 것이 과연 무엇인가를 다시 한 번 생각하게 하여 주는 아스라한 추억을 더듬으며 단 하룻밤 만이라도 이 마을에서 자고 싶었다.

그러나 경상도에서의 마지막 정착지였던 신기촌(新基村, 웅양면)가는 다음 날 일정 때문에 저녁 8시가 조금 지나서 둥구정이를 뒤로 떠나올 수밖에 없었다. 할아버지께서 넘으셨고 술 취한 아버지 따라 어머니 등에 업혀 한 밤중에 넘던 20 리 땀내기 재를 꼭 한 번 걸어서 넘고 싶었다. 그러나 거긴 아직 도로가 뚫리지 않아 단념할 수밖에 없었다. 실로 50년 만

에 찾은 고향을 불과 두 시간 만에 떠나오노라니 어둠 속에 도란거리며
흘러가는 앞 냇물 소리는 점점 더 높아만 간다.

## '둔 터'에는 어둠이 깊어가고

이 마을에서 3킬로 가량 거창 읍내 쪽으로 내려간 국도 변에 둔 터(屯
基)라는 마을이 있다. 이 마을이 둥구정이를 떠나 한 때 살던 가게 집이
다. 신라시대 군대가 진을 치고 있던 자리라고해서 둔터라는 마을 이름
이 붙여졌다고 하는데 우리가 살던 큰 길 가 가게 집은 역시 허물어져 흔
적도 없고 그 자리에는 채전 밭을 일궈놓았다. 다만 집 앞 괴목 정자나무
만이 침묵보다도 더 무거운 어둠 속에서 자멱질을 하고 있었다.

어른들 말로는 이곳 터가 몹시 세었다고 한다. 한 여름 밤 정자나무에
서 모심을 때 농요(農謠) 앞소리 매기는 소리가 예사로 들리는가 하면 슬
겅슬겅 하는 영락없는 톱 소리와 자구 쪼는 소리가 들렸다고 할아버지께
서 그 곳을 떠난 뒤에야 비로소 말씀하시던 기억이 난다. 어느 겨울 날 밤
에는 큰 바위덩이로 대문을 와지끈 부수는 소리가 나 아버지와 어머니가
촛불을 켜들고 나가 보았으나 대문은 까딱도 하지 않고 바람조차 불지
않았다는 예기도 어머니에게서 들은 기억이 난다. 이런 이야기를 떠 올
린 때문인지 몰라도 길 가에 차를 세워놓고 '둔 터'라는 마을 표지석 사
진을 찍기 위해 잠시 내렸다가 돌아서는데 순간 온 몸이 오싹해지면서
한기(寒氣)가 느껴졌다.

## 팔뚝에 새긴 파란 문신(文身)

그날 밤은 거창 읍내에서 자고 이튿날 이른 아침에 다시 길을 떠났다.

약 한 시간 만에 웅양면 아주(娥州)라는 마을에 도착하여 내가 살던 신기촌 마을로 들어가려는데 때마침 길을 갓 콘크리트 포장한 뒤 채 굳지 않아 차량의 출입을 막고 있었다. 하는 수 없이 아주마을로 되돌아와 신기촌 사정에 밝다는 50대 중반의 남자 한 사람을 붙들고 '박진호'라는 사람 이름을 대었더니 그는 일손을 잠시 멈추고 돌아보면서 "그 사람은 박가가 아니라 이(李)가"라고 바로잡아 주었다. 그런데 그 사람은 6년 전에 이미 세상을 떴다는 것이다. 나보다는 나이가 두세 살은 위였던 한 마을 국민학교 동급생이다. 성을 틀리게나마 그의 이름을 오래도록 기억할 수 있었던 것은 오른 손 팔목에 새긴 파란 두 점 문신 때문이다. 송사리 눈처럼 바늘을 찔러서 잉크 먹물을 들인 이 문신은 그가 이름을 기억할 수 없는 다른 몇 명의 동네 친구와 함께 결의형제(結義兄弟)하여 영원히 잊지 말자는 표시로 새겨준 것이었다. 지금 그 친구들은 찾을 길이 없는데 살 갗에 새긴 '푸른 약속'은 그 길고 긴 세월도 잊은 듯 오히려 더 선명한 빛을 내뿜고 있었다.

우리가 다니던 학교는 마을에서 논틀밭틀 산비탈 길로 자그마치 근 십리 길이었다. 이 길을 매일같이 책 보따리 어깨에 질끈 동여 메고 필통 소리 덜커덩거리며 달리는 걸음으로 통학을 했다. 하교 길에 목이 마르면 찔레 꽃나무 순도 꺾어 먹고 산 딸기도 따 먹고 토사가 시뻘겋게 드러난 언덕배기를 뜀틀 삼아 높이뛰기 놀이에 빠져 시간 가는 줄도 모르고 열중하던 기억하며 특히 유두(流頭, 음력 6월 보름) 날에는 풍농을 기원하며 논배미 물꼬마다 겨릅대로 받혀 차려놓은 고사떡을 거두어서 나누어 먹던 기억이 바로 엊그제 일처럼 생생하게 떠오른다.

내가 다니던 웅양(熊陽) 국민(초등)학교는 김천(金泉)으로 나가는 길

초에 있었다. 순정 영화의 배경무대 같은 단출하면서도 아늑한 단층 교실 맑은 유리 창 안에서는 금시 가래 머리 처녀 선생의 풍금 소리가 울려 나올 것만 같다. 그런데 이상한 것은 학교에서 보내온 사진 중에 20년 전 내가 보았던 학교 사진보다 훨씬 오래된 학교 사진(67년도)이 나에게는 오히려 더 낯설게 느껴졌다. 정작 나는 그 사진 속의 학교에서 공부를 했을 텐 데 말이다. 그러나 나는 나 자신조차 기억하지 못하는 오리지널 학교 사진을 찾았다는 기쁨과 함께 오랜 세월 속에 묻혔던 내 기억력의 한계(限界)를 시험하고 있는 것 같았다.(1994. 8.).

일제 말에 다녔던
거창 웅양(熊陽) 초등학교 전경

초등학교를 방문
교문 앞에 선 필자

# 울할아버지

홍역(紅疫)처럼 빠알간 앵두꽃철에
이름도 얼굴도 모르는 갓 난 누이동생은
터질듯 영롱한 열(熱) 꽃을
삭이다 못해
어머니 젖무덤에 파묻혀
가녀린 숨을 거두었단다.

달집 훨훨 타오르는
대보름날 밤
신명(神明) 집힌 한 마당 풍물놀이에
꽃뱀 혓바닥 같은
액(厄)맥이 불꽃 수술이
너울너울 춤을 춘다.

삼봉산 안고 도는

머나먼 삼백리 길에

그 산하(山河) 그 인물 차마 못 잊어

푸짐한 이야기꽃 피우고

달리는 차창(車窓) 밖으로

팔도 풍물첩(風物帖) 펼쳐질 때면

갈피갈피마다 묻어나는 정(情) 새로워


내 땅 김천(金泉)이

'기-ㄴ 생' 하고 길게 울려 퍼지던

풀렛홈에선

지내 대가리 같은 화통(火筒) 밑구녕으로

지친듯 토해내는 희뿌연 입김

구름으로 피어오르고

신기촌 들어가는 신작로 길엔

흙먼지 뿌연 돌개바람

둥구정이 넘어가는 땀내기 재 마루에는

홍시 빛 버얼건 노을이 진다.


손때에 전 다갈색(茶褐色) 지팡이

선장(禪杖)처럼 휘이 휘이 내저으며

흰 두루마기 입고

재 넘어 오시던 할아버지

언제나 취기(醉氣) 서린 불콰한 얼굴
그 성성한 수염부리에
뿌연 성애가 핀다.
(1994)

# 태(胎)자리

생전에 외할머니께서 자주 들려주시던 아버지의 구혼(求婚) 시절 이야기는 우리 외가에서 는 가장 인기 있는 화제꺼리로 전해내려 오고 있다. 두 집안에서 혼담(婚談)이 오고 갈 무렵 하루는 17세의 어린 예비 신랑이 자전거를 타고 불쑥 나타나 당돌하게도 신부될 처자를 한 번 보게 하여달라고 요구를 한 것이다. 말하자면 맞선을 보자는 것이었다. 그 때만 해도 집안끼리 혼사를 치루는 법도(法度)가 엄격했기 때문에 맞선이란 엄감생심(言敢生心) 꿈도 꿀 수 없는 시절이었다고 한다. 신랑감을 보겠다고 자리를 같이 한 처가댁 어른들은 마치 무슨 변이라도 난 것처럼 '어허 고얀 지고'를 연발하면서도 한편으로는 어린 예비 신랑의 의젓하고 당당한 태도에 모두들 눈이 휘둥그레 졌었다고 한다.

그리고 3 년 만에 나를 외가에서 낳으셨는데 초산(初産)이라 무척 난산이었다고 한다. 이런 경황중인데도 아버지는 아기가 태어날 시(時)를 놓치게 생겼다고 발을 동동거리며 산모를 다그쳤다고 한다. 아버지에게 는 태어날 아기의 명운을 가를 사주(四柱)의 시가 그만큼 중요했던 것이다. 그런대도 해산할 기미가 보이지 않자 이번에는 어디서 들었는지 시골집 처마 끝에 달려있는 제비집을 헐어다가 배피탕을 끓여 산모에게 먹였는데 그 효험을 보았는지 하루 한나절 계속된 지루한 산통 끝에 나를 낳으셨다고 한다. 마루 끝에 나무 상자를 받혀놓고 바지골마리가 아슬아슬하게 내려가는 것도 아랑곳하지 않고 끙끙거리며 두 손을 뻗혀 제비집 따는 모습을 흉내 낼 때는 외가 식구들이 모두 손뼉을 치며 웃던 아스라한 옛 기억을 더듬어 전주에 내려온 것은 지난 4월 초하룻날, 내가 나서 80 년 만에 처음으로 나의 태(胎)자리를 찾은 것이다.

"네가 태어난 너의 외가 마을 삼덕산(三德山)에서 덕(德)자를 따다 네 이름을 지었다."고 어려서 할아버지께서 들려주신 내 이름의 유래도 확인하기 겸해서 노성(魯城, 논산)에서 바로 그 할아버지 묘제(墓祭)를 모신 뒤에 전주로 직행을 한 것이다.

지금은 전주시 완산구 성덕동(聖德洞)으로 편입이 되었으나 원래는 완주군 조촌면(助村面) 성덕리였다. 그런데 그 '전설의 마을'을 찾기가 생각보다 그렇게 쉽지가 않았다. 집에서 떠나기 전에 동사무소에다 전화로 확인한 바로는 처음에 성덕동에는 산(삼덕산)이 없다고 했다. 그러나 이미 나의 뇌리에는 산이 없는 성덕리는 없었기 때문에 그럴 리가 없다고 다시 채근을 하자 이번에는 나이가 들어 보이는 동직원이 저수지를 낀 산이 있는 성덕리가 또 있다고 했다. 성덕리가 둘이라는 것이다. 방향이나 거리는 말하지 않고 시로 편입된 성덕리 말고 면 이름만 바뀐 완주 성덕리가 분명히 또 하나가 있다는 것이다

성덕리 행 버스를 탈 때부터 기사마다 방향을 달리 가리켜 주는 바람에 남부시장 앞 길 이쪽 저 쪽을 두 세 번이나 건너다닌 끝에 가까스로

‘산이 있는 성덕리’ 행 버스를 잡아탈 수 있었다. 그런데 40여분이나 걸려서 도착한 곳에 있는 산은 삼덕산이 아니고 전주의 진산(鎭山)이라고 할 수 있는 모악산(母嶽山)이었다. 이 산이 품고 있는 절이 후백제의 견훤(甄萱)이 한 때 유폐되었던 저 유명한 금산사이다. 이 지방 지도를 보면 전주시를 가운데에다 두고 완주군이 시의 둘레를 에워싸고 있는데 이곳은 구의면 성덕리로 남쪽 끝자락 김제군과 접경을 이루고 있는 곳이었다. 완산구 성덕동은 북쪽 익산시 아래쪽으로 정반대 방향에 자리 잡고 있었다. 다시 아까의 배가 넘는 거리를 가야하는데 생각만 해도 끔찍하고 까마득하게 느껴졌다. 그러나 몇날 며칠 벼르고 별러서 온 길을 빈손으로 돌아갈 수도 없는 노릇이고 해서 전주 시내를 가로질러 1시간반가량 걸린 끝에 북쪽 성덕동의 한 부동산 가게 앞에서 차를 내렸다.

50세 가까운 부동산 주인에게 그래도 혹시나 해서 삼덕산의 소재부터 물어보았지만 역시 없다는 대답이 돌아왔다. 마지막 한 가닥 기대를 걸고 마을 경로당을 찾았을 때는 오후 5시 가까운 시간이었다. 70대 초반쯤 되어 보이는 한 토박이를 잡고 찾아온 내력을 먼저 이야기하고 삼덕산이라는 산을 찾아야하는데 고민이라는 말을 하자 그 동로(洞老)가 대뜸 받아서 하는 말이 ‘삼덕산은 있다’ 는 것 이었다.

처음에는 내 귀를 의심했다. 동내 들어설 때 보니 한 20여 가구 쯤 되는 마을 뒤로 여느 남쪽 지방의 마을처럼 마을 뒤를 감싸 안고 있는 대숲이 제법 울창하던 것만 보았지 분명 산은 못 보았는데 산이 있다는 것이다. 밖으로 나가 마을을 거슬러 더 올라가 보니 과연 소나무가 수십 그루 떨기를 이룬 야트막한 산이라기보다 구릉(丘陵)에 가까운 삼덕산이 넓은 들 가운데 섬처럼 떠 있는 것이 보였다. 오래 전 월간 한배달에서 민족 사적지 순례를 할 때 들렸던 전남 영암의 태간리 앞들 한 복판의 전방후원 분처럼 자라모양을 한 그런 산이었다. 산이 귀한 들녘이다 보니 이 조그만 산도 어엿한 이름을 얻고 있었던 것이다.

외조부께서는 일정 때 소작농을 관리하는 마름(사음 舍音)으로 유복하게 사셨는데 중간에 오늘날의 증권거래 같은 미두(米豆, 현물 없이 투기적 약속으로 미곡을 거래함)에 손을 대 재산을 탕진하고 말년을 불우하게 보내셨다고 한다. 그러나 어머니가 혼인할 당시만 해도. 전성기를 누리던 때였다고 하는데 그 때 어머니가 사시던 집은 어디쯤이었을까 상상 속으로 그려보면서 마을을 빠져 나오려는데 삼덕산 솔숲 사이로  간덩이처럼 붉은 저녁 해가 뉘엿뉘엿 대지 품속으로 갈아 앉고 있었다.

이렇게 시시콜콜 비밀이라면 비밀일 수도 있는 나의 출생지를 밝히는 이유는 이 기회에 풀고 넘어가야할 조금은 복잡한 내 나름의 사연이 있기 때문이다. 호적상 나의 출생지는 여산(礪山, 익산)으로 되어 있다. 그런데 나를 입적시킨 직후에 아버지는 노성(魯城, 논산)으로 분가를 하여  본적지(현재는 원적지)가 노성이 된 것이다. 그 이후 초중고를 거쳐 대학을 졸업하고 직장에 들어갈 때까지 본적지로만 통용이 되었기 때문에 굳이 출생지를 따질 필요조차 없었다. 이와 같이 모든 생활이 본적지 위주로 길들여진 타성(惰性) 때문인지 몰라도 어느새 나의 출신지는 노성으로 굳어져 있었던 것이다. 그곳이 또 우리 씨족의 본거지이기도 해서 내 신분을 밝히는 데는 그만한 전거(典據)를 따로 대기가 어렵다는 점도 한 몫을 하였다.

썩 내키지 않는 좀 껄끄러운 주제이긴 해도 이런 해명성(解明性) 글을 쓰게 된 것은 못난 소리 같지만 아직도 우리 주변에 기생(寄生)하고 있는

'전라도 콤플렉스'에서 나 자신부터 자유롭지 못했다는 자괴감(自愧感)
이 들어서다. 거기다가 10수년간 내 딴에는 사명감을 가지고 동분서주
(東奔西走)했던 통일운동의 명분과는 너무나 동떨어지고 알량한 지역주
의에 매몰되어 있었던 나 자신을 발견하고 돌이킬 수 없는 참담한 심정
이 들어서다.

이 때 "물이 (지역주의라는)도랑을 채우지 않으면 더 이상 흘러가지
않는다(不盈科而不行)"는 논어의 한 구절이 불현듯 떠오른 것은 지금까
지 이처럼 평범한 자연의 진리조차 외면했던 나 자신이 너무 왜소하고
초라해 보였기 때문일 것이다.

저물어가는 삼덕산의 노을을 등지고
(2012.05)

# 논두렁 공부

6. 25 동란이 발발하던 해 나는 지금 학제(學制)로 치면 고등학교 2학년이었다. 특별히 입시(入試) 공부라고 해서 따로 하지는 않았지만 내심으로는 부담이 점점 가중(加重)되기 시작할 무렵 난리가 나 전라도 어느 시골로 피난을 가게 되었다. 지금 시골과 비교해 보면 상상도 할 수 없을 정도의 태고(太古) 쩍 마을이었다.

## 전기도 라디오도 없는 마을

우선 전기가 없었고 라디오나 신문 등 문명의 이기(利器)라고는 찾아보기 힘든 그런 마을이었다. 초가지붕에 시뻘건 흙벽과 방문마다 밖을 내다볼 수 있게 끼워 바른 손바닥만 한 맑은 유리가 그럴 수 없이 고맙게 느껴질 정도였다. 마을 앞 신작로를 흙먼지를 날리며 지나가는 시외버스가 간간히 눈에 띄긴 하였으나 이 마을과는 아무 상관없는 그저 지나가는 버스일 뿐이었다. 요즘 고속도로 변에 있는 마을처럼 차는 그냥 지나가는 흔한 풍경가운데 하나일 뿐이었다.

마을 사람들은 보통 2~30리 되는 인근 5일 장을 이고 지고 걸어서 다니는 것이 생활화되어 있었다. 차를 타고 다닐만한 경제적인 여유가 없어서라기보다는 아예 버스노선 자체가 없었고 장보러 다니는 데 차를 타고 다니는 것이 오히려 흠이 되었던 시절이다. 장을 본다는 농촌의 생활경제에는 교통비라는 항목이 처음부터 아예 계산에 들어 있지 않았기 때문이다.

사회학에서 말하는 '고립(孤立)사회'와도 같은 이 육지 속의 외로운 섬에서 키운 내 젊은 날의 꿈은 날마다 마을 건너 미륵산(금마 金馬)을 넘어 북으로 하얀 긴 꼬리를 끌며 날아가는 하늘의 요새(要塞) B-29에 실려 함께 날아가고 있었다.

## 봄부터 가을까지 1년 농사

10리쯤 떨어진 초등학교가 이 고장의 유일무이한 공공 문화시설이었고 봄가을 운동회 때면 온 면내가 온통 축제분위기에 들떠 마치 마을끼리 겨루는 면민 체육대회도 함께 열린 것처럼 학교가 떠나갈듯 와자지껄 술렁였다. 추석 명절 때가 되면 전주 이리(裡里, 지금의 익산시) 등 인근 대도시에 유학하고 있는 마을 청년들이 마을 공회당에서 신파극을 공연할 때 여장(女裝) 청년의 뻣뻣하고 어설픈 연기가 마을 사람들을 그리도 웃기던 기억이 60여년이 지난 지금까지도 생생하기만 하다. 그 더운 여름 내내 농사일에 파묻혀 허리 한 번 제대로 펴보지 못하던 고달픔을 순박하고 밝은 웃음에 실어 날려 보내던 그들이었다.

이 때 나는 봄에 씨 나락 뿌리고 가을에 벼를 거두기까지 1년 농사일을 빼놓지 않고 골고루 경험하게 되었다. 아무리 입시(入試)를 앞둔 수험생이라고는 하나 농번기에는 부지깽이도 한 몫을 거든다는 농촌에서 혼자 엎드려 공부만 할 수는 없었기 때문이다.

이때부터 나의 논두렁 공부는 시작되었다. 한 여름 찌는 듯한 더위 속에서 김을 매다가 간간이 논두렁에 나와서 쉴 짬에는 나는 전 날 밤에 미리 깨알처럼 적어갖고 나온 단어장과 한문 두루마리를 펴든다. 담배 한 대 내기인 불과 10~20 분 사이에 영어단어와 한문 성구(成句)가 마치 솜뭉치에 물 빨려 들듯 술술 외어지는 것 이었다.

그러나 일단 일을 손에 잡았다 하면 딴 생각을 할 수가 없다. 한 눈만 안 판다고 되는 것이 아니었다. 정신을 잠깐 딴 데다 돌리기만 해도 서툰 낫질에 손가락 베기가 일수였다. 30도가 넘는 땡볕 아래서 김을 맬 때 특히 벼가 다 자란 막벌 김매기에서 딴 생각을 하다가는 껄끄러운 볏 잎 끝에 눈알을 찔리기가 일수여서 늘 긴장의 끈을 놓을 수가 없었다.

몸에 배지 않아서 애를 못 삭일만큼 힘든 일을 하면서도 그 푸짐한 들밥을 들면서 피로를 잊는다. 보통 집에서는 새까만 보리밥에 검 털털 한 무 총 김치 그리고 청국장이 고작이었는데 일을 나가면 기운을 써야한다고 먹새가 몰라보게 달라진다. 밥에 보리가 훨씬 줄어들고 생선토막이나 두부무침이 꼭 얹히기 마련이다. 갈치조림이 자주 올랐다. 하지 감자를 넓적넓적하게 썰어 넣고 얼큰한 양념에 버무린 갈치 토막을 자작자작 졸인 것이 그렇게 맛이 달수가 없었다. 한참 성장기의 영양 섭취 탓도 있었겠지만 힘든 일끝의 들밥이라서 더 맛이 있었는지도 모른다. 그 풍성하고 구수한 맛이 몸에 배어 지금도 이따금 식당을 찾아 갈치조림을 시켜 먹어보지만 옛날 그 맛은 느낄 수가 없다.

## 푸짐한 들밥으로 피로 풀어

하루 일을 끝내고 집에 돌아와서는 조그만 앉은뱅이책상 앞에 앉는다. 호롱불 심지를 돋우며 주로 필기를 하고 논리 구성하는 지금으로 말하면 논설 공부를 밤늦도록 하다 보면 등잔불 그을음으로 콧구멍이 새카매진다. 아침에 가래를 뱉으면 새카맣게 묻어서 나오기도 한다. 종이가 있을 리 없다. 장날 사가지고 온 물건 싸는 구멍이 숭숭 뚫리고 누르딩딩한 마분지를 잘라서 쓰고 이도 모자랄 땐 헌 신문지에다 대고도 썼다. 잉크는 먹을 갈아 만든 먹물에 솜을 담궈서 찍어 쓰는 대용 잉크였다.

이토록 가난하고 힘든 여건 속에서도 뜻은 오히려 더 굳어만 갔다. 주변 사람들의 소박하고 정이 넘치는 따듯한 격려에 힘입은 바 컸다. 영악한 요즘 사람들 눈으로 보면 좀 덜 떨어진 사고(思考)라고 할런지 모르겠지만 은혜라던가 고마움에 쉽게 감격하고 그것을 반드시 되갚아주어야 한다는 전래의 미덕(美德)에 충실한 것을 가장 소중한 가치로 여기던 시절이야기다. 그래서 나에게 관심을 쏟고 있는 주변 사람들의 몫까지 대신 해서 공부한다는 일종의 사명감과 함께 그래서 더 높이 쳐들 수 있었던 자기 각성(覺醒)의 채찍으로 이 어려운 시기를 오히려 자기 계발(啓發)의 기회로 삼을 수 있었던 것 같다. (월간 우리. 1988.10.)

절친하게 지내던 두 친구가 어떻게 알아냈는지 6·25 다음해 피난처까지 찾아와 찍은 사진(왼쪽부터 시계방향으로 필자 권오중 홍의선)

# 르네상스의 산실(産室), 안산(安山)

나는 어려서부터 안산(安山)이라는 지명을 막연하게 그리워하면서 자랐다. 할아버지의 종형 (從兄, 4촌) 되시는 윤 참봉이라는 만석꾼부자가 그곳에 살았는데 슬하에 아들이 없어 당질(堂姪, 5촌 조카)벌 되는 나의 아버지를 양자로 들이려고 그렇게 공을 들였다고 한다. 그 당시 풍속으로는 대를 잇기 위해 양자를 들이는 것이 당연한 일이었지만 할아버지께서는 자신이 양자로 들어와 설음을 겪은 터라 자식에게만은 그런 설음을 물려주지 않으려고 끝내 그것을 허락하지 않으셨다고 한다.

이런 인연 때문인지 몰라도 나는 한 번도 그 댁에 가 보지는 않았지만 어릴 적부터 안산이라는 이름만 들어도 낯선 고장 같지 않은 친근감을 느끼곤 하였다.

그런데 17-8세기 영 · 정조(英正朝)시대의 르네상스를 이끌었던 주역들이 대부분 이 고장 출신이라는 놀라운 사실을 뒤늦게 발견하고 나는 안산의 매력에 더욱 깊이 빠져들게 되었다.

안산이 실학자 성호(星湖) 이익(李瀷,1681~1763)의 고장이라는 것은 이미 알려진 사실이거니와 그의 학문 영역은 천문 지리 율산(律算,,율력 律曆에 관한 법칙과 산수) 의학에 이르기까지 능통하였으며 서학(西學)에도 깊은 관심을 가지고 있었다. 그는 실증적이고도 비판적인 태도로 학문에 임하여 사회현실을 역사적으로 고찰하고 모든 학문을 사회에 유용하게 쓰일 수 있도록 해야 한다는 신념하에 정치 지방 재정 경제 과거제 학제 병제 관제 등에 이르기까지 이르는 곳마다 날카로운 비판과 대안(代案)을 제시하여 한 시대의 정신을 이끌었다. 그의 대표적 저서인 〈성호사설 星湖僿說〉은 이런 그의 현실비판과 사상을 담은 실학의 지침서로 훗날 다산 (茶山) 정약용이 실학을 집대성하는데 하나의 푯대가 되었다.

'참으로 위대 하시도다.' 를 연발하는 다산의 찬사는 이렇게 이어진다. '문호(門戶)는 지극히 바르고 / 법도는 지극히 엄격하시며 / 길은 지극히 가깝고 / 경지는 지극히 깊으시니…(중략) 근래 나이 많고 덕을 갖춘 사람들도/모두 진심으로 귀의(歸依)하고 사모하여 / 일대의 큰 스승으로 떠받들지 않는 사람이 없으니… /

선견지명이 놀라웠던 이익은 또 당시(250여 년 전) 그가 살았던 첨성리(瞻星里) 앞바다에 대한 간척의 꿈을 '화포잡영(花浦襍詠)' 이란 시로 노래했는데 그곳이 오늘날 안산시의 모태가 되었다고 한다. '물길 트고 포구 옮겨 방조제 쌓으면 / 짠 기 가시고 벼 자라나 모두가 기름진 땅/반듯 반듯 새마을 새 거리 이뤄지면 / 씨 뿌리고 김매고 무슨 걱정 있으리' 라던 안산의 옛 모습과 오늘의 시가지 모습이 오버랩 되면서 다시 한 번 경탄을 금치 못한다.

대학자 이익 한 사람 만으로도 안산은 이렇게 큰 무게로 다가오는데 시(詩) 서(書) 화(畵) 삼절(三絶)로 일컬어지는 조선 후기 예원(藝苑, 예술계)의 총수 표암(豹菴) 강세황(姜世晃,1713~1791)이 또한 이곳 출신이다. 뿐만 아니라 어려서부터 그의 문하에서 그림을 배웠다는 단원(檀園) 김홍도(金弘道,1745~?)에 이르러 그 절정을 이루는데 이들은 김명국(金明國,호 연담 連潭 또는 취옹 醉翁,인조 때) 심사정(沈師正, 호 현재 玄齋, 1707~1769) 최북(崔北, 호 성재 星齋,영조 때) 이의양(李義養, 호 운재 雲齋, 1763~?) 이한철(李漢喆) 등과 함께 안산이 낳은 7대 화가로 손꼽는다.

뿐만이 아니다 세종 때의 명신이자 역시 시 서 화 삼절로 이름을 떨쳤던 인재(仁齋) 강희안(姜希顔,1419~1464)과 문장 글씨에 뛰어났던 그의 동생 사숙재(私淑齋) 강희맹(姜希孟,1424~1483), 조선 4대 문장가 중의 한사람인 계곡(溪谷) 장유(張維,1587~1683), 양명 학자로 강화학파의 비조였던 하곡(霞谷) 정제두(鄭齊斗,1649~1736) 〈산림경제 증보 山林經濟增補〉를 펴낸 약은 (藥隱) 유중은(柳重隱) 등이 모두 안산이 낳은 인물들이다.

비록 근기(近畿) 지방(오늘날 수도권)이라고는 하나 일개 지방(고을)에서 이처럼 문화와 예술이 그것도 거의 동시대에 꽃필 수 있었던 이면에는 청문당(淸聞堂, 경기도 문화재자료 제 94호, 부곡동 소재)이라는 독서당이 있었기 때문이라는 것이다. 청문당의 만권루(萬卷樓)는 조선 시대 4대 서고의 하나로 고려 충선왕이 연경(燕京,지금 북경)에 세워 원나라와의 문화교류 거점(據點)으로 삼았던 만권당을 본 뜬 것이었다. 이곳에서 문인 학자이자 시종신이었던 익재(益齋) 이제현(李齊賢,1287~1367)이 남송(宋) 출신 유학자인 요수(姚燧)와 염복(閻復) 조맹부(趙孟頫) 등과 교유하면서 학예를 수련하여 성리학과 송설체 등 서체를 고려에 보급하는 역할을 했듯이 조선 후기 정치권력으로부터 소외된 남인 문사들의 교류처로서 나아가 실학의 산실로 기능하게 되었던 것이다.

기호(畿湖) 남인들의 학문적인 기반이 되었던 청문당을 처음 세운 이는 전주 유씨(柳氏) 16세손 유시회(柳時會,1562~1635)로 알려져 있다. 선조의 아홉 번째 부마(정정 貞正 옹주)였던 그의 조카 적(頔,1595~1619)이 안산에 정착하면서 받은 사패지(賜牌地,임금이 내리는 땅)와 어염권(魚鹽權)이 청문당 건립과 운영의 기금이 되었다는 것이다.

그 후 20세손 경종(慶種,1714~1784) 대에 이르러 청문당은 비로소 그 진가를 발휘하게 되는데 시문에 능하고 의학에도 조예가 깊었던 그는 이익의 문하이었을 뿐 아니라 강세황과는 처남매부지간이었다. 그리고 강세황의 지기인 순암(順菴) 안정복(安鼎福,1712~1792)이 또한 이익의 수제자였으니 불과 10여리밖에 있는 성촌의 성호장(星湖庄, 이익의 거처) 길은 이들의 발걸음으로 이어졌다고해도 과언이 아니었다.

거기에다 오천시사(午川詩社)라는 문인들의 동아리를 만들어 청문당에는 전국 각지의 시인 묵객(墨客)들의 발길이 끊이지 않았다는 것이다.

화가로서 이 나라의 제1인자라 해도 손색이 없는 김홍도는 어릴 적 강세황에게 그 천재성을 인정받아 그의 문하에서 수련 끝에 1760년(영조27)에 도화서 화원으로 천거된다. 산수에서 인물 화초 영모(翎毛)에 걸쳐 뛰어난 필치로 특히 그는 진경(眞景)산수를 즐겨 그려 '단원법'이라 불리는 보다 세련되고 개성이 강한 독창적 화법을 이룩하였다. 이런 그의 능력을 정조도 높이 사 '회사(繪事,그림 그리는 일)에 속하는 일이면 홍도에게 주장하게 했다.' 할 정도로 총애를 했다고 한다.

정선(鄭敾,1676~1759)의 진경산수화 전통을 이어받은 김홍도는 전기(50세 전후)에는 군선도병(群仙圖屏,국보 139호) 등 신선도를 많이 그렸으며 후기에는 서민생활상과 생업의 점경(點景) 등 풍속화를 주로 많이 그렸는데 간략한 짜임새의 원형 구도 위에 풍부한 해학적(諧謔的) 감정을 잘 표현하여 서민들의 애환을 어루만지기도 하였다. 그의 〈단원풍속화첩〉은 보물 527호로 지정되어 있다.

함께 도화서 화원으로 있었던 복헌(復軒) 김응환(金應煥, 1742~1789)이 김홍도에게 그려준 〈금강전도 金剛全圖〉의 시화첩에 쓴 홍백화(洪白華)의 발문에 보면 김홍도의 인물됨이 '수려한 외모에 풍채 또한 훤칠하며 도량이 넓고 성격이 활달하여 마치 신선과 같았다' 고 적고 있다. 그러나 그의 개인적인 생활은 불우했던 것 같다. 한 때 외방(충청도 연풍 延豊) 수령으로 나가 관직생활을 한 적도 있으나 '돈이 생기면 마시고 없으면 굶는' 초현실적인 삶을 산 것으로 알려져 있다. 말년에는 외아들 학비(서당) 댈 돈조차 없을 만큼 곤궁한 삶을 살다가 언제 어디서 어떻게 최후를 마쳤는지도 몰라 그의 몰년은 기록에도 나와 있지 않다. 항용 천재의 최후는 이렇게 비참하기 마련이라는 말이 실감이 날 정도다.

부곡 마을 안쪽의 낮은 경사지에 남향으로 자리 잡고 있는 청문당은 그 옛날의 화려했던 문채(文彩,문사 문장들의 광채)는 간곳없고 후에 지어진 것으로 보이는 일자형의 바깥채가 중앙마당을 중심으로 ㅁ자형을 이루고 있다. 뒤뜰에 조성되어 있는 화단의 한 가운데에는 안산시가 보호수로 지정하고 있는 둥치 큰 모과나무 한 그루가 마치 그날을 증언이라도 하듯 우뚝 서 있었다.

지금은 고요한 절간 마당 같은 이 공간에서 산지사방서 몰려든 시인

묵객들이 스스럼없이 나누었을 대화의 열기(熱氣)가 되살아 날 것만 같은 '즐거운 착각(錯覺)'을 하면서 나는 한 여름의 청문당 언덕길을 되짚어 내려 왔다.(도시문제, 2011. 5월호)

무과수 나무 한그루가
청문당의 역사를 증언하고 있다

# 조선 기사(歌辭) 문학의 메카, 담양(潭陽)

전날 밤 늦도록 뇌성벽력을 동반한 폭우 소리를 들으며 잠자리에 들었는데 새벽녘에 눈을 떠 보니 온 천지가 씻은 듯 고요하다. 호남고속도로 못 미쳐서 안개비가 잠시 차창을 적시는듯하더니 남도 땅에 접어들면서 걷히기 시작한 비구름이 담양(潭陽)에 당도했을 때는 구름 한 점 없는 청천백일(靑天白日)로 바뀌어 있었다.

## 수난 속에서 지켜 낸 단군상

읍내 민속식당에서 점심을 든 뒤에 맨 먼저 이 지방 군수(문경규)가 군내 몇몇 종교단체의 파상적(波狀的)인 압력에도 굽히지 아니하고 의연하게 지켜내고 있다는 공공도서관 옆 단군상을 찾아 참배했다. 동상 주변의 잔디가 아직은 뿌리를 채 뻗지 않아 숱이 적은 머리털처럼 엉성한 걸 보니 조성한지가 얼마 되지 않은 것 같다. 한 민족 수련단체가 앞장 서 세웠다는, 벌써 54기째 수난을 당하고 있다는 바로 그 단군상이다.

이웃집 할아버지처럼 언제나 인자한 모습 그대로 말없이 굽어보고 있는 저 어른이 어째서 다른 사람도 아닌 바로 자신의 한 배 자손들 손에 깨부심을 당하고 능욕(凌辱)을 당해야만 하는지. 자기가 자기 자신을 부인하는 기억상실증 환자처럼 자가당착(自家撞着)의 멍에를 스스로 짊어지고 사는 이 어처구니없는 현실을 과연 어떻게 설명해야할지 자문(自問)해 보지만 얼른 그 해답이 떠오르질 않는다.

### 면앙정 가단의 창시자, 송순(宋純)

십년을 경영하여 초려(草廬) 삼간 지어내니
나 한 간 달 한 간에 청풍 한 간 맡겨두고
반 칸은 청풍이요 반 칸은 명월이라
강산은 들일 듸 없으니 둘러두고 보리라.

〈청구영언(靑丘永言)〉에는 작자 미상으로 실려 있으나 이 시조의 주인공으로 널리 알려져 있는 송순(宋純, 1493~1582)의 고고한 기품(氣稟)이 싯구(詩句) 행간마다 넘쳐흐르고 있다.

송순 자신의 호이기도 한 그 유명한 면앙정(俛仰亭) 처마 끝이 봉산면 제월리(霽月里) 큰 길에서 대 숲 따라 세 번이나 꺾어 올라간 돌계단 위의 아름드리 떡갈나무 가지에 걸려 있다. 이 번 답사의 주제인 가사문학의 본류가 흐르고 있는 현장이다.

'아래로 땅, 위로 하늘 사이에 살며 풍월(風月)과 함께 늙어 가리라' 던 이른바 면앙정 가단(歌壇)의 창시자 송순이 장지문 열고 늘 바라보았을 봉산들 넘어 삼인봉(三人峰)과 문필봉이 주봉(主峰)인 무등산(無等

山,1187m)을 향해 파도처럼 달려가고 있는 모습이 마치 초여름 신록(新綠)의 경연장을 방불케 한다. 이렇게 안에서 바깥을 바라보는 사계절의 경계(景槪)가 정자의 본래 기능인데 흔히들 정자 그 자체의 구조나 규모를 가지고 감상하는 주객도치(主客倒置) 현상이 마치 정석처럼 여겨지고 있다. 이런 무지(無知)가 심지어는 11년 전 면앙정을 개수할 때 문을 정반대로 달아 오히려 시계(視界)를 막아버리는 결과를 가져왔다고 이해섭(李海燮) 향토문화연구원장은 말했다.

옛부터 우리나라에는 정자가 하도 많아 '정자문화' 라는 말이 다 생겨날 정도 인데 백제 때 굴지현(屈支縣)이라는 이름으로 이 고장 중심 읍치(邑治)가 있었던 현재의 창평면(昌平面)에는 정자가 자그마치 77개나 있었다고 한다. 그 중 현재 남아 있는 것은 21개뿐이다. 지금의 남면 지곡리에 있는 소쇄원(瀟灑園)은 조선시대(중기)의 대표적 별서(別墅) 정원인데 오늘날 별장을 뜻하는 별서라는 것이 다름 아닌 정자다. 가위 담양의 정자와 원림(園林)의 극치(極致)라고 이를만하다.

천민 출신으로 신분의 벽을 넘어 상하에 두루 통하고 당시(唐詩)에도 일가를 이루었다는 촌은(村隱) 유희경(劉希慶,1545~1636)은 스스로 풍류향도(風流香徒)를 칭한 풍류남아답게 역시 시가(詩歌)에 능했던 전라도 부안 기생 매창(梅窓)을 매료시킨 당대의 멋쟁이였다. 이런 유희경과는 대조적으로 송순은 벼슬이 종2품 우참찬에까지 오른 귀한 신분인데다 음률에 밝고 가야금을 잘 타 '풍류를 아는 재상' 으로 통할만큼 일세를 풍미한 가객(歌客)이었다 그의 곁에는 또 송도삼절(松都三絶)의 하나로 조선 최고의 명기 황진이(黃眞伊)가 있었다.

송순이 개성유수 시절 알게 된 황진이와의 수창(酬唱, 시가를 불러 서로 주고받음)은 단순한 음풍농월(吟風弄月)의 단계를 넘어 문학적으로 승화(昇華)되는 계기를 마련하였다는 이상익(李相翊, 1935, 서울사대, 국문학)교수의 설명에 곁들여서 역시 국문학을 전공하는 한 동행 여류 문인이 당시로서는 드물게 90세 장수를 누린 그 분이야말로 조선조 5백년을 통틀어서도 유례를 찾아볼 수 없는 '멋쟁이 중의 멋쟁이'라고 부러움과 찬사를 아끼지 않았다.

## 사미인곡(思美人曲)의 산실, 송강정

그의 가사가 더욱 소중한 이유는 위로는 지지당(知止堂) 송흠(宋欽)을 이어받았고 아래로는 송강(松江) 정철(鄭澈)에게로 문맥(文脈)을 전수하였다는 문학사적 의의가 너무나 크기 때문이다.. 송흠은 본관이 같은 신평(新平)으로 송순보다는 35년 연상이다. 청백리로 이름이 높았으며 장수(101세)를 누린 어머니에 대한 지극한 효성으로 7번이나 효렴(孝廉)상을 받은 학행일치의 표본적 인물이다.

그는 시문집 〈지지당 유고〉에서 요. 순의 치적을 기린 '이제관 천하부(二帝冠天下賦)', 삼황오제의 덕치(德治)와 공자의 영세불변의 도학(道學)을 우러른 '만세사업론(萬世事業論)', 성선론(性善論)을 옹호하는 '인물선악책(人物善惡策)' 등 수작들을 남기고 있다.

읍내 유산리에 있는 송강정의 측면 현액은 아직도 정철이 처음에 초막을 짓고 우거(寓居)했다는 당시의 이름 그대로 죽록정(竹綠亭)이다. 정철이 시조와 가사문학의 대가로서의 재질을 발휘하기 시작한 것은 관동별곡(關東別曲)과 훈민가(訓民歌) 16수를 지은 강원도 관찰사 시절부터다. 대사헌에 오른 49세 때 동인의 탄핵을 받아 사직하고 창평으로 내려와 4년간 은거할 때 죽록정(지금의 송강정)에서 '사미인곡'과 '속사미인 곡'을 짓고 성산동(현재 남면 지곡리) 식영정(息影亭)에서 '상산별곡(星山別曲)'을 지었다. 〈한국민족문화대백과사전〉(1989, 한국정신문화연구원) 권 12 '성산별곡' 항목(김선풍 金善豊 집필)에는 정철이 25세 이후에 당쟁으로 정계를 물러나 지은 것으로 되어 있다.

## 식영정 곁에 가사문학관 세워

그러나 정철은 26세 때(명종 16) 비로소 진사시에 합격하고 이듬해 별시문과에 장원급제 하였기 때문에 25세라면 정계에 발도 들여놓기 전의 이야기다. 그림자도 쉬게 한다는 식영정 마루에 서서 바라보면 뒤 곁으로는 별뫼라는 이름이 지금도 남아있는 성산(星山)이 병풍처럼 하늘을 가리고 앞으로 툭 터진 광주 호 변에 정철의 소년시절 현몽(現夢)일화가 전해오는 환벽당(環璧堂, 광주직할시 기념물 제 1호)이 저만치 푸른 숲 속에 묻혀 있다. 오는 10월 준공을 앞두고 안팎 치장에 여념이 없는 우리나라 최초의 가사문학관이 두 유적을 잇는 삼각의 꼭지 점에 그 흰칠한 모습을 서서히 드러내고 있었다.

창평은 또한 한말 신학문의 발상지로도 유명하다. 고읍인 창평에는 원래 영산강을 사이에 두고 수북면 오정리에 그 옛날 선비를 양성하던 4백년 전통의 수북(水北) 학구당이 있고 고서면 분향리에는 수남(水南) 학구당이 있었는데 국운이 기울어가던 1906년 규장각 직각(直閣)을 지낸 고정주(高鼎柱)가 이곳에다 창흥학숙(昌興學塾)을 세워 자녀들에게 신학문을 가르치기 시작했다.

이 학숙의 1회 졸업생이 둘째 아들 광준(光駿)과 사위 김성수(金性洙),

외척 김병로(金炳魯), 친지 송진우(宋鎭禹) 등 해방 정국을 주도했던 민족 진영의 대표적 인물들이다. 그리고 훗날 민족지 동아일보의 회장이 된 고재욱(高在旭)은 바로 광준의 아들이었다. 그러니까 김성수에게는 생질벌이 된다.

1907년 7월에는 고정주를 회장으로 하는 호남학회가 발족하였는데 주권수호와 교육구국운동을 지표로 삼고 있는 이 학회 회원 중에는 '호남 제일의 천재'로 알려진 김제 출신의 애국 계몽가 이기(李沂)도 이름을 올리고 있다. 〈단군세기 (檀君世紀)〉의 저자로 알려져 있는 행촌(杏村) 이암(李嵓)의 17대 직계 손으로 이른바 재야(在野)의 기본사서로 통하는 〈환단고기 (桓檀古記)〉의 원본을 전한 바로 그 사람이다. 역시 〈환단고기〉 중의 한 책인 〈태백일사 (太白逸史)〉의 저자인 일십당(一十堂) 이맥(李陌)은 또 이암의 현손으로 〈환단고기〉는 말하자면 고성이씨(固城李氏) 문중의 가승(家乘, 가문의 역사를 엮은 문서)을 통해 전해 내려온 우리나라 반만년 역사서인 셈이다.

현대 들어서도 남북 학구당의 전통은 면면히 흘러내려 창평 한 면내에서만 무려 121명(2000년 현재)의 대학교수를 배출하였다고 한다. 과연 "담양에서 인물자랑 하지 말라"는 이 지방 속설(俗說)이 명불허전(名不虛傳) 임을 알 수 있겠다.

## 문장성(文長城)의 상징, 필암서원

문장성(文長城, 문장으로는 장성을 당할 곳이 없다)의 상징으로 하서(河西) 김인후(金麟厚)를 주벽으로 모신 필암서원(筆巖書院, 원장 고형곤 高亨坤)은 안동(安東)의 도산서원(陶山書院)과 쌍벽을 이루는 호남의 대표적인 서원이다.

　10수년 전 서원순례를 할 때 한 번 들른 일이 있는 필암서원은 최근 발표된 성역화 계획을 계기로 거군적인 개발바람이 서서히 일고 있었다. 일행은 이곳에서 하룻밤을 묵고 이 서원의 오랜 지킴이로 80고령을 눈앞에 두고 있는 북하면의 한학자 변시연(邊時淵, 79)옹의 집을 찾아 필암서원의 내력담을 다시 한 번 듣기로 하였다. 서슬 퍼렇던 군사독재시절에도 춘추 제향 때면 우동사(祐東祠, 필암서원의 제각) 앞뜰에다 현역 장성 도백(道伯)의 무릎을 꿇렸다는 무용담(?)을 들려주며 의기양양해 하던 변옹, 그러나 지금은 거동이 불편해서 지팡이에 의지해서 가까스로 바깥출입을 하고 있다. 변옹은 우리나라 고전 문헌 목록을 총 망라하였다는 〈문원 文苑〉의 분량이 방대하기로 중국의 〈사고전서 (四庫全書)〉를 능가한다고 기염을 토하면서 그 자수가 무려 530여만 자에 이른다고 했다.

## 가사문학의 남상(濫觴), 정극인(丁克仁)

　귀로에는 지난 번 14회 답사 때 시간이 없어 찾지 못했던 정읍(井邑) 무성(武城)서원에서 유(儒) 불(佛) 선(仙) 삼교를 아우르는 이른바 현묘지도(玄妙之道)를 일깨워준 겨레의 스승, 고운(孤雲) 최치원(崔致遠) 선생의 유덕을 기리고 면암(勉庵) 최익현(崔益鉉)의 거의비(擧義碑) 앞에 서니 한말 항일구국의 염원(念願)을 불태우던 민초들의 성난 함성이 귓전을 때리는 듯하다.

　마침 이 서원에는 조선 가사문학의 남상(濫觴)으로 일컬어지는 이 고장 출신이자 '상춘곡(賞春曲)' 의 저자인 불우헌(不憂軒) 정극인(丁克仁)

이 배향되어 있어 마치 이번 답사의 주제를 마무리하기 위해 짜 맞추기
라도 한 것처럼 뜻밖에도 화려한 대미(大尾)를 장식하게 되었다.(한배달,
2000, 9월호)

6백년 가사문학의 향기를 고이 간직하고있는
송강의 식영정

# 추사(秋史), 검여(劍如)의 서맥(書脈)

내린천(內麟川, 강원도 인제 麟蹄)의 봄은 한 열흘 쯤 늦는다고 했다. 미산동천(美山洞天)을 서북간에서 외호(外護)하고 있는 매현봉(1214m) 기슭에는 아직 덜 풀린 반백(半白)의 얼음 계곡이 희끄무레 걸려 있고 모래 버덩(사평 沙坪)의 배산(背山)인 맞은 편 침석봉(砧石峰, 1321m, 일명 숫돌봉은 다듬잇돌 봉 이라야 맞다.) 산비탈에는 산 벚나무 두어 그루가 막 우유 빛 꽃망울을 터뜨렸다.

## 선인(仙人) 노니는 현포산방(玄圃山房)

외줄 도르레를 타고 냇물을 가로질러 반공(半空)에 솟구치니 돌이끼처럼 매마른 산색(山色)이 하얀 포말(泡沫)을 토하며 용두(龍頭) 머리를 휘감고 흐르는 합수(合水) 물목에 잠긴다.

마치 풍수(風水)의 결혈(結穴, 생기가 모여들어 이룬 혈 穴) 같은 자리에 선인(仙人)이 노닌다는 현포(玄圃) 산방의 회색 벽돌집이 산 빛 물빛과 한데 어우러져 그다지 낯설지가 않다.

이윽고 산방 주인에게 안내된 거실 정면에는 아직 채 정돈되지 않은 책 더미 넘어 추사(秋史, 김정희 金正喜)의 절필(絕筆)로 알려진 '板殿'(서울 봉은사 장경각 현판) 두 글자 탁본이 걸려 있고 초창기 한국 서단(書壇)을 이끌었던 검여(劍如, 유희강 柳熙綱, 1911~1976)의 대표작 '南無阿彌陀佛'과 그의 말년 좌수 운필(運筆) 모습 사진이 묵향(墨香) 은은한 방안 분위기를 압도한다.

도연명(陶淵明)의 귀거래사(歸去來辭)를 본 땄음일까. 25년 관직생활을 미련 없이 던져버리고 6년 전 이 버덩에 터를 잡은 남전(南田) 원중식(元仲植, 56)씨가 사숙(私淑) 사사(師事)한 이들이 한국 서예의 정통이라는 데 이의를 제기할 사람은 아마 아무도 없을 것이다.

거문고가 놓여있는 장지문 가에 마주 앉자마자 "기왕이면 아직 해가 있을 때 밖으로 나가자"는 남전의 이끌림에 낙엽이 발목까지 차는 뒤란 길 따라가다 '비지불통(飛鳥不通)' 못미처 원두막 모양으로 얼기설기 손수 세웠다는 정자마루에 올랐다. 이름하여 취벽정(醉碧亭)이라고 했다.

## 내린천의 제1경 용두머리

만약 내린천의 8경을 꼽으라면 제1경에 오를 용두머리(남전이 명명한)의 검푸른 석벽(石壁)이 바로 눈앞에 다가선다. 활수재(活水齋)라는 산방의 여름철 당호 유래를 알 것 같은 웅혼(雄渾)한 풍광을 담아 곤두박질치며 흐르는 물소리 자욱하게 동천(洞天)을 울린다. 지난 가을 뒷산에서 손수 따다 담궜다는 오미자 술 한 잔을 석양주(夕陽酒) 삼아 주객이 수작(酬酌)하니 신선이 따로 없다.

"이 곳에 들어온 건 50세 때였지만 몸과 마음이 웬만큼 풀린 것은 거우 올해 들어서입니다." 그동안 이 먼 곳에서 두 대학(서울 시립대, 용인대)에 강의(금석학 金石學) 나가랴 후배 지도하랴 정신이 없었는데 현재 강의는 모두 반납했다고 한다. 그리고 스승으로부터 물려받은 검여 서원의 후신인 시계서회(柴溪書會)는 지난 3월 두 번째 전시회까지 열어 이제 스스로 설 수 있는 기틀이 마련되었기 때문에 부담이 적어졌고 또한 그가 안팎으로 맺고 있던 각종 문화단체와의 인연(그는 이를 허명 虛名이라고 했다)도 거지반 정리되어가고 있다는 것이다.

그가 은거를 마음먹은 것은 40세 때부터라고 한다. 고교 2년 때 인천 시립박물관 주최 청소년 미술전시회 특선으로 그 싹을 틔우기 시작했고 타고난 소질을 살려 진학하려했던 미술대학에는 가정 형편으로 못가고 서울대 농대 재학시절 동향(인천) 인연으로 만난 스승을 통해서 어린 가슴에 맺혔던 한풀이를 다짐하게 된다.

## 스승 곁 지키기 위해 대학 휴학

검여 서원의 요람기라고 할 수 있는 통문관(通文館)시절에 그는 대학 1년을 휴학한 뒤 스승 곁에서 먹 가는 일을 자청할 정도로 집념이 대단했다. 그 후 공무원 생활에 발을 디딘 다음부터는 일부러 남들이 마다하는 한직(閑職)만 골라 다니며 직장 일을 마친 뒤에는 서예수업과 후진 지도에 몰두하는 이중생활을 영위했다. 이제 그는 그 때 호구지책(糊口之策)으로 빼앗겼던 하루 여덟 시간을 지금 되찾는다는 것이다.

신의 시샘이었을까. 60년대 후반 서단의 정상을 달리던 스승이 중풍으로 쓰러지자 이후 장장 8년 동안 그의 불인(不仁,반신불수 半身不隨가 됨)한 몸을 지탱하는 다른 한 쪽이 되었다. 이 때 몸으로 익힌 스승의 정조(情操, 고등 감정 또는 지적 감정)가 오늘의 그를 만드는 밑거름이 되었으며 바로 이처럼 끈끈한 인간적인 유대 속에서 그는 프로와의 차별성을 강조한다. 즉 그것으로 생업을 삼는 사람들과는 서로 길이 다르다는 것을 의미한다. 이러한 내적(內的) 성장은 그 후 국전을 계기로 한국서단을 강타한 신진(新進)들의 '반란'을 주도한 그의 정신적 배경이기도 하다.

세평(世評)은 그만두고라도 실제 서단의 얼굴이나 다름없던 여초(如初, 김응현 金膺顯의 호), 검여의 문하가 모두 국전에서 낙선하는 이변이 일어난 것이다. 정치권력의 압력으로 전시장에서 쫓겨나는 수모를 겪으면서도 굴하지 않고 강행한 낙선전(실제 이름은 국전 제20회 서예부 평가전)에서의 최고상 수상을 마지막으로 그는 국전과의 인연을 스스로 끊는다.

## 낙선 전 열고 국전과는 절연(絶緣)

그리고 스승의 와병(臥病) 전과 병 후, 작고 후 유묵집(遺墨集) 등 3권의 서집을 연이어 내고 유묵전과 묘비 제막에 이르기까지 맡 제자만이 걸어야하는 멀고도 험한 길을 그는 일종의 소명(召命)으로 받아들이고 그저 묵묵히 따랐다.

서울 시립대에 재직하고 있을 때 도서관 한 귀퉁이에다 현상실까지 차려놓고 작품사진을 손수 찍어댔는데 원작품의 미술성 재현이 미흡하다고 느껴질 때는 개인소장으로 흩어져 있는 작품들을 일일이 다시 찾아가 촬영하는 번거로움을 마다하지 않았다. 그러나 그것은 "내가 좋아서 한 일이니 수원수구(誰怨誰咎)할 계제가 아니었다."며 어느새 허옇게 서리가 내린 뒷머리를 멋쩍게 쓸어내린다.

"이상주의가 있어야한다."고 자주 강조하는 그의 말 행간(行間)에는 사람답게 살기 위한 인생 처방전(處方箋) 같은 비전(秘傳)이 숨겨져 있을 것만 같다. 이것을 그는 전통적인 선비정신으로 집약했다. 서예가 담아내는 절제(節制)의 미와 상통하는 선비정신이야말로 그의 이상주의가 지향하는 목표이자 구원(久遠)의 메시지이기도 하다.

## 절제미(節制美)와 상통하는 선비정신

그런 의미에서 그는 추사의 변혁(變革)을 높이 평가하고 있다. "단지 그의 서체를 배우는 것만으로는 그를 올바로 이해할 수가 없습니다. 추사체라는 결과물을 만들어낸 원류(原流)를 탐구하는 것이 보다 중요한데 말입니다." 많은 사람들이 추사의 겉모양에만 매달린다는 것이다. 그래서 추사의 변혁은 신라통일 이후 이른바 한화(漢化) 정책 일변도로 흘러 지금껏 중국의 모방에만 시종해온 우리 문화사를 뿌리 채 뒤흔든 일대 충격이 아닐 수 없다는 것이다.

일찍이 청(淸)의 고증학(考證學)에 당(唐) 송(宋)을 뛰어넘는 육조체(六朝體)의 개발에 새로운 지평을 열었으며 잔흥왕 순수비(巡狩碑) 등 우리 고비(古碑)에 담긴 독특한 개성을 발굴해내는 데도 그 특유의 새로운 경지(境地)를 개척했다는 것이다.

세간에서 동국진체(東國眞體)라고 일컫는 한석봉(韓石峯, 한호 韓濩의 호.1543~1605)의 서풍(書風)과는 애당초 격이 다르다고 했다. 독특한 서체이긴 하나 창작성이 미흡할뿐더러 관부(官府)의 서사정식(書寫程式, 행정서체를 이름)에 그친 석봉체의 한계를 날카롭게 지적하는 그의 두 눈빛이 형형하다.

## '추사(秋史)의 변혁' 이 의미하는 것

바람에 쫓겨 내려오는 산그늘 때문일까. 4시가 조금 지난 시각인데 벌써 뉘엿거리는 햇살에는 기운이 눈에 띄게 떨어져 보인다. 이와는 대조적으로 점점 높아가는 물소리에 쫓기다시피 다시 산방으로 자리를 옮겼다. 전기가 안 들어오는 대신 언제 솟았는지 유난히 맑고 푸른 달이 중천에 걸려있다.

"모든 예술이 다 그렇지만 손끝에서 나오는 기교만 가지고는 그 두꺼운 벽을 깰 수 없습니다. 서예란 운필만 능사가 아니라 자신이 담고 있는 사상과 품성이 무아(無我)의 경지에서 자연스레 표출되어야한다고 봅니다." 이는 곧 이성적 차원의 완벽주의를 뛰어넘는 선(禪)의 경지가 아니겠는가.

파격미(破格美)의 추사체를 두고 '길들여지지 않은 야생마와 같이 거칠지만 넘치는 힘'으로 곧잘 표현하는데 검여 역시 이런 추사의 궤적(軌跡)과 공부 방법, 방향 등에 있어 유사한 점이 많다는 것이다. 앞서간 두 스승을 흠모하고 가까이 가기를 다짐하는 뜻으로 그는 완검재(阮劍齋)라 자호하기도 한다.

## 차세대(次世代) 예고하는 삼인행(三人行)

지난 88년 3월에 열렸던 '三人行'이라는 삼인전은 한국 서예사의 전환기를 예고하는 획기적인 이벤트로 꼽힌다. 그 이유는 한국 서단의 세 봉우리로 일컫는 일중(一中) 김충현(金忠顯)과 여초(如初), 검여(劍如)의 수제자인 구당(丘堂) 여원구(呂元九), 초정(艸丁) 권창륜(權昌倫), 남전(南田) 등 세 사람이 각기 스승의 정통을 이어 서예 계를 이끌어 나간다는 상징적 의미가 내포되어 있기 때문이다.

서예평론가 임창순(任昌淳)은 '삼인행' 작품집 서문에서 남전을 평해 말하기를 "그 스승의 제자답게 기백과 풍운을 숭상하여 졸(拙)할지언정 재주 부리는 것을 배제하여 마치 준마(駿馬)가 거침없이 황야를 내닫는 듯한 감(感)을 주고 있다."고 추사에 대한 평과 유사한 찬사를 아끼지 않고 있다.

지금은 많이 세척(洗滌)되었다고는 하나 서풍에도 식민(친일), 반 식민(반일)의 구별은 뚜렷하다. 일제하 선전(鮮展, 조선미술전람회의 준 말)의 심사위원 거의 대부분이 일본인으로 구성되다보니 그 영향을 받지 않을 수 없었다는 것이다. 성당(惺堂) 김돈희(金敦熙,1871~1937)를 중심으로 한 서맥을 이른다. 해방 이후 상당기간 서단을 지배하다시피 했던 이른바 일본의 서도(書道)는 형태 위주의 필법으로 정통이 없으며 과장이 많고 근본이 약하다는 게 흠인 반면 우리나라의 서예는 행서, 초서에서 기본이 약하다는 지적을 받고 있고 또한 중국의 서법(書法)은 법식과 격식에 치우친 나머지 '행정문자화'의 경향이 강하다고 한다.

## "글을 모르면 교양미 없어"

지난 94년 5월 서법의 본고장인 중국 북경에서 열린 제 1회 한·중·일 서법대전에서는 우리에게 특히 약하다는 행서(行書) 대련(對聯)을 출품하여 당당히 금상을 차지하는 영예를 누리기도 하였다.

"정말로 시간이 모자라요, 이제 운필(運筆)은 그런대로 할 줄 아는데 문제는 한문입니다. 본격적인 글공부를 지금부터 해야겠어요. 그리고 이 복 받은 자연 속에서 그림공부도 해야겠고…"

그가 어렵사리 내린 천가에 둥지를 튼 진짜 이유가 바로 이것이라는 것이다.

"글을 모르고 서에 능하다 함은 아무리 잘 쓴다할지라도 교양미가 없는 홍등가(紅燈街)의 분대아(粉黛兒,아름답게 꾸민 여자)를 면하기 어렵다."고 겸양해 하는 남전은 얼마 전부터 주로 고전 역서를 탐독하고 있다며 스스로를 독려(督勵)하는 마음의 채찍을 놓지 않고 있었다.(한배달, 1996 여름호)

질탕한 초록빛 향연(饗宴)에 취한 현포(玄圃) 산방에서

# 백두산 천지(天池)에서 맞은 8 · 15

백두산에는 일기예보가 통하지 않는다. 노처녀 변덕 같은 날씨를 가늠할 길이 없으니 그저 그날 운수에 맡길 수밖에 없다고 가이드 경력 5년째라는 조선족 2세 이창선(李昌善, 40)씨는 말했다.

"날 보고픈 그리움 장백송(長白松) 가지에 새 소리로 두고 간다." 연 3년째 백두산에 올랐으나 끝내 천지(天池) 구경을 못하고 발길을 돌려야만 했다는 한 한국인 교수의 싯구(詩句)에는 미련보다 더 진한 한(恨) 마저 서려 있다.

## 일기예보 안 통하는 변덕 날씨

백두산 서남방의 마지막 도시 송강하진(松江河鎭)을 떠난 것이 아침 8시 25분. 이도백하(二道白河)를 거쳐서 오르는 정 코스를 버리고 이 길을 택한 것은 이번에 새로 개발했다는 트래킹 코스를 타기 위해서다.

산 중턱에 걸려 있는 망사자락 같은 안개 띠를 헤치고 차로 한 시간 쯤

달린 끝에 산문(山門)에 도착하였다. 산문이라고 하면 불교에서는 절을 의미하는데 여기서는 백두산 입산료를 내는 관리사무실로 통한다. 안개비가 몇 방울 차창을 적시는 가 했더니 차가 환상적(幻想的)인 안개 터널 속으로 빨려 들어가듯 달리고 있었다. 조금 후 안개가 서서히 걷히면서 갑자기 성큼 높아진 하늘에선 목화송이 같은 구름이 뭉게뭉게 피어오르고 1천여 년 전의 지하침하작용에 의해 지하수가 표출된 협곡인 제자하경구(梯子河景區)를 지나면서 원시림의 대수해(大樹海)가 눈앞에 펼쳐진다. 나무중의 귀족이라는 자작나무가 주종을 이루는 이른바 악화림(岳華林,관목림 灌木林지대를 이름)지대다.

## 태고의 정적에 싸인 원시림 바다

9시 45분. 고도(高度) 2천 미터. 여기서부터 도보 등산로가 시작된다. '기파(氣坡, 깔딱고개) 노호배(老虎背, 호랑이등) 천지(天池)' 라고 쓴 안내 표지판이 꽂혀있다. 여기서부터는 자작나무 숲이 듬성듬성 떨기(총 叢)를 이루다가 이내 나무 한 그루 없는 유장(悠長)한 고원지대가 천지 정상 대지(臺地)까지 이어진다. 겨울이면 영하 45도를 넘나든다는 이른바 동토(凍土)지대다. 그 비탈에 이름 모를 각종 야생화가 한껏 어우러진 초원이 마치 하늘에 매단 꽃 주머니를 풀어놓은 것처럼 아름답다.

계절로 보아 이 지대는 벌써 가을이다. 1년의 3분지 2가 넘는 기나긴 겨울 끝에 남은 3개월 동안에 이 일대 식생(植生)들은 나서 자라 열매를 맺어야 하기 때문이다. 아까 호랑이 능선 쪽으로 오른 일대(一隊)의 등산객들이 능선 위에 점점이 그 모습을 드러내기 시작하자 길을 인도하던 젊은 중국인 관리가 차를 멈춰 그 사이 잠시 휴식을 취했다.

이 때 길 양 옆 초원에서 북한 산(産) 들쭉술의 원료로 쓰인다는 머루 빛 열매를 한 웅큼씩 따먹으며 허기(虛飢)를 달랬다.

제자하의 상류 물줄기가 하얀 물보라를 일으키며 달려 내려오다가 잠시 숨을 돌이키는 이단(二段) 폭포를 머리 위로 바라보면서 힘겨운 마지막 등반이 시작되었다.

이제 더는 문명의 이기(利器)를 가지고 성역을 범할 수 없다는 자연에의 외경심(畏敬心)이 세운 하마비(下馬碑, 서원이나 절 같은 데서 경내에 말을 타고 못 들어가도록 막는 표지 비석)라고나 할까. 약 1시간 동안 노바기로 쏟아지는 땡볕을 머리에 이고 한 발 두 발씩 내딛는 발걸음이 마치 영산(靈山)으로 들어가는 통과의례(通過儀禮)를 치루는 것 같았다.

## 영산(靈山)으로 가는 통과의례?

왼 편으로 불끈 솟은 청석봉이 푸른 반공(半空)을 활시위처럼 가르는 대지 위에 오르니 갑자기 툭 터지는 시계(視界) 아래 무섭도록 새파란 수면이 드디어 얼굴을 드러냈다.

천지(天池)다. 말로만 듣고 그림으로만 보던 그 천지다. 이때가 상오 11시. 그것도 우리에게는 예삿날이 아니고 51년 전 광복의 기쁨이 분단의 아픔으로 되살아나고 있는 8월 15일 날 아침, 백두산 천지를 굽어보는 대지(臺地) 위에 두발을 딛고 선 것이다.

태고의 숨결인양 검푸른 물이랑이 춤추는 천지 오른 쪽 끝자락 위로 하늘을 찌를 듯이 솟구친 장군봉(일명 병사봉, 2744m) 정상을 바라보며

그제 사 "아. 이것이 내 땅이로구나."하는 실감이 온 몸을 전율(戰慄)케 한다. 그러나 아직은 남의 땅에 서서 바라보는 나의 땅이 너무나 멀기만 하구나.

'배달의 피를 받은 예손(裔孫)들이 성스러운 천지못 가에 조그만 제단을 모아 지성으로 삼가 천제께 고하려던' 통일 기원 제문(祭文)은 미쳐 품속에서 꺼내 보지도 못한 채 "일찍이 유(儒) 불(佛) 선(仙) 3교를 포함하시고(현묘지도 玄妙之道를 이름) 군생(群生, 뭇백성)을 접화(接化, 교화)하신 은화(恩化)로 서로는 요하(遼河)를 넘고 동으로는 창영(滄瀛, 동해를 이름)에 미쳤으며 북으로는 흑수(黑水, 흑룡강)에 통하고 남으로는 청명(靑溟, 남해를 이름)에 이르렀던 대제국의 영광이 바로 여기서 발원(發源)하였다."고 마음속으로 외쳐본다.

## 남의 땅에서 바라본 '나의 땅'

개방 초기만 하여도 백두산에 오르는 한국인 치고 천제 한 번 올리지 않은 사람이 없달 정도였다고 한다. 그러나 근자에는 중국 당국이 이를 일절 금하고 있다. 현지 민들 말에 따르면 전에도 법적으로는 천제 봉행이 금지되어 있었지만 지금처럼 그렇게 엄격하게 단속하지는 않고 경우에 따라 묵인 해줄 정도였다고 한다.

한 개 피의 향화를 지피더라도 속속들이 깃들여야 할 지극 정성만은 저버릴 수 없는 것이 전래의 미덕이라 혹여 그 정신이 훼손되지 않을까 두려워 심축(心祝)으로 대신하는 통일기원제를 올릴 수밖에 없었다.

이렇게 단속이 강화된 것은 이 지역을 여행하는 한국 관광객들의 고

토회복(故土回復) 운운하는 허장성세(虛張聲勢)가 중국 당국의 신경을 자극한 때문이기도 하거니와 현지 조선족 사이에서도 까맣게 잊고 있던 조국에의 향수(鄕愁)를 환기시켜주는 민족 정서가 싹트기 시작했고 이런 기운이 날로 번져가는 데 따른 대응책의 일환이었던 것으로 알려지고 있다.

더구나 전 중국 56개 소수민족 가운데 경제수준이나 교육열 또한 가장 높아 지적(知的)능력이 뛰어나다는 평을 듣고 있는 조선족이 개방과 더불어 만난 한국이라는 새로운 세계체험으로 야기(惹起)될 수 있는 부작용을 미리 근원적으로 봉쇄해 버리자는 의도가 그 바탕에는 짙게 깔려 있다. 그로부터 3년 후에 출현하는 이른바 동북 공정의 정지작업이었던 셈이다.

## 조국(祖國) 환기시켜주는 민족정서

지난 92년 8월 ,해란강을 굽어보는 비암산 중턱에 세워졌던 선구자탑(先驅者塔)은 이 같은 사실을 뒷받침하는 좋은 본보기가 되고 있다. 일찍이 조선족의 손에 의해 개발된 용정(龍井)이라는 고장은 일제하 독립운동의 요람(搖籃)이었고 해란강을 굽어보는 일송정(一松亭)은 독립을 희구하는 조선족의 가슴마다 살아있는 상징이었다.

이런 배경에서 지금까지도 널리 애창되고 있는 '선구자의 노래 '가 나왔으며 용정중학 출신 조선인들이 뜻을 모아 육각 기단(基壇) 위에 동참 인사의 이름을 새겨 넣은 높이 13m의 선구자탑을 세웠다. 그러나 중국 측은 이를 즉시 철거하고 화룡(和龍)에서 용정 들어가는 외곽 큰길가에 일송정 유허비를 대신 세워놓았다.

뿐만이 아니다. 백두산 기슭 곳곳에는 일본군을 무찌른 독립군의 수많은 항일 유적지가 있으나 어느 한 곳 유적지 표시를 한 곳이 없다. 그 유명한 청산리 전투의 유적지를 차를 타고 넘어오면서 현지 가이드의 지리 설명 속에서 겨우 그 지점의 이름을 들을 수 있었다.(청산리대첩비는 2천 년대 초에 세워졌다.)

단지 관광선전용으로 겨우 명맥을 유지하고 있는 이 역사 사실들은 그나마 이들 세대가 가고 나면 역사의 무대에서 완전히 사라져 잊혀 질 운명에 놓여 있다.

## 선구자탑 철거로 괴반응(過敏反應)하는 중국

마침 이 날은 노인절(老人節)이라고 해서 남의 애타는 속을 알 리 없는 중국인들이 무리 지어 산행을 즐기고 있었다. 그러나 '조선' '중국' 이라고 새겨 세운 높이 1m 남짓한 4각 시멘트 말뚝을 깃 점으로 칭칭 감고 돌아가는 마름쇠 울 끝에 달린 빨간 '금지월계 禁止越界' 생철 표지판을 보는 순간, 온 몸이 얼어붙는 것처럼 바싹 긴장된다.

백두산 최고봉인 장군봉을 타고 내려온 천지 못가에 조그만 점(點)처럼 웅크리고 있는 어리가 북한 경비 초소라고 한다. 방금 전의 '금지월계' 경계선을 늘어뜨린 연장선이 천지 한 가운데를 가로질러 맞은 편 천문봉 곁으로 지나간다. 백두산을 북한과 중국으로 나누어가진 이른바 천지분할선이다. 요마적 모 일간지에 보도된 미 국방부 지도편찬국(DMA) 발행지도(1985년 제작)에 올라 있는 '천지 중국영토' 표기는 근거가 전혀 없는 오류임을 직접 눈으로 확인할 수 있었다. 또 브리테니커에 중국측 주장대로 수면에 경계선이 그어져 있다고 한 것은 실선(實線)이 아니라는 사실도 확인할 수 있었다.

## 북 · 중 국경 문제 함구하는 불문율(不文律)

광복 이후에 일어난 최초의 국경분규는 1961년 중국화보(11월호)에 백두산 전 지역이 중국 영토로 표시된 장백(長白)산(백두산의 중국 명) 지도가 나오면서부터 시작되었다. 그러나 북한 측은 이에 맞대응하여 중국의 길림성까지 국경선이 올라가는 지도를 재빨리 발간하여 강력히 맞선 것으로 알려지고 있다.

이와 때를 같이하여 북한이 한국전 참전 대가로 백두산을 중국 측에 넘겨줬다는 강한 의혹(疑惑)까지 제기되었었다. 그리고 4년 후인 1965년 7월 14일 자 인도의 뉴바아렛타임스(Newbharat Times)가 이와 같은 내용의 기사를 보도하여 국제적인 관심사로 부각(浮刻)되기도 하였다.

이보다 앞선 62년~63년 사이, 김일성과 주은래(周恩來)간에 열린 국경회담을 계기로 심화(深化)일로에 있던 양국 간의 갈등이 어느 정도 조정 봉합(縫合)된 것으로 보여 진다.

1994년에 중국 지도출판사가 발행한 길림성 지도에 따르면 천지가 양국 국경 한 가운데 위치해 있으며 동으로는 압록강 서로는 도문강(圖們江, 두만강 豆滿江의 중국명)이 흐르는 것으로 표시되어 있는데 이는 그동안 베일에 가려져 있던 국경회담의 결과가 이 때 비로소 대외 문서에도 반영된 것으로 보인다.

그러나 백두산 답사 당시만 해도 이런 민감한 정치적 성격을 띤 문제에 대해서 조선족을 비롯한 현지 주민들은 그 진상을 알면서도 모르는

척 하는 건지 아예 모르는 건지 일체 입을 때지 않는 것이 일종의 불문율 (不文律)처럼 되어 있었다.(한배달, 1996년 11월호)

온몸에 오싹 소름이 끼치도록 짙푸른 천지가 내려다보이는 청석봉 대지(臺地) 위에서

# 선춘령(先春嶺) 가는 길

내가 처음 중국을 찾은 것은 2004년 10월이다. 산동성 가상현(嘉祥縣)의 무씨(武氏)사당을 비롯해서 치우(蚩尤) 능과 고구려 이정기(李正己) 장군 유적, 장보고(張保皐)의 법화원, 곡부(曲阜) 일원의 공자 유적 등을 돌아보는 동이(東夷)의 발원지 순례였다.

## 상고사 유적 답사의 길잡이

지금은 고인이 되었지만 당시 답사 반을 이끌었던 이형석(李炯石)박사는 사전에 관련 유적의 자료들을 손길을 잡아주듯이 꼼꼼하게 챙겨 주었기 때문에 현장 학습의 효과가 의외로 컸던 것으로 기억된다.

그러나 서로 의견이 상충(相衝)될 때도 있었다. 간도(間島) 문제 같은 경우 토문강과 두만강을 같은 강으로 보는 그의 주장에 반대의 목소리만 높였지 그의 생전에 논리적인 대응을 제대로 하지 못하다가 지난해 낸 저서(역사의 고향으로 떠난 사람들)를 통해서 뒤늦게나마 합리적으로 논리를 세운 반박 글을 쓸 수 있었다.

왕조실록대로라면 그의 주장이 옳은 것처럼 보이나 실록에 채택된 증언은 청나라의 주장에 동조하는 사대(事大)적인 벼슬아치의 증언이라는 점을 감안 할 때 신빙성이 크게 떨어질 수밖에 없고 만일 송화강으로 유입되는 토문강을 기준으로 할 경우 동북 간도와 연해주까지도 포함 되는 너무 넓은 땅을 어떻게 감히 우리 땅이라고 주장할 수 있었겠느냐고 지레 겁먹은 말하자면 문전 포복(匍腹)이나 다름없는 역시 사대적인 발상(發想)이 그 밑바탕에는 깔려 있다.

그리고 윤관 9성 중에서도 최북 한계에 세워졌다고 보는 선춘령 비나 공험진의 위치 문제로 다시 한 번 그와 격돌하게 되었다. 어느 한 모임에서 9성의 위치문제로 발표를 하게 되었는데 내가 주장한 세종 지리지 등에서 비정하고 있는 공험진의 영고탑(寧古塔) 부근 설에 대해 그는 "그것은 너무 비약(飛躍)적인 판단"이라고 즉석에서 정면으로 반박하면서 그의 해란하(海蘭河) 설이 사실에 가장 가깝다는 주장을 폈다.

결론부터 말한다면 이번에 이 문제에 대한 논문(윤관9성의 위치에 대한 문헌 고찰(考察)) 한 편을 쓰면서 과연 그의 주장이 옳았다는 것을 다시금 확인하게 되었다.

나는 단지 옛 문헌상의 기록을 가지고 주장한 것일 뿐인 데 반해 지리학자인 그는 여러 차례 현지답사 끝에 실지 고증을 하여 내린 결론이라 정확도가 훨씬 더 높을 수밖에 없다고 보는 것이다. 뿐만 아니라 윤관의 여진정벌 목적 자체가 지금의 연변 조선족 자치구 지역에 해당하는 옛 가란(曷懶, Karran)지역을 확보하는 데 있었기 때문에 군사전략상으로 볼 때 그 전초방어기지로서의 공험진이 여진의 본거지인 아성(阿城, 白城)과 영고탑 어간에 있을 수는 없다는 것이다.

## 윤관 9성 바로 알리기 운동도 전개

이렇게 윤관 9성문제를 두고 서로 견해를 달리하는 부분이 있었음에도 불구하고 그와 나는 교과서에서 왜곡 축소된 식민사관을 가르치고 있는 데 대해서는 공분을 느끼고 이를 바로잡는 데 의기투합, '윤관9성' 바로 알리기 운동본부'까지 구성하여 막 활동을 시작할 즈음에 홀연히 떠나버리고 만 그의 빈자리가 나에게는 너무나 크고 허전하다.

비를 세워 여진과의 경계를 표시했던 선춘령은 천연적인 가란 방어선을 형성하고 있는 수분하(綏芬河)상류 합이파령 산맥(일명 노야령 老爺嶺 산맥) 상의 동북 쪽 유일통로(현 노송령 老松嶺)였으며 공험진은 같은 산맥의 서북쪽 통로, 즉 서북차(西北岔) 고개 아래 있는 군사적 요충으로 현재의 오봉(五峰)산성임이 한 군사전략통 대학 교수의 세종지리지 상의 두만강북 7백리 노정에 대한 GPS실측으로 밝혀졌다.

더구나 선춘령으로 지목된 노송령은 윤관 9성 연구의 개척자인 방동인(方東仁,관동대) 김구진(金九鎭,홍익대) 두 교수가 벌써 35년 전에 똑같이 문헌고증을 통해 비정했던 지점으로서 이번에 대전대 윤일영(尹日寧) 교수의 실측 결과와 그 방향과 거리에 있어서 정확히 일치하고 있다는 놀라운 사실을 발견하고 이제 더 이상의 위치논쟁은 부질없다는 내 나름의 결론을 내렸다. 내친 김에 이번에 꼭 한번 현장을 답사하여 선춘령 마루에 올라 못다 푼 윤관 할아버지의 천년 한(恨)을 내 생전에 꼭 한번 풀어 드리고 싶었다.


## 문헌과 실측과 현장의 입체적 고증

물론 전문 학자들의 눈으로 보면 나의 이런 판단이 잘 모르기 때문에 부릴 수 있는 만용(蠻勇) 쯤으로 비칠 수도 있을 것이다.

그러나 앞에서 든 윤교수의 현장 답사를 통한 GPS 실측은 비록 실증사학에서 금과옥조(金科玉條)처럼 내세우는 비문 같은 직접 유물은 발견되지 않았다하더라도 면밀한 수치를 동원한 과학적인 고증방법이라고 보기 때문이다. 거기에다 이번에 노송령을 답사하게 되면 그 바로 아래에 있는 고려촌에도 들려 주민들로부터 고담이나 전설류의 민담(民譚)도 채집할 수 있으리라 기대하고 있었다. 그리고 3년 전에 우연히 만난 한 파평 윤문(坡平尹門) 조선족(윤명부 尹明浮 1943년생)의 증언도 내가 논문에서 밝힌 내용과 일치하고 있다는데 크게 고무되고 있다. 수원에서 건강 상담실을 운영하고 있는 윤씨는 중국의사, 즉 중의(中醫, 양한의 겸수 洋漢醫 兼修)출신으로 한국정신문화선양회의 연구위원도 맡고 있는 엘리트였다. 그가 연길(延吉)에 살 때 자랑스러운 조상의 행적에 관심을 가지고 채집하였다는 윤관이야기를 들려주었는데 그 중의 하나가 연길에서 동북으로 30킬로 떨어진 합이파령(哈爾巴嶺, 일명 하발령)에 해방 후까지도 선춘령비가 있었다는 이야기를 들었다고 하는 점이다. 그 때까지 선춘령비가 있었다는 사실에 대해서는 더 많은 조사와 연구가 필요하겠지만 거리나 위치로 보아 그가 말하는 합이파령 상의 선춘령비는 앞에서 말한 합이파령 노송령 상의 그것과 일치하는 것이다. 하나는 문헌고증을 통해서 또 하나는 최신 과학 기기를 동원한 실측을 통해서 또 다른 하나는 현지민의 구체적인 자료와 구술(口述) 증언을 통해서 입체적으로 고증을 한 셈이니 이제는 결론을 내려도 무리가 없겠다 싶은 생각이 들어서다.

그리고 9성 환부로 영고탑(寧古塔, 현 동녕 東寧)에서 여진과 정전협

정을 맺은 윤관의 고려군 중에 미처 후퇴하지 못한 일부 부대(3만 추산)가 흥안령(興安嶺) 이춘(伊春)이라는 곳에서 여진군에 차단당해 돌아가지 못하고 부락을 형성하고 살았는데 후에 어륜춘족으로 씨족을 유지했다고 한다. 뿌리가 고려인 어륜춘족의 언어에는 우리말과 같은 말이 많은데 그들은 씨족을 유지하는 방법의 하나로 이웃의 타 종족 여아를 납치해다가 결혼하여 자손을 낳고 살았다는 것이다. 이러한 충격적인 사실은 1990년대 초 이 마을에서 연변으로 유학 온 한 여교사에 의해서 밝혀졌다고 한다.

## 비켜갈 수 없는 세월의 무게

　지난 2007년 3월에 계절의 변화를 잘못 읽고 만주 벌판에서 50년래의 폭설 풍을 만나 고생한 경험도 있고 해서 이번 답사를 위해 올 초부터 계절에 맞는 등산복과 용품 등을 하나 둘씩 사모아 내 딴에는 여행 준비를 단단히 하고 있었다. 그런데 호사다마(好事多魔)라고 지난 달 중순께부터 디스크 성 유착(癒着)으로 허리가 아파오기 시작하여 약물과 물리치료를 병행한 끝에 통증이 얼마쯤 갈아 앉아 그만해도 다행이다 싶었는데 이번에는 양다리가 부증(浮症)으로 부어오르면서 숨이 차는 증세가 나타나 장거리 여행은 무리다 싶어 내가 제의해서 어렵사리 꾸리게 된 답사 반에 참여할 수 없게 되었다.

　천년 한(恨)이 서려있는 선춘령 가는 길이 이다지도 멀고 험할 줄은 미처 몰랐다. 내 나이로 보아 이번이 마지막 기회다 싶어 벼르고 벼른 기회였는데 인력으로 어찌 할 수 없는 노릇이라 그저 안타까울 뿐이다. 갓 60세 접어들던 해 여름 지리산 천황봉에 올라 젊은이들의 박수를 받았던

2006년 여름 집안(集安) 장군총 앞에서

것이 바로 엊그제 같은데 그로부터 20년을 훌쩍 넘긴 지금 나는 비켜갈 수 없는 세월의 무게를 몸으로 부대끼며 표표(漂漂)히 흘러가는 구름처럼 저 먼 하늘가를 떠돌고 있다. (2012. 7.)

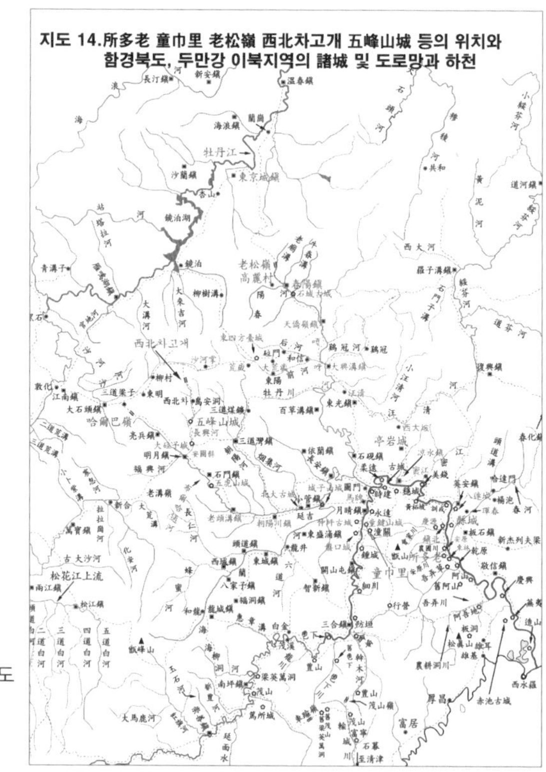



*공험진과 선춘령 가는 길의 현장 약도

# 다시 가보고 싶은 연희(延禧)동산

대학을 갓 졸업하고 들어간 H신문사에서 수습기자 생활을 할 때다. 어느 날 하늘같은 데스크가 불러서 갔더니 연대(延大) 도서관 준공식 기사를 취재하여 오라는 지시가 떨어졌다. 시대적으로는 자유당(自由黨) 집권 후기에 해당하지만 그 때까지만 해도 일제 치하에서의 저항적이고 지사(志士)적인 신문기자 의식이 살아 꿈틀대고 있을 때였다.

## 구름기둥 같은 백양로의 낭만

이른바 무관(無冠)의 제왕으로 불리던 신문기자를 지망하여 그 어려운 관문을 뚫고 들어갔는데 고작 시킨다는 일이 전화나 받으라고 발을 묶어놓는 바람에 내심(內心) 끓어오르는 불만이 삐죽 삐죽 삐져나올 즈음이었다. 이런 때 내린 취재 지시가 비록 경천동지(驚天動地)할만한 것은 못되어도 무료하고 답답했던 심사를 달래기에는 충분했다. 내가 유일한 연대 출신이라는 것을 알고 취재 훈련 삼아 짜낸 데스크의 배려였던 것으로 기억한다.

이 첫 기사를 취재하면서 나는 도서관의 기능뿐만 아니라 그 규모라던가 공법 공정(工程) 공기(工期) 건축 양식 등에 이르기까지 이른바 육하원칙(六何原則)에 입각한 종합적인 기사구성의 틀을 처음으로 익히게 되었고 이후 30수년을 이 업종에 종사해오면서 첫 경험의 귀중한 교훈을 늘 가슴 속에 간직한 채 살아가고 있다.

그리고 이 일을 생각할 때마다 연희동산을 떠올리게 되고 구름기둥처럼 피어오르던 백양로(白楊路)의 낭만(浪漫)을 잊지 못한다. 그 길은 한껏 부풀어 주체할 길 없는 향수(鄕愁)와도 같고 그 속에 편히 잠들고 싶은 꿈의 궁전과도 같다.

어쩌다 차를 타고 지나가다 보면 도서관이 처음 들어설 때만 해도 계절 따라 윤곽(輪廓)이 뚜렷하던 백양로는 어느 결에 들어섰는지 모를 빌딩 숲에 묻혀 사색(思索)하는 여백(餘白)과도 같았던 본래의 모습을 차츰 잃어가고 있는 것 같아 안타까운 생각이 들었다. 하기야 그 때만 해도 농촌 인구가 60%로 대종(大宗)을 이루던 농업사회였으니까 신촌 같은 변두리에는 아직 목가풍(牧歌風)의 넉넉하고 푸근한 구석이 군데군데 남아 있을 때였다.

그러나 그 이후 20~30 년 내에 대학 인구도 양적으로 크게 늘어났을 뿐만 아니라 급격한 산업화로 인하여 효율(效率) 위주의 사회가 되다보니 캠퍼스도 확장 일변도의 땜질식 건축에 치중하여 차츰 메마른 도시(都市)의 얼굴을 드러내기 시작한 것이다. 그래서 언더우드 동상을 중심으로 한 본관 건물의 그 중후(重厚)한 안정감과 균형미가 없었다면 연희동산은 또 얼마나 황량(荒凉)하고 살벌했을까 하는 생각을 문득 문득 떠올릴 때가 있다.

비록 그 규모는 나중에 지은 건물들보다 작을지 몰라도 그 단아(端雅)하고 의젓하며 부드러운 곡선이 스스러움 없는 친근감을 느끼게 한다. 거기에다 담장 넝쿨과 잎이 어우러지는 봄여름의 정경은 상상만 하여도 가슴이 뿌듯해진다.

## 강의실 창가에 들리는 선생님 목소리

중세 유럽의 어느 성채(城砦)를 연상케 하는 푸른 연륜(年輪)의 이끼가 우리 젊은 날의 심지(心地)에 대학인의 자부와 긍지(矜持)를 심어주기에 부족함이 없었다.

지금도 그 창가에 서면 선생님(서석순 徐碩淳 주임교수)의 목소리를 들을 수가 있다. 영국 신사풍의 세련미와 고전미를 함께 갖춘 옷매무새 하며 가는 금테 안경 넘어 깊은 호수마냥 빛나는 안광(眼光)을 통해서 선생님의 학문에 대한 열정을 감지(感知)할 수가 있다. "정치외교과(政治外交科)가 아니에요. 정치외교학과에요." 그리 달변(達辯)인 편은 아니지만 설득력이 강했던 특유의 나직한 목소리를 통해서 보다 깊은 아카데미즘에 접할 수 있었다.

언젠가는 강의 여담(餘談) 끝에 "윤아무개는 몸이 말라 있을 때가 역시 윤 아무게 답다."고 넌지시 던지시던 조크를 지금도 기억하고 있다. 잠시 군에 있을 때를 빼고는 그 때나 지금이나 변함없이 메마른 몸매를 유지하고 있는 나는 누구나 자기의 격(格)에 맞게 살아야한다는 분수론(分數論)으로 이 말씀을 되새길 때가 있다.

졸업 25주년을 기념하는 재상봉 행사를 치룬지도 벌써 8년이 지났다. 그 때 80 고령의 백락준(白樂濬) 박사를 뵈운 것이 마지막이 되었다. 행보(行步)가 불편하실 정도로 연로하신데도 일단 연단에만 올라서면 그 특유의 해학(諧謔)과 윗트가 만발하여 우리들을 4반세기 전의 무아지경(無我之境)으로 되돌려 놓았다. 바로 우리의 앞 세대를 떠받치고 이끌었던 이 거목의 풍모(風貌)를 통해서 이 나라 근대사의 견인차 구실을 했던 연세 1세기의 발자취가 더욱 크고 뚜렷하게 다가선다.

## 노천극장에 서린 추억의 체플 시간

매주 한 번 노천강당에서 진행되던 채플 시간은 연세인만이 가질 수 있는 교감(交感)지대. 안팎 연사들의 현하지변(懸河之辯)이 도도(滔滔)하던 이 광장에 서면 대학인으로서의 나를 다시 한 번 되돌아보게 된다. 겨우내 얼부풀었던 우유빛 하늘이 막 걷혀 올라가던 이른 봄 한나절 오수(午睡)가 소나기처럼 쏟아지는 잔디 계단에 걸터앉아 있노라면 선계(仙界)가 따로 없다.

그런데 이상하게도 눌변(訥辯)에 가까운 최현배(崔鉉培) 선생님의 채플시간에는 좀체 졸음이 오질 않는다. 연신 발뒤꿈치를 추스르며 한마디 한마디를 토해내듯이 말씀하시는 선생님의 약간 쉰 듯한 목소리를 놓칠세라 귀를 기울이며 장내는 물을 끼얹은 듯이 조용해진다.

이 때 나는 사람들을 감동시키고 설득하는 데는 반드시 달변(達辯)이라야 된다는 법은 없으며 진실과 인격 이상의 훌륭한 웅변은 없다는 것을 새삼 깨닫게 되었다.

이 시간에 쏟아진 명언 명구(名言名句)도 헤아릴 수 없이 많다. 그 중에서도 기억에 남는 한마디가 있다. 백 박사의 꺾꽂이 문명론(cutflower civilization)이다. 서구(西歐) 현대문명은 한여름 시멘트 바닥에 심어놓은 꽃과 같다는 것이다. 겉보기에는 화려한 것 같으나 뿌리가 없으니 머지않아 시들고 말 것이라는 문명위기론이었다. 서구문명의 첨단기지와도 같은 미션 칼리지의 안마당에서 물질만능의 외래문화에 찌들어 이지러져 가는 우리의 역사와 전통을 환기(喚起)시켜준 그의 문명 진단(診斷)이 너무나 영악스럽게 적중되고 있는 오늘의 현실을 바라보면서 그의 놀라운 투시안(透視眼)에 다시 한 번 경탄을 금할 수 없다.

## 친구와 함께 찾던 무악산 계곡

1990년도 저물어가는 12월 중순께 다시 임지인 케나다로 떠나간 이젠 어엿한 중견외교관이 된 R 군(이두복 李斗馥)과는 재학 시절 무던히도 함께 붙어 다녔다. 동향인데다 의기투합(意氣投合)이 잘 되었던 둘이는 낙엽이 지는 가을이 되면 자주 점심시간을 틈타 무악산(毋岳山) 계곡을 찾는 버릇이 있었다. 길도 없는 산비탈을 나뭇가지를 헤치며 한 동안 올라가다보면 와자지껄하던 켐퍼스의 소음이 뚝 멎는 우리들만의 안식처가 나온다. 묵묘 자리인 듯 두리두리 융단처럼 펼쳐진 잔디밭 위에 황갈색 꿀밤나무 잎이 수북이 쌓인 오붓하고 아늑한 자리였다. 이 산등성이 일대가 9.28 서울 수복 당시 연희고지 격전의 현장이었고 아직도 그 전쟁의 상흔(傷痕)이 군데군데 험상궂은 형해(形骸)를 드러내고 있는 주변 환경 때문인지 몰라도 R군과의 주된 대화는 힘과 정의(正義)의 문제에 쏠려 있었다. 역사가 승자(勝者)의 것이듯이 정의 또한 승자의 것이라는 힘의 논리와 천부적(天賦的)인 자유와 정의 수호를 위한 전쟁 당위론과의 거리는 좀체 좁혀지지가 않았다. 그러나 우리는 서로 자신의 논지(論旨)를 지키기 위해 혼신(渾身)의 노력을 다 하였다.

이렇게 말씨름에 열을 올리다가 어느 때는 다음 강의를 까먹기도 하였다. 한번은 잔디밭에서 얼마나 늘어지게 잠을 잤던지 어둑어둑 해서야 산그늘에 쫓겨 내려온 적도 있었다. 일찍부터 국익을 대변하는 외교관으로서 국제무대에 뛰어들어 활동하고 있는 R군의 소식을 들을 때마다 젊은 시절 연희동산에서 그와 나누었던 푸른 대화가 되살아난다. 그리고 언젠가 둘이서 꼭 한번 그 자리를 찾아가보고 싶다.(碩山 徐碩淳博士 古稀文集,1991)

영원한 상아탑(象牙塔) 연대 본관 건물의 단아(端雅)한 모습을 배경으로

# 잊을 수 없는 동문

아직도 나는 형이 우리 곁을 떠났다는 사실을 인정하고 싶지 않습니다. 지난 7월 말 모임 때도 형의 빈자리가 그렇게 낯설지 않았던 것은 전처럼 따님이 산다는 홍콩에 또 갔으려니 하는 연상(聯想) 작용이 아직도 내 뇌리(腦裏)에는 그대로 남아 있었기 때문일 것입니다.

그런데 곰곰이 헤아려 보니 오는 9월 19일이면 형이 떠난 지 어언 1년이 된다는 그 세월만은 어찌 할 수 없어 이렇게 내키지 않는 붓을 들었답니다.

화려한 언어의 마술사라는 외교관 이미지보다는 너무 조용하고 소박한 모습에서 영락없는 충청도 양반의 전형(典型)을 발견하게 되는 것은 아마 나 하나만의 억단(臆斷)은 아니었을 겁니다. 내가 유독 형을 좋아하게 된 데는 이런 기질적(氣質的) 호감 외에도 동향(同鄕)이라는 지연적(地緣的)인 유대(紐帶)도 한 몫을 했으리라고 봅니다.

아무튼 지금 생각해 보면 우린 켐퍼스 안팎을 가리지 않고 무던히도 함께 붙어 다닌 단짝이었던 것 같습니다. 모임 자리 같은데 어쩌다 혼자

나타나기라도 하면 아무개는 왜 안 보이느냐고 궁금해 하던 급우들의 얼굴이 지금도 눈에 선 합니다.

뭐니 뭐니 해도 우리들의 추억 1 번지는 연희 동산에서 나눈 푸른 대화가 아닐까요. 지난 1990년 서석순(徐碩淳) 은사님의 칠순 기념 문집에서도 잠시 소개한 바 있습니다 마는 9.28 수복 작전의 최대 격전지였던 연희 고지 언저리에는 그 때만 해도 포화(砲火) 세례를 받아 마치 시체처럼 널부러진 건물의 잔해(殘骸)가 여기 저기 흉물스러운 모습을 드러내고 있을 때였습니다.

이런 참혹한 전쟁의 상체기를 배경삼아 어느 이름 모를 묵 묘 앞의 낙엽더미 위에 벌렁 드러누워 푸른 하늘에 무심히 흘러가는 흰 구름을 바라보며 꿈을 키워가던 두 젊은이들의 대화 말입니다. 그 때 우리는 전쟁을 주제로 많은 이야기를 나누었지요. 유난히 자유와 정의를 강조하던 형에게 나는 정의보다는 강자의 힘이 우선한다는 역학적(力學的) 논리에보다 충실했었던 것 같습니다. 당시 환경에서는 터부시 되던 위험한 사고(思考)였지만 우리는 모든 경계(境界)를 허문 자유인의 사유(思惟)를 공유(共有)하는 우리들만의 공간에 남모를 긍지(矜持)를 느끼곤 했지요.

사회에 갓 진출한 어느 해 겨울로 기억됩니다. 우연히 함께 길을 걸을 기회가 있었는데 그 때만해도 담배를 노상 입에 물고 다니던 나에게 "바람을 안고서 걸어가면서 피우는 담배가 몸에 가장 해롭다더라."면서 가능한 한 길에서는 피우지 않는 게 좋다고 넌지시 경고하던 형의 그 따듯한 우정이 나이가 들수록 더욱 새롭게만 느껴지는 구려.

반세기 우정을 다시 환기시켜준 지난해 5월의 졸업 50주년 재재상봉 행사 이후 사은회(謝恩會) 자리에서 취흥(醉興)이 제법 도도해져 전에 없이 밝고 쾌활하게 담소(談笑)를 나누던 형의 모습이 바로 어제 일인 듯 생생하게 떠오릅니다. 이 때 내가 형에게 일부러 다가가 "더 늙기 전에(정확히 말해서 두 발로 걸을 수 있을 때) 연희동산 그 자리에 꼭 한 번 가보고 싶다."고 했을 때 "난 언제든지 좋아 너 좋은 시간에 연락해라."고 그렇게도 선선하게 대답을 하더니… 결국 나에게는 영원한 추억의 동산을 하나 남겨두고 가신 셈이 되었군요.

　(연세동문회보, 2008.10.1.)

# 마지막 자유인

"또 좀 빤한 모양이로구나 술을 다 먹게"

지난해 10월 과(科)동기 정기모임에서다. 설(舌)암이라는 좀 희귀한 병으로 수술까지 받았다는 그(김각 金珏 동문)가 가까스로 회복이 되었다고는 하나 그것이 얼마나 되었다고 술을 먹느냐는 나의 핀잔 섞인 잔소리에도 아랑곳하지 않고 그는 뿌연 막걸리 잔을 비우며 계면쩍은 듯 웃음만 흘렸다. 아무리 동기동문이라고 해도 나이가 들어서는 상존(相尊)하기 마련인데 그와의 학연 (學緣)과 세연(世緣)은 그것을 허락지 않았다. 고등학교에서 대학을 거쳐 직장까지도 동기가 되다보니  흉허물 없이 함부로 대하던 어릴 적 버릇이 그대로 남아있었기 때문일 것이다.

그런데 정초에 그의 부음이 날아들었다. 공교롭게도 나도 마침 바로 그 직전에 아내의 상고(喪故)가 있어 경황이 없던 터라 오랜 벗의 조상조차 하지 못한 비례(非禮)가 두고두고 가슴에 남을 것 같다.

그는 한마디로 자유인이었다.  천하 없는 사람도 말리지 못하는 마지막 자유인이었다. 고등학교 때부터 모의시험을 치면 영어 수석은 언제나 그의 몫이었다. 대학에 들어와서도 당시 미국에서 학위를 따가지고 갓 돌아온 지도교수(조효원 趙孝源 박사)의 원서 편역(編譯) 작업에 참여하여 일찍부터 번역서 출판에 눈을 뜨기 시작했다. 그 연장선상에서 졸업 후에는 영자지 코리아타임스(KT)에 입사하여 필명을 얻기 시작했다. 나와의 직장 동기란 이때를 말하는 것인데 한국일보 자매지였던 KT와는 입사도 같이 했지만 근무도 한 편집국 안에서 하게 된 것이다. 그리고 몇 해가 지나 그는 소리 소문 없이 신문사에서 사라졌다. 5.16 후에 그의 영어실력을 인정받아 청와대(공보비서관)로 발탁이 된 것이다.

그러나 그는 관료체질이 아니었다. 더구나 상하계급이 엄격한 군인들 틈바구니에서 그의 리베레랄라이세이션(liberalization)은 더 이상 통하지 않았다. 언제나 작취미성에 고무신을 끌고 청와대 출근을 할 정도였으니 배겨 날 도리가 있었겠는가. 불과 몇 개월을 버티지 못하고 청와대를 나온 그는 이번에는 국회의장 공보비서로 자리를 옮겨 청와대보다는 그래도 좀 자유스러운 분위기라 적응을 하는가보다 했더니 이번에도 결과는 마찬가지였다. 이렇게 그의 관료생활은 단명으로 끝이 나고 결국 그가 돌아온 곳은 처음에 발 디디었던 영자 신문이었다.

이번에는 대한공론사가 발행하던 〈더 코리언 리퍼불릭〉의 맥을 이은 민간 영자신문인 〈코리아 헤럴드〉의 논설위원으로 정착하여 비로소 언론인으로서의 그의 진가(眞價)를 발휘하게 된다.

그가 집필하는 논설이 한국인보다는 오히려 영미 권 외국인 독자에게 인기가 더 있어 도대체 필자가 누구냐고 문의를 다 해올 정도였다고 한다. 그런데 정작 김 동문은 영어의 본고장인 미국이나 영국에는 발도 디딘 적이 없는 순수 토종 영어로 언론계를 풍미했던 것이다. 요즘 영어 공부한다고 조기 유학 러시를 이루고 있는 풍토에서 김 동문과 같은 자수성가 형 영어가 얼마나 소중한 본보기를 보여주고 있는가를 다시 한 번 생각하게 해준다.

각(珏) 형 편히 잠들구려. 뒤늦게나마 이렇게 명복을 비오.(연세동문회보, 2011.5.1.)

# 미리 써둔 명정(銘旌)

'경전 읽고 번역하던 운허당(耘虛堂)법사의 관(棺)' 9년 전에 스님은 이미 오늘을 예비하여 자신의 명정(銘旌)을 이렇게 쓰라고 문도(門徒)들에게 일러두었었다. 순 한글로 말이다.

그의 생명의 은인이자 은사(恩師)이기도 했던 경송(慶松)스님의 기제날 이었다. 문도 대중들이 법당 안을 가득히 메운 추모법회에서 이렇게 미리 유촉(遺囑)을 내린 것이다. 그러나 태산처럼 묵직한 스님의 목소리는 나이를 잊게 한다. "사리(舍利)로 그 사람의 행적(行績)을 평가하지 못하는 것이니 소중히 여기지 말고 탑도 세우지 마라. 장례는 종단장으로 떠들썩하게 하지 말고 문도장으로 간소하게 치르되 3일장(葬) 이상은 하지 말 것이며 스승을 빛낸다는 것이 오히려 욕되게 하는 문집 간행도 하지 말라." 손길을 잡아주듯 자상하게 이르면서 문도 사이는 화목하게 파벌을 짓지 말라고도 했다.

스님은 일찍이 "절 짓고 중 밥 먹는 것"은 불교가 아니라고 한 일이 있다. 강사 재임시였던 1938년 '종교(宗敎)와 종교인을 논하며 학인(學人)

의 각성을 촉구함' 이라는 논문에서 그는 첫째 책임감이 있어야 하고 둘째 자(慈)와 행(行)을 바르게 닦아 셋째 사적(私的)인 생활은 자영(自營), 즉 자급자족을 해야 한다고 주장했는데 이는 바로 스님의 평소 생활신조이기도 했다. 홍법(弘法) 강원 시절 학인들에게 작업복을 입혀 꼭 하루에 한 두 시간씩은 일을 시켰다고 한다.

20세 약관으로 독립운동에 투신한 그는 뒤떨어진 산업이 곧 망국의 원인이었음을 통감하고 어디서건 가리지 않고 산업 우선을 몸소 실천궁행(實踐躬行)했다. 그래선지 셈에도 무척 밝고 정확했다고 한다. 역경원(譯經院)을 처음 세워 매일 양주 봉선사에서 시외버스로 서울까지 통근을 하던 때의 일이다. 하루는 시자(侍者)가 버스 요금 1백원을 지불했더니 절에 돌아오자마자 그 돈을 되돌려주려 했다. 그 때나 지금이나 어린애 과자 값도 안 되는 그 돈을 받으려 하지 않자 스님은 시자가 잠든 사이 그 돈을 그의 책상 서랍 속에 넣어둘 정도로 철저한 분이었다.

열반(涅槃, 고승의 죽음)하시던 그 날까지도 기억력은 조금도 감퇴하지 않은 뛰어난 재주에다 노력까지 겸비했던 스님이다. 학창시절에는 수학(數學)에 남다른 재질을 보였다고 하는데 잘 풀리지 않는 미적분(微積分) 문제도 이틀이고 사흘이고 붙들고 씨름하다보면 자연 풀리더라고 후학들에게 끈기의 체험담을 일깨워주기도 했다한다. "나더러 천재라고들 하지만 스님 재주에는 반도 못 미친다."고 언젠가 춘원(春園, 이광수 李光洙)이 실토를 했달 정도다. 춘원이 법화경(法華經)을 1백독을 했는데도 끝내 깨치지 못했다는 일화가 다 전해온다. 사가(私家)로 8촌 형벌이 되는 춘원과는 동갑내기지만 생일이 한두 달 아래라는 지친(至親)들의 증언이다. 그러나 삼종제(三從弟)인 스님에게 춘원은 꼭 선생님 아니면 스

님으로 높여 불렀다. 종가(宗家)의 맏이였던 스님 집안에서 어린 시절을
보낸 춘원은 〈스무 살 고개〉라는 작품에서 향수 짙은 큰집 풍경을 포근
하게 묘사하고 있다. 훗날 스님이 문학단체에서 서울시내 어느 공원에다
세우려던 문학비를 봉선사 입구에다 세운 것도 어린 시절 동심(童心) 속
에 꽃피웠던 이런 깊은 인연 때문이었다.

'운악산 기슭에 우리들의 배움 집, 송백수(松柏樹) 푸른 물에…'로 시
작되는 광동(光東) 중실고교 교가는 해방 직후(1947년 가을) 춘원이 잠시
이곳에서 교편을 잡고 있을 때 지은 것이다. 지금은 23개 학급이나 되는
현대식 학교로 발전한 광동학교를 스님이 처음 발기할 때만 해도 가진
것이라고는 불타는 열의뿐이었다. 재단 기금은 은사 스님(홍초월 洪初
月)이 열반할 때 스님 앞으로 유촉한 땅 1백마지기가 전부였고 본 말사
주지들의 협조로도 모자라 면내 유지들을 찾아 나설 수밖에 없었다. 장
삼 굴갓에 위의(威儀)를 갖추고 12년째 오후불식(午後不食, 글자 그대로
저녁을 굶는 불가의 수행법 중의 하나)을 계속해온 엄격하기만 하던 스
님은 유지들의 협조를 얻기 위해 그들과 천렵(川獵)까지 하며 함께 어울
리는 탈속(脫俗)한 면모도 보여줬다.

'글 잘하는 중'으로 근동이 자자하던 스님의 본명이 이학수(李學洙)라
는 것을 알게 된 것은 해방 이후의 일이다. 그의 일제 때 이름은 철저한
박용하(朴龍夏)다. 이 가명으로 조차도 창씨는 물론 거부했고 스님의 법
력(法力)이 두려웠던 일제는 봉선사 주변 길목에다 3개의 주재소를 새로
지어 스님의 동정을 샅샅이 살폈다. 10리 밖만 나가도 신고를 하고 다녀
야만 했던 거물급 요시찰 대상이었다.

유언에서처럼 스님은 결코 상(相)을 내려 하지 않았다. 그의 독립운동

비화가 세상에 알려진 것도 옛 동지였던 임정 요인 예관(睨觀) 신규식(申圭植)의 전기(傳記) 서문을 쓰던 중에 우연히 밝혀진 것이라고 한다.

양산 통도사 강원 시절 이야기다. 경전 구절의 해석을 둘러싸고 가르치던 강사와 학인 사이에 논전이 벌어져 끝내 스님에게까지 와 마지막 판가름을 구했다. 이 때 스님은 즉석에서 강사의 주장이 옳다고 판정을 내려 되돌려 보냈다. 그러나 그 뒤 강사를 다시 불러서는 사실은 학인의 해석이 옳았다고 바로잡아 주었다. 그 이유를 물은즉 강사의 실수를 밝히면 신(信)이 없어 학인이 따르지 않기 때문이라고 했다. 혜(慧)와 행(行)의 길을 한꺼번에 비쳐준 대표적인 일화(逸話)이다.

"다시 태어난다 해도 못다 한 역경사업을 계속하겠다."던 스님이 마지막 나들이를 한 것은 지난 달 하순께 어느 날 맑은 늦가을 오후였다. 휠처어에 의지하여 동국대 안 역경원에 들린 스님은 달려온 애제자들의 손목을 꽉 잡고 인자스러운 웃음을 흘릴 뿐이었다.

스님이 불교와 인연을 맺었던 지난 반세기는 바로 불교의 근대사였고 그가 처음 시작한 역경사업은 불교 개혁의 횃불이었

운허 스님이 봉선사 들어가는 길 초입에 세운
춘원 이광수 기념비

으니…. '허공을 재고 바람 얽어도 큰 바닷물을 모두 마시고' 덩그런 큰 법당(대웅전) 양편 주련에는 스님은 가셨지만 크고 넓은 스님의 뜻이 여의주를 문 비룡(飛龍)처럼 약동하고 있었다.(大韓佛敎, 1980.11. 30.)

# 감사 결핍증(缺乏症)

옛날 어른들은 목마를 때 얻어 마시는 물 한모금의 고마움을 세상 살아가는 교훈으로 삼는 경우가 많았다. 그래서 전해 내려오는 가연(佳緣) 설화가 팔도강산 구비 구비마다 꽃을 피우는 이 나라는 진정 아름다운 나라다.

## 냉수 그릇에 버들잎 띄우는 지혜

냉수 그릇에다 버들잎을 훑어서 띄우는 낭자(娘子)의 지혜와 그 소박한 인정에 감동하여 혼인으로까지 이어지고 마침내는 한 나라를 창업하는 원동력으로 승화(昇華)된다는 설화의 중심에는 언제나 보은감사(報恩感謝)라는 덕목(德目)이 자리하고 있었다. 여기서는 한 여름의 갈증(渴症)을 풀어준다는 적선(積善) 행위 그 자체도 물론 아름답지만 그 바탕에는 이런 행위를 유발(誘發)시킨 백설 같은 여인의 순정(純情)이 베어 흐르고 있어 감동을 배가시킨다.

아무리 하찮고 미미한 일이라 할지라도 그 일에 온 정성을 쏟아 글자 그대로 전일(專一, 마음을 오로지 하나에만 씀)하게 되면 상대를 이렇게 감동시킬 수 있다는 것이다. 즉 사물의 크고 작음보다는 거기에 집중하는 마음의 비중을 더 중요시 한다는 전래의 미덕을 잘 설명하여주는 우리 설화의 정형(定型)을 여기서 다시 한 번 보게 된다. 좀 거창한 비유 같지만 성리학자(性理學者) 퇴계(退溪) 이황(李滉)에게서 발원하여 명치유신(明治維新)을 통해 일본 국민의 정신혁명을 이끌어냈다는 성(誠)과 경(敬)의 경지가 바로 이런 것이 아니었을까 헤아려 본다.

이와 같이 지극한 감사의 표시가 단지 일신의 영화를 누리는 데만 그치는 것이 아니라 때로는 일세(一世)의 시대정신을 창출하는 동력(動力)으로 작용하기도 한다. 현대의 대표적인 학승(學僧)으로 꼽히는 운허(耘虛) 스님에게서 그 실례를 찾아볼 수 있다. 이 나라 불교의 역경(譯經) 사업에 주춧돌을 놓고 새 지평(地平)을 연 스님은 동국대학에 역경원을 세워 그 첫 원장을 역임하고 열반(涅槃, 불교에서 이르는 죽음)에 들기 전까지 한시도 역경에 대한 관심을 놓아본 적이 없는 분이다. 속연(俗緣)으로는 춘원(春園) 이광수(李光洙)의 재종 동생 벌 되는 그는 일제 초기에 이미 고등 교육을 마치고 일찍이 독립운동에 몸을 던졌다. 스님 말년에 양주 봉선사(奉先寺)에서 한 번 뵌 적이 있는데 젊어서는 기력이 대단했을 장한(壯漢)과 같은 체구의 소유자였다. 구국의 일념으로 불사른 그의 심신이 역경사업에 쏟은 열정 못지않게 뜨거웠으리라 싶을 정도로 위풍당당한 모습이었다.

## 목숨 건져준 밥 한 그릇에 대한 감사

그가 왜경에게 쫓기는 몸이 되어 산중을 헤매다가 굶주림에 지쳐 쓰러져 있을 때 한 산사(山寺)의 스님이 업어다가 지어준 밥 한 그릇이 인연이 되어 그 길로 머리를 깎고 부처님에게 귀의(歸依)하였다고 한다. 그를 죽음에서 건져 준 밥 한 그릇에 대한 고마움을 그는 목숨이 다 할 때까지 부처님을 섬기는 불심(佛心)으로 승화(昇華)시켰던 것이다.

또 다른 역사상의 예를 우리는 삼국통일의 원동력이 되었던 화랑(花郎) 정신의 뿌리인 세속오계(世俗五戒)를 설했던 신라의 원광법사(圓光法師)에게서 찾을 수 있다. 그가 진평왕(眞平王)으로부터 고구려 정벌의 걸사표(乞師表, 군대의 지원을 요청하는 글)를 하명 받고 지었다는 단 몇 줄의 문장이 오늘날까지도 종교를 초월한 호국(護國)불교사상의 산 표본으로 널리 인구(人口)에 회자(膾炙, 널리 사람의 입에 오르내림)되고 있다.

원광법사는 이 글 서두에서 "내가 살아남기 위하여 남을 멸한다는 것은 사문(沙門, 출가승)의 도리가 아닌 줄 아오나 빈도(貧道, 스님 자신을 낮추어 부르는 말)가 이 땅에서 태어나 임금님이 주신 의식(衣食)을 입고 먹고 살면서 어찌 감히 그 명을 따르지 않겠습니까."라고 하였다. 임금이 곧 나라였던 시대의 임금을 현대적으로 풀이하면 나라의 주체인 국민이라고도 할 수 있을 것이다. 이와 똑 같은 맥락에서 원광법사가 설한 충(忠)과 효(孝)의 의미도 다시 한 번 되새겨볼 필요가 있을 것 같다.

언제부터인가 우리 주변에서 '감사결핍증'이라는 말을 자주 듣게 되는데 아마도 요즈음 사회의 일반적인 현상이 아닌가 여겨진다. 기계문명의 발달과 이에 수반하는 개인주의의 확산으로 인간관계에서 감사하는 마음의 원천이라고 할 수 있는 정(情)이 메마른 탓인지는 몰라도 특히 요즘 젊은이들의 얼굴이나 언동(言動)에서 감사의 표현을 읽어내기가 매우 힘들다고들 한다. 옛날에 비하면 모든 것이 풍족하고 편해졌기 때문에 정을 표현하기가 전보다는 훨씬 수월해졌는데도 말이다.

## 효행(孝行)은 자연의 섭리(攝理) 그 자체

이를 뒤집어서 말하면 그들에게는 물 한 모금에도 감사할 줄 아는 목마름이 없기 때문일까.

귀한 것이라고는 도무지 없는 세상이다. 거저 손만 뻗으면, 또는 입만 열면 원하는 것을 쉽사리 구할 수 있게 되었는데도 말이다. 그들에게 감사의 원천이라고 할 수 있는 절약이라든가 근검(勤儉) 정신을 요구하는 것은 어쩌면 감사 그 자체를 바라는 것보다도 오히려 더 어려운 연목구어(緣木求魚) 일 런지도 모른다.

비록 감사의 상대가 그들 신앙의 유일신(唯一神)을 향한 것이기는 하나 입만 열면 '감사'를 연발하는 기독교인들을 볼 때마다 감사는 마치 그들 신앙의 처음이자 끝이 아닌가하는 착각이 다 들 정도이다. 누구나 밀레의 '만종(晩鐘)'을 보면서 느끼는 것은 전원(田園) 가득히 넘쳐흐르는 평화와 행복의 여백미(餘白美)가 아닐까 싶다. 그런데 이와 같은 분위기를 주도하는 색조(色調)는 다름 아닌 농부부부가 두 손 마주잡고 올리는 감사기도 장면일 것이다. 이렇듯 양(洋)의 동서와 종교의 차이에도 불구하고 감사라는 덕목은 세상 살아가는 데 가장 소중한 정신적 윤활유 구실을 하고 있다. 세상이 날로 각박해지고 있다는 것은 사람들이 저마다 가지고 있는 마음의 여백이 그만큼 줄어들고 있다는 증거이기도 하다. 그래서 감사의 염(念)보다는 과열된 경쟁 심리에서 파생되기 마련인 적개심(敵愾心)만 조장하는 왜곡 현상을 초래하게 되기 때문이다. 거기에다 우리의 전통윤리인 충효를 전제군주시대의 지배질서를 합리화하는 시대착오적인 도덕률(道德律)로 평가절하 하는가하면 기성세대의 역사와 윤리는 일고(一顧, 한 번 돌아봄)의 가치조차 없는 '버려야 할 유산' 쯤으로 치부하는 풍조가 미만(彌滿, 가득 차 넘침)하고 있는 요즘 세태다.

나는 그들에게 반포지조(反哺之鳥, 까마귀 새끼가 자란 뒤에 늙은 어미에게 먹을 것을 물어다 줌)라고 일컫는 갈가마귀 떼의 어쩌면 맹목적일 수도 있는 어미 새 섬기기가 인간들의 수다스러운 말장난의 대상이 될 수 없는 이유를 꼭 말해주고 싶다. 그것은 '감사' 이전 자연의 섭리(攝理) 그 자체라는 것을.(1988.11. 샘터).

# "하나님 믿으세요."

불교사상(佛敎思想)이라는 월간지를 만들 때 일이다.

3선 국회의원을 지낸 최재구(崔載九)씨가 회장으로 있을 땐데 그는 조계종의 전국신도회회장을 맡을 만큼 독실한 거물급 불교 정치인이었다. 전직 국회의원이라는 정치적 관록도 물론 한 몫을 했겠지만 후덕하게 생긴 외모에 이따금 무심코 툭툭 던지는 말 펀치에는 전혀 뜻밖의 유머감각이 번득일 때가 있었다.

## 불교신도회장 상대 표적(標的) 전도

그가 하루는 한담(閑談) 끝에 불교와 기독교의 포교 실태를 비교하면서 기독교인들의 집요(執拗)할 이만큼 악착같은 포교 공세의 실례를 하나 들려주었다.

모처럼 그의 집 정원에서 쉬고 있던 어느 주말 오후였다고 한다. 예고도 없이 들이닥친 일단의 아주머니들이 최씨에게 다가와서는 기독교 선전 전단지(傳單紙) 한 장을 건네주고는 자기네 교회에 꼭 나와 달라고 강권(强勸)하다시피 매달리더라는 것이다. 3선 관록의 정치인 최씨도 이 갑작스러운 게릴라 공세에 처음엔 황당한 나머지 어떻게 대응해야할지 몰라 잠시나마 머뭇거릴 정도였다고 한다. 그리고는 "당신네들 내가 누군 줄 아느냐"고 가까스로 한마디를 던졌는데 상대방에서는 오히려 기다렸다는 듯이 "그럼은요 알고 말구요 전국 불교신도회회장님 아니십니까." 하더라는 것이다. 이 말을 들은 최씨 하도 기가 막혀서 "그런 줄 알면서 어떻게 나에게 전도(傳道)를 다 하려드느냐"고 했더니 대뜸 한다는 소리가 "그렇기 때문에 더더욱 전도를 해야 한다."고 이른바 표적(標的) 전도의 대상으로 그 자리서 일방적으로 낙점을 하더라는 것이다. 전도 사업도 이 정도가 되면 오히려 전쟁에 가깝다고 이를 만하다.

이와는 정 반대되는 대조적인 사례도 있다. 교육자 출신의 독실한 불교신자 한 분은 영국에 유학 중인 손 자녀들을 뒷바라지하러 따라 간 며느리가 티베트 불교인 라마교에 입교하여 처음에는 혹여 현지인들과 위화감(違和感)이라도 생겨 소외당하지나 않을까 걱정했었는데 교도들이 오히려 교양 있는 엘리트층이어서 적이 안심을 했다고 한다. 기독교의 본고장 지식인들이 이와 같이 자력(自力) 종교에 귀의(歸依)하여 종래의 의타적 관성(慣性)의 한계를 극복하려고 노력하는 것을 두고 동양회귀(東洋回歸) 현상이라고 말하기도 하는데 굳이 동서양의 구별을 따지지 않더라도 이는 극히 자연스러운 자기발견 현상 아니겠느냐고 나는 생각한다.

## 집단 이기주의 함정에 빠져

"하나님을 개인과 내면의 문제로만 이해하는 실존주의적 접근도 바람직스럽지 않거니와 하나님이 세상의 모든 현상을 결정한다고 믿는 태도는 더 큰 문제"라고 한 독일 신학자(미하엘 벨커 하이델벨그 대 교수)는 한 한국교회 목사(경동교회 박종화목사)와의 대담을 통해서 이런 고민의 일단을 들어내 놓고 말하고 있었다. 그는 계속해서 독일 교회의 신자 수 감소도 문제지만 사회 엘리트층의 교회이탈 현상에 대해 걱정하면서 그 것은 구태(舊態)를 벗지 못하는 예배문화가 활기(活氣)를 떨어뜨리기 때 문이라고도 했다. 그리고 결론삼아 그는 말했다.

"교회가 세상을 좌우하던 시대는 지나갔다. 시장경제, 미디어, 자연과 학, 법 등 다양한 종류의 합리성이 서로 영향을 주고받으며 경쟁하는 현 실을 직시해야 한다."고.

이에 대해 박종화목사는 "한국 교회는 교회의 크기가 영향력의 크기라 고 생각하는 우(愚)를 범했다."고 진단하면서 70~80년대 인권운동의 형 태로 사회에 기여했던 것처럼 바뀐 시대가 요구하는 사회의 각종문제를 개선할 기독교적 해법을 내어놓아야 하는데 요즈음에는 개인주의에 빠 져 있다고 비판했다.((중앙일보(2012.4. 16) 인용)) 이는 꼭 지난 날 민족 항일기에 만주 일대에서 단군이라는 상징을 앞세워 초종교적으로 민족 의 역량을 결집하여 일제와 맞서 싸웠던 민족종교인 대종교(大倧敎)가 일제가 패망하자 타도해야 할 주적(主敵)과 구심력을 상실하고 귀국해서 는 그 역량을 자기 소속 집단과 개인에게 집중하는 일종의 집단이기주의 함정에 빠져 급기야는 군소 종교단체의 하나로 전락하고 만 전례와 너무 도 닮았다는 것을 상기시켜주고 있다.

## 자연의 법칙이 곧 '하나님'

지난 개천절 무렵 한 모임에서 공중을 상대로 말할 기회가 있었는데 개천절의 의의에 대해서 종래와는 다른, 즉 환웅이 거느리는 북방의 선진족이 남하하여 토착부족인 곰족과 결합하여 낳은 단군을 통해서 새로운 문명 세계를 개창(開創)한 날로 재해석하자 모두들 고개를 끄떡이며 나름의 합리성에 공감하는 눈치였다 이를 하늘이나 하나님의 신성한 역사(役事)로 포장하게 되면 그것은 이미 역사(歷史)이전 신화의 영역에 속한다.

　이를 그대로 베낀 듯 모방한 것이 일본의 건국신화다. 〈일본서기 日本書紀〉(성은구 成殷九 역주)에 따르면 이른바 천손(天孫)이라고 하는 니니기노미코도(瓊瓊杵尊)가 하늘에서 내려왔다는 곳은 규슈(九州)의 다카치호노미네(高千穗峰) 또는 구시후루다케(槵觸峯)인데 여기서 '구시' 는 가락국(駕洛國)의 건국신화 가운데 바로 김수로왕(金首露王)이 하늘에서 금합(金盒)에 담긴 체 자색 밧줄에 달려 내려왔다는 김해(金海)의 구지봉(龜旨峰)을 이르는 것으로 신성한 곳이라는 뜻이며 '후루' 는 소부리(所夫里), 서라벌에서 유래한 '신의 도읍지' 를 말한다. 가락국 건국신화의 조형(祖型)이 바로 단군신화이고 그 가락국의 선진족이 바다를 건너가 일본을 건국한 것을 두고 천손강림(天孫降臨)으로 미화한 것이라고 일본의 제야사학자 다카모토(高本政俊)는 그의 〈사적 史的 루트의 여행 旅行〉에서 주장하고 있다. 그의 저서에 의하면 소위 황손(皇孫)이라고 하는 '니니기' 를 일본에 보낸 신(神)은 그들이 건국신화의 원조로 떠받드는 아마데라스오오미카미(天照大神)가 아니라 외조부인 다카미무스비노가미(高皇靈産神, 줄여서 고마노가미 高木神)라는 것이다. 〈일본서기〉는 그들 신화의 원잠(原點)을 천손 니니기가 강림한 다카마노하라(高天原)로 설정하고 있는데 그곳이 우가야(上伽耶)의 중심인 경북 고령(高靈)이라는 것이다. 그래서 현재 고령 가야대학교 경내에는 신기하게도 '高天原故地碑'가 서 있는데 '高靈'이라는 지명 자체가 앞에서 든 니니기의 외조부 '高皇靈産神'에서 유래하였다고 한다.

중국의 황제를 천자(天子)라고 해서 그들만이 천제(天祭)를 지낼 수 있도록 제천권(祭天權)을 독점한 것도 통치자에게 왕권신수(王權神授)라는 천부적(天賦的)인 신성성(神聖性)을 부여하여 그 권위를 극대화(極大化)하려는 의도가 깔려 있는 것이다. 이렇듯 결국 동양 전래의 '하늘'과 이를 의인화(擬人化)한 '하나님'이라는 호칭을 통해서 인간이 자신과 공동체를 유지 발전시키기 위한 일종의 지렛대로 활용했던 흔적들을 쉽게 발견할 수가 있다. 이른 바 하나님을 통한 정치적인 원격조작(遠隔操作)인 셈이다.

## 인간의 태생적(胎生的) 한계에 도전

진리로서의 하나님은 단군의 건국이념인 홍익인간 재세이화(在世理化, 또는 이화세계 理化世界)가 함축하고 있는 우주순환법칙 그 자체라고 할 수 있다. 하늘의 이치. 즉 자연의 법칙과 그 창조정신에 따라서 인간의 본성을 밝히고 세상을 교화(敎化)한다는 것인데 그 진리(이치)가 너무나 오묘하고 외경(畏敬)스럽고 엄숙하여 감복한 나머지 옛 사람들이 가뭄에 단비가 내리면 '비님' 하듯이 하늘에 '님'이라는 존칭을 붙여 의인화(擬人化)한 것일 뿐 무목적적 목적운동(無目的的目的運動, 목적, 즉 의지가 없는 것 같으면서도 의지가 있는 것처럼 반복되고 있는 우주 순환운동을 말한다)을 되풀이하고 있는 우주법칙에 애당초 인간의 의지(意志)가 개입할 여지란 추호(秋毫)도 있을 수가 없는 것이다. 이는 하나님이라는 호칭 자체가 우리말에서 유래하고 있다는 사실과도 일맥상통한다.

불교에서 흔히 말하는 생존 본능을 일러 욕계(欲界)라고 한다면 눈에 보이는 현상계를 색계(色界)라하고 욕계나 색계를 동시에 있게 하는 원천(源泉)으로서의 무색계(無色界)가 곧 불법이며 여기서 말하는 우주 법칙이다. 이처럼 하나님은 인간의 상상 또는 마음속에서나 존재하는 실체가 있을 수 없는 하나의 믿음이라고 할 수 있는데 거기에다 우주법칙을 대입시켜 생명력을 불어넣고 마침내 전지전능(全知全能)한 하나님으로 승화(昇華)시킨 것에 다름 아니라고 보는 것이다.

좀 더 부연해서 말한다면 천지를 운행하는 우주법칙(宇宙法則)이 만물을 낳고 천지를 덮고도 남을 만큼 참으로 위대하지만 음양한서(陰陽寒暑)라던가 길흉재상(吉凶災祥) 따위 인생의 일체 현상이 고르지 못한 데서 인간의 불만과 한(恨)이 싹트고 깊어지는 것이다.(天地之大也 人猶有所憾) 자사(子思)의 〈중용(中庸)〉 도론(道論)에 나오는 말이다. 엄밀하게 말하면 종교란 이런 인간의 태생적(胎生的) 한계를 완화(緩和)하고 극복하려는 노력의 일환(一環)으로 이를 사회적 기제(機制,시스템)에다 담아 양성화(陽性化)한 것이라고 할 수 있다. 연약한 인간이 애타게 갈망하는 구원(救援)의 메시지는 그래서 더욱 힘을 얻게 되고 끝내는 글자 그대로 유일 절대 신으로서의 유아독존적(唯我獨尊的) 권능(權能)까지 거머쥐게 되었는지 모른다. 여기서 말하는 유아독존이란 불교에서 말하는 모든 인간에게 적용되는 '우주 간에 나보다 더 존귀한 존재는 없다.'는 천상천하유아독존(天上天下唯我獨尊)과는 근본적으로 다른 유일신 적 절대자를 의미한다. 신앙이란 한마디로 키에르케고르가 말한 그대로 실존적 자아(自我)와 정면으로 마주하지 않으면 안 되는 '자각적인 존재'. 즉 '순수

자아(自我)'와의 관계에서 도출해내는 선택과 결단이라고 할 수 있는데 서구 종교는 이를 단순 객관화하고 보편화함으로서 하나의 세속적인 세력으로서의 패권(覇權)경쟁으로 스스로를 내모는 역설(逆說)이 오히려 힘을 얻고 있다.

그럼에도 불구하고 발길 닿는 곳마다 난전(亂廛) 떨이 하듯 시도 때도 없이 남발(濫發)하고 있는 하나님의 명호(名號)는 중세 유럽 암흑기의 면죄부(免罪符)를 방불케 하고 사회적인 혼란과 갈등은 이에 편승이라도 하듯 오히려 더 증폭되고 있는 현실이 적이 안타까울 뿐이다. 신앙적인 영역이라 아무리 부모 자식지간이라 해도 민감한 구석이 전혀 없는 것은 아니지만 나에게 기회 있을 때마다 열심히 하나님을 설교하는 내 아이들이 내가 가감(加減)없이 터놓고 말하는 서구 종교의 이런 민얼굴을 이해하게 될 날은 언제쯤일까. 그들도 나처럼 나이가 들면 스스로 마음의 문을 열고 깨우치게 되는 날이 올까. 인간이 자연과 차츰 닮아간다는 노경(老境)에라도 접어들면 말이다. (2011)

# 홍익인간(弘益人間)과 평등사상(平等思想)

요순(堯舜) 시절이라고 하면 중국 역사상 가장 모범적으로 선정(善政)을 베풀었다는 태평성대의 대명사처럼 우리 선인들은 곧잘 인용해서 말하곤 했다. 특히 성인(공자 孔子)께서도 숭모하는 제왕이었으니 유교국가인 조선에서야 더 말할 나위가 없었을 것이다.

## 요순(堯舜)보다도 가벼웠던 맥(貊)의 조세

〈삼국유사 三國遺事〉에 전하는 바와 같이 동시대의 우리나라에는 막 단군 조선이 건국되어 역사의 여명(黎明)을 밝히고 있을 무렵이다. 중국에서는 이를 일러 맥(貊)이라고 했다. 우리가 흔히 말하는 동이(東夷)의 한 갈래로 큰 활, 즉 맥궁(貊弓)을 잘 다루는 종족을 이르는데 동쪽 오랑캐라는 멸칭(蔑稱)으로도 사용했다. 그런데 사실은 중국이 오랑캐라고 멸시하던 맥(貊), 즉 단군조선의 문화가 중국의 그것보다 앞서 있었다는 것을 인정하는 기록이 유교에서 성인 다음가는 아성(亞聖)으로 받드는 맹자(孟子)의 〈맹자 孟子〉에 나와 있다. 이 책 고자(告子)편에 보면 주대

(周代)에 위(魏)의 백규(白圭)라는 사람이 나라경영의 뜻이 있어 맹자에게 "중국에서는 10분의 1을 세금으로 받지만 맥에서는 20분의 1을 세금으로 받고 있으니 어떤 것이 옳으냐."고 물었다. 그러자 맹자는 "10분의 1을 받는 것은 요순 이래의 법이니 20분의1을 받는 것은 불가하다(十一而稅는 堯舜之道也니 多則桀이요 寡則貊)"라고 대답했다. 맹자에게 요순 당시 중국은 천하의 중심을 상징하고 있었기 때문에 그 제도는 요즘말로 국제적인 스탠다드였을 것이다. 그래서 그것을 어기고 더 많이 받으면 걸(桀)의 폭정이 되고 적게 받은 맥(貊)에게는 아직 문물이 덜 갖추어져 있기 때문이라는 이유를 들어 야만의 법으로 평가절하 했던 것이다. 그러나 맹자뿐만 아니고 당시 화하족(華夏族 한족 漢族)이 그토록 멸시했던 맥, 즉 단군조선의 문화가 그들을 능가하는 선진문화를 가지고 있었음이 자신들의 발굴결과로 밝혀지고 있다. 그래서 이번에는 세계 4대문명의 하나라고 그들이 자랑하던 황하문명보다 1500년이나 앞서는 이 문화(동이 東夷문화)를 자기들 것이기도 하다고 견강부회(牽强附會)하면서 슬그머니 한 다리를 걸치고 나선 것이다.

## 요하(遼河)문명으로 역사의 시원(始原) 바꿔

동북공정에 앞서 소위 역사 탐원공정(探源工程)의 모티브가 된 홍산(紅山)문화를 두고 하는 말이다. 그 중에도 우하량(牛河梁) 유적에서 발굴된 등신대(等身大)의 여신상을 두고는 동이와 자기들의 공동조상이라고 환부역조(換父易祖)의 패륜(悖倫)도 서슴지 않은 그들이다. 바로 이 유적의 연대가 우리가 신화시대로 알고 있는 환웅(桓雄)시대에서 단군시대에 이르는 서기 전 3000~3500년경으로 세계 최고(最古)의 문명 시원사를 쓰고자했던 그들의 구미를 당겼다. 이와 같이 요하문명은 시대적으로 세계의 다른 어느 문명보다 앞서 있었던 것이다.  종족 상으로 맥에 해당하는 단군조선이 요순시대보다는 세금을 절반밖에 받지 않았으니 백성들이 얼마나 여유롭고 넉넉한 삶을 누렸는가를 한눈에 알 수 있다. 단군이 세운 고조선의 건국이념이 어째서 홍익인간(弘益人間)이 되었는가를 미루어 알 수 있는 대목이다.

보통 홍익인간을 일러 '널리 인간을 이롭게 한다.'고 축자식(逐字式)으로 해석을 하는데 그것이 너무 평이(平易)하고 맺힌 데가 없어 개념어(槪念語)로서 덜 다듬어지고 어딘지 좀 미흡(未洽)한듯 한 느낌을 주는 게 사실이다. 그러나 그 인간이 여기서는 단순한 사람이 아니고 "사람들이 사는 세상, 즉 인간사회"를 가리키는 공동체라는 데 주목할 필요가 있을 것 같다.

### 손상익하(損上益下)의 원리 그대로 적용

해방 직후 미군정하에서 교육이념으로 처음 설정된 홍익인간은 정부수립과 함께 다시 교육이념으로 채택되었는데 그 동기를 "편협하고 고루한 민족주의 이념의 표현이 아니라 인류공영의 뜻을 실현하고자 하는데"서 찾고 있다. 이 이념을 처음 도입한 용재(庸齋) 백락준(白樂濬,2대 문교부장관)의 말이다. 뿐만 아니라 모든 종교를 아우르는 전 인류의 이상으로 승화시키고 있다.

민주주의의 기본 정신 가운데서도 홍익인간은 평등의 원리를 특히 중시하고 있다. 홍익(弘益)이라는 어휘의 구조 자체가 본래부터 그렇게 구성되어 있다. 허투루 쓴 단순한 미사여구(美辭麗句)가 아니라는 뜻이다.

크게는 우주 경영에서부터 작게는 현세 간 개인의 삶의 영위에 이르기까지 만물의 변화생성의 이치를 탐구하는 동양철학의 바탕을 이루고 있는 주역(周易)을 통해 풀어보면 홍익인간(弘益人間)은 풍뢰익(風雷益) 괘의 괘상(卦象)을 그대로 옮겨다놓은 것과 같다. 이 괘의 핵심인 손상익하(損上益下)의 원리를 두고 하는 말이다. 즉 왕성하고 가득 찬 것에서 덜어다가(손상 損上) 허약한 것을 채워주는 것(익하 益下)을 말하는데 이를 정치적으로 대입해보면 상(上)인 군(君)이 자기의 것을 줄여 하(下)인 민(民)에게 더해주는 것으로 비유할 수 있다. 그것은 마치 하늘이 일월우로(日月雨露)의 은혜를 내려 만물을 생육(生育)시키듯 동서남북 어디에나 골고루 미치는 것과 같이 해야 한다고 했는데 그것 또한 때에 적절히 맞추어서 할 것을 주문하고 있다.(天施地生 其益无方 凡益之道 與時偕行) 그렇지 않으면 익(益)이 오히려 해(害)가 된다고 요즘말로 복지 과잉(過剩)으로 인한 포퓰리즘의 폐해까지 경고하고 있다.

이는 바로 우리가 지금 수용하고 있는 지나치게 직선적이고 평면적인 서구민주주의의 평등사상이 또한 이와 같다. 사회 각 분야에서 불거지고 있는 갈등 요인들이 모두 이런 평등의 오용(誤用) 내지 과잉에서 비롯되고 있다함은 이제 그리 새삼스러운 이야기가 아니다. 특히 시장경제를 강타하고 있는 이른바 분배의 정의가 그 화려한 구호와는 달리 공멸(共滅)의 늪으로 서서히 빠져들고 있는 요즘 지구촌 유수(有數) 대국 들에게서 그 한계가 여실히 드러나고 있다.

최근 한 재벌 총수가 이런 와중의 유럽과 일본을 둘러보고 "생각했던 것 보다 (경제사정이) 더 나빴다"고 한 말이 그래서 더욱 우리들에게 시사(示唆)하는 바가 크다.

이들 나라 사람들이 일하기를 싫어하고 정부로부터 너무 많은 복지를 기대한다는 것이다. 꼭 우리자신을 향해서 하는 말 같은 이런 부작용을 홍익이간은 앞서 깨우쳐주고 있는 것이다.

## 의제(擬制)된 평등이 낳은 민주주의의 함정

이와는 대조적으로 유럽의 맹주(盟主) 소리를 듣는 독일 같은 나라에서는 자본주의 시대 경쟁력의 토대가 되고 있는 기술과 실제 응용분야의 기본을 강화하고 이를 국가운영체계에 도입해 시스템화함으로서 그 가운데서 일반적으로 알려져 있는 독일인의 특성인 근면과 검소함이 자연스럽게 울어 나온다는 것이다. 개미와 배짱이의 우화(寓話)처럼 말이다.

많은 식자들이 지적하고 있는 바와 같이 자유민주주의가 보장하고 있는 평등은 기회의 평등이지 결과의 평등이 아니다. 그럼에도 불구하고 당장 가시적 성과를 필요로 하는 정치적 목적 때문에 무리하고 성급하게 평등을 실현하려다보니 마치 〈맹자 孟子〉의 공손축장구(公孫丑章句)에 나오는 '조지장자(助之長者)는 알묘자여(?苗者也)' 처럼 벼의 이삭을 뽑아 말라죽게 만드는 우(愚)를 범하게 되는 것이다. 성질이 전연 다른 것을 법률상 동일한 것으로 간주하여 동일한 법률상의 효과를 부여하는 이른바 의제(擬制)된 평등을 사실상의 평등과 혼동함으로서 발생하는 갈등과 마찰의 불연속선상(不連續線) 상에서 민주주의의 부침(浮沈)은 계속되고 있다.

엄밀하게 말해서 서구 민주주의가 말하는 수평적 평등은 평등이 아니다. 굳이 이름을 붙이자면 동등(同等)이라고 해야 맞다. 일반적으로 평등의 개념은 차별 없이 균평하다. 즉 평균하고 동등한 것을 말한다. 이는 원래 인간이 태어나면서부터 평등하다는 자연법사상을 배경으로 하여 시민계급이 봉건적 신분 차별 철폐를 요구함으로서 확립된 것이다. 결국 이는 특권의 철폐와 기회의 균등을 요구하는 사회윤리상의 근본 관념이라고 할 수 있는데 이처럼 평면적이고 산술적인 평등을 지나치게 강조하다 보니 수직적인 차등(差等)의 평등을 보지 못한 채 간과(看過)하고 있는 것이다. 하늘과 땅의 높고 낮음이 차(差)요 수륙의 평면을 동(同)이라고 할 때 차는 종적(縱的)으로 다른 것이고 동(同)은 횡적(橫的)으로 같은 것을 말한다. 다시 말해서 종적인 차이와 횡적인 같음이 함께 있다는 뜻이다. 그런데 서구민주주의에서는 횡적인 같음 한 가지만을 보기 때문에 . 앞서 말한 것처럼 진정한 평등이 될 수 없다는 것이다. 예를 들면 예별존비(禮別尊卑)하니 예는 차별하는 것이고 등지이례(等之以禮)하니 예는 또한 평등하게 만든다고 하는 것인데 평등만을 강조한 나머지 역시 서구사상인 공산주의를 도입한 북한에서 '시아버지 동무' 니 '며느리 동무' 같은 반인반수형(半人半獸型)의 해괴망측(駭怪罔測)한 호칭이 등장하게 되는 것이다. 결론삼아 말한다면 역설적(逆說的)이게도 서구의 평등관은 불평등한 것을 평등하게 대우하는 것이고 홍익인간의 평등은 곧 불평등을 불평등하게 대우하는 것이라고 할 수 있다.(2012.3)

# 마당 꺼지는데 솔뿌리 걱정하는 사람들

6,70 년대 들어 자주 듣던 반공(反共) 강연 가운데 하나가 '벼루기 길들이기'다. 원래 뛰는 성질을 가진 벼루기란 놈을 유리 대롱 속에 넣고 관찰을 한 결과 아무리 뛰어도 계속 부딪치기만 하자 결국에는 뛰기를 단념하고 기어서 다니는 것을 보고 무릎을 치며 쾌재를 불렀다는 북한 공산주의자들, 그들은 이 실험결과를 인성(人性) 실험에 그대로 적용하여 봉건사상과 자본주의에 오염된 인간을 개조할 수 있다고 믿게 되었다는 것이다.

## 벼루기 길들이기

이것이 실재한 이야기인지 일부러 꾸며낸 이야기인지는 알 길이 없으나 이른바 의식화 반복 교육의 진수(眞髓)를 꿰뚫고 있는 것만은 사실이다. 본래 교육의 속성(屬性) 자체가 반복 교육에 그 뿌리를 두고 있다고 하지만 교육적 효과만을 노려 이를 악용하는 경우, 그것은 하나의 흉기, 즉 교육의 테러로 변질되고 마는 것이다. 그런데 언제부터인가 우리 사회에도 이런 교육방법이 목표달성을 위한 가장 효과적인 투쟁방법으로 자리잡아가고 있다. 특히 진보를 표방하는 정치인들에게 두드러지게 나타나는 현상이다.

땅 끝에서 다시 바다를 건너 조용하기만 하던 제주도 남단의 한 포구마을에 들어서는 해군기지 건설을 두고 그 공방이 정치의 계절인 지난 총선 무렵 최고조에 이르렀다. 그 이름부터가 육지 사람들에게는 생소한 구럼비 바위 하나를 폭파하느냐 마느냐를 놓고 벌어진 찬반의 진영(陣營)대결이 극한으로 치닫고 있을 무렵 야당 정치인들까지 이에 대거 가세하여 일촉즉발(一觸卽發)의 험악한 분위기를 연출하고 있을 때다.

상식적으로 생각해서 그리 멀지도 않은 미래의 국가안보를 위한 국책사업인데 거기에 어떻게 진보니 보수니 하는 진영논리가 끼어들 수 있을까 싶은 생각이 들어서다. 더구나 우리의 영원한 이웃 중국이 이런 눈치라도 챘는지 바로 코앞에 있는 전설의 섬 이어도 관할권을 만지작거리고 있는 판국인데 정작 미래의 피해당사자격인 우리는 적전분열과 같은 악수(惡手)를 두고 있는 안타까운 현실이 도무지 믿기지 않아 언론인 출신의 제주 토박이에게 전화를 걸어 이 문제에 대한 의견을 한 번 물어보았다. 현역시절에 한라산에 설치하려던 케불카 사업을 저지시킨 1등공신인데다 제주시에서 서귀포로 넘어가는 5.16 도로 변의 백년 묵은 잡목림터널을 팬으로 지킨 환경 지킴이로 퇴임 후에도 제주 환경보호의 선봉에서 활약하고 있는 그라면 객관적인 대답을 들려줄 수 있다고 믿었기 때문이다.

## 구럼비 바위의 전설

그러나 그는 대답 대신에 전혀 뜻밖의 반문(反問)으로 말문을 열었다.

"그래 천성산 도롱용이 멸종이라도 되었습니까"하는 것이었다. 그러면서 하는 말이 화산섬인 제주에서는 해안 가 어디서든 구럼비 바위를 쉽게 볼 수 있다는 것이다. 그리고 구럼비라는 명칭에 대해서도 교통정리를 해주었다. 사실은 구럼비는 바위가 아니고 제주도 해안에 많이 자생하는 까마귀 쪽나무라는 식물의 이름인데 마침 바로 그 곁에 있는 기지 공사 현장의 바위에 이와 똑 같은 이름이 붙여진 것이라고 했다. 심지어는 바다 건너 외지에서 몰려 와 반대운동에 앞장서고 있는 사람들조차도 구럼비와 구럼비 바위를 구별하지 못하고 혼동하고 있을 정도라니 거의 맹목(盲目)에 가까운 그들의 의식수준을 가늠해 볼 수 있을 것 같다. 그래서 아마 그들을 가리켜 '마당 꺼지는데 솥뿌리 걱정하는 사람들' 이라고 하는지 모르겠다.

천성산 도롱뇽만 해도 그렇다. 이 엽기적(獵奇的)인 사건을 떠 올릴 때마다 우리 국민들은 우선 나 자신부터 망각(忘却)에 너무나 익숙한 속성이 몸에 베어있다는 것을 다시금 절감하게 된다. 아무리 경천동지(驚天動地)할 사건이 일어나도 그 때만 와글와글 하다가 얼마쯤 시간이 흐르고 나면 까맣게 잊어버리고 마는 냄비근성을 두고 하는 말이다. 그러니까 이런 일이 이렇게 아무렇지 않게 반복되는 것이라고 제주도 토박이는 기다렸다는 듯 직설적인 어투로 경고까지 하는 것을 잊지 않았다.


## "슬프게도 천성산은 도룡뇽 천지"

지율이라는 한 비구니가 '천성산 도롱뇽을 살리자' 는 구호를 내걸고 2003년에서 2005년까지 4차례에 걸쳐 단식농성을 벌이던 끝에 뜬금없이 천성산(해발 750m) 도롱용을 원고로 하는 대구~부산간 KTX 2단계

구간의 터널(원효터널) 공사 착공금지 가처분 신청을 제기함으로서 그 길고도 지루한 도롱뇽 소송의 불길을 당기게 되었다.

천성산 22개 늪과 12계곡에 서식하는 도롱뇽을 원고로 하는 마치 동물농장의 우화(寓話)를 연상케 하는 이 희대(稀代)의 재판은 2006년 6월 대법원에서 기각 판결이 남으로서 가까스로 일단락을 짓기는 했으나 그동안에 공사 중단 기간만 꼬박 289일로 시공사 측 직접 피해액만도 자그마치 145억 원에 이르렀다고 한다.

한 인터넷 게시 글에 보니 이런 어처구니없는 일을 저지른 예의 비구니는 2010년 11월 터널의 완공을 앞두고 그의 홈페이지에 당국의 환경영향 평가서에는 단 한 마리도 본 일조차 없던 도롱뇽이 어떻게 갑자기 나타날 수 있느냐며 "슬프게도 올 봄 천성산은 도롱뇽 천지"라고 허탈한 심정을 피력했다고 한다. 터널이 완공됐는데도 도롱뇽은 전과 다름없이 서식하고 있다고 한 한 신문(중앙일보) 보도에 대한 반박 형식으로 썼다는 이 글은 그녀가 노리는 포인트(환경영향평가서상의)가 다르고 전후 시차(時差)가 있음에도 불구하고 얼듯 듣기에 따라서는 마치 도롱뇽이 멸종되지 않아 못내 아쉬운 듯 한 뉘앙스를 그 행간(行間)에서 풍기고 있다. 이는 '아니면 그만' 이고 식의 수준을 넘어서는 무책임의 극치(極致)를 보는 것 같아 사실관계 이전에 나도 모르게 에어오는 가슴 한쪽을 무연(憮然)히 쓸어내렸다. 이 같은 사실을 입증이라도 하듯 '원효터널이 뚫리고 KTX가 하루 60여회씩 8개월 째 달리고 있으나 터널에서 직선거리로 380여m 떨어진 대성 늪에는 도롱뇽 유생(幼生, 변태 變態 동물의 어릴 때)들이 한가롭게 헤엄을 치고 있었다.' 고 처음 문제를 제기했던 앞의 신문 내용을 전재한 인터넷 게시 글이 눈길을 끌고 있다. (2011.6.21 입력)

한 번 설정한 목표를 달성하기 위해서는 이처럼 과장과 왜곡은 예사고 심지어는 조작까지도 서슴지 않는, 다시 말해서 목적을 위해서는 수단과 방법을 가리지 않는 저들 특유의 반복적인 선전 선동술(煽動術)이 마침내 그 진가(眞價)?를 발휘하게 된다는 전형적인 예화(例話) 중 하나이다.

## 중(中) 일(日)을 제패(制覇)하던 해양 거점(據點) 법화사

강정마을이 속해있는 같은 서귀포시 하원동에 있는 법화사지(法華寺址)는 천 년 전 신라가 낳은 불세출(不世出)의 해상 영웅 장보고(張保皐)가 세운 사찰로 알려져 더욱 유명해진 동북아의 해양 허브였다. 중국 산동 반도의 영성시(榮成市)에 있는 적산(赤山) 법화원을 본거로 하여 청해진(靑海鎭, 지금의 완도 莞島) 법화사 그리고 일본 교토 히에산(比叡山)의 적산선원(赤山禪院, 장보고의 보호로 당나라 유학을 마친 일본 승려 엔닌(圓仁)이 장보고의 은혜를 기려 세움))으로 이어지는 장보고벨트의 중심을 형성했던 곳이 바로 제주의 법화사라는 것이다. 다시 말해서 동북아 해상권(圈)을 통제하는 지돌이 역할을 하던 요충이라는 뜻이다. 그래서 법화사는 절이라는 종교적인 기능보다는 결사체(結社體)를 의미하는 공동체 성격을 띤 사(社)에 오히려 더 가깝다는 주장을 하는 사람도 있다. 이와 같은 해상 기지로서의 전통은 고려시대로도 이어져 원종(元宗) 연간에는 몽골 제국의 정복자 구비라이칸(원나라 세조)이 법화사를 중심으로 하는 지금의 서귀포 일원을 발판으로 하여 그 때까지 중국 남부를 지배하고 있던 남송(南宋)과 일본 원정의 발진기지로 활용했다는 기록을 남기고 있다.

　1273년(고려 원종14년) 몽고는 전라도 진도(珍島)에서 패해 제주도로 본거지를 옮긴 삼별초(三別抄)를 진압하고 난 후 1백 년 간 제주도를 직할령으로 통치하게 되는데 영광과 좌절이 교차하는 역사의 고비마다 해상 거점으로서의 서귀포의 역할은 그 당시의 천하(天下), 즉 세계 해양 제패(制覇)의 콘트럴 타워였음을 말해주고 있다. 이런 엄청난 역사적 전통이 강정마을의 입지(立地)와 오버랩 되면서 새삼 떠오르는 기지 건설의 현실적 이유가 더욱 분명해지는 것 같다.(한글+漢字문화 2012. 5월호)

# 보통명사 기원(紀元)은 서기(西紀)가 아니다.

기원(紀元)은 한 나라의 국체(國體)를 상징한다. 즉 정통성(正統性) 확보의 척도(尺度)가 된다는 뜻이다. 그래서 옛날 나라를 세우게 되면 칭제(稱帝)와 더불어 역수(曆數)를 헤아려 기원(紀元)을 세운다는 뜻에서 건원(建元)을 했던 것이다.

## 기원(紀元)은 곧 단군기원

〈한국민족문화대백과사전〉(1989, 한국정신문화연구원)의 '단군기원(檀君紀元)' 이라는 항목을 보면 '단군왕검이 즉위하여 단군조선을 개국한 해인 서기전 2333년을 원년(元年)으로 하는 우리나라의 기원(紀元)을 줄여서 단기(檀紀)' 라고 정의하고 있다. 이처럼 우리의 기원을 단기(단군기원)라고 표현하는 것이 일반적으로 통용되고 있지만 보통명사 기원은 한 나라에 오직 한 개밖에 없기 때문에 그냥 기원(紀元)이라고만 해도 그것이 곧 우리나라 기원(紀元)인 단군기원을 의미하는 것임을 알 수 있는 것이다.

우리의 개천절이 국가의 기원(紀元)을 기리는 날인 것처럼 전전(戰前) 일본에서는 아예 이름부터 기원절(紀元節)이라 하여 국가적 행사로 거행해 왔다.

쓰나미처럼 밀려드는 서구(西歐)문화의 격랑(激浪) 속에서 전통문화를 지켜내기 위한 마지막 방파제(防波堤)를 자임했던 〈민족문화 대백과 사전〉을 편찬할 때 이 기원(紀元) 문제가 논란의 도마에 오른 적이 있었다. 이 때 집필에 동원된 각계 학자만도 3천여 명에 이르는데 놀랍게도 그들의 원고에 등장하는 연대가 하나같이 '기원'을 '서기(西紀)'로 착각(錯覺)하고 표기했다는 것이다. 사실은 착각 했다기 보다는 그 당시나 그로부터 20여년이 흐른 지금도 그것이 오히려 당연한 것처럼 통용 되고 있는 실정이다. 여기서 착각이라고 함은 연대의 계수(計數) 자체를 잘못 알고 있다는 것이 아니라 기원이 담고 있는 의미에 혼돈(混沌)을 일으켜 '서기'와 기원을 동일하게 보고 있다는 것이다.

## 기원전(紀元前)을 모두 서기전(西紀前)으로 환원

5.16 직후인 1962년에 단군기원이 폐지되고 서력기원을 사용하기 시작하여 오늘에 이르고 있음은 누구나 다 아는 사실이다. 그러나 그것은 서력기원, 즉 '서기'이지 '기원'이라고 일반명사처럼 사용해도 곧바로 단군기원을 의미하는 그 '기원'은 아니라는 것이다. 우리 이후 세대(世代)까지 겨냥한 진지(眞摯)한 토론을 거친 끝에 '기원전(紀元前)'을 모두 '서기전(西紀前)(BC)'으로 환원(還元)시키기는 했지만 그것이 연대(年代)와 직결되기 때문에 역사의 단절(斷絶) 현상을 피부로 느낄 수 있는 현장 경험이었다.

이희승(李熙昇) 편 〈국어대사전〉에서는 '기원'을 나라를 세우는 첫 해 또는 연대를 계산하는데 기초가 되는 해로 정의해 놓고 '기원전' '기원 후' 항목에 가서는 1.개국하기 전(후) 2.서력기원이 시작되기 전, 즉 BC (AD는 그리스도 기원,즉 기원후)이라고 풀이하고 있다. 그리고 2번의 쓰임새에 관해서는 관행적(慣行的)으로 그렇게 쓰인다는 단서조차 없이 기원과 서기를 혼돈 하는 빌미를 제공해주고 있다.

한편 일본의 이와나미(岩波)서점이 발행한 〈日本語大辭典〉에는 기원에 대해 보다 구체적으로 서술하고 있다. '역사상의 연대를 계산할 때의 기준 또는 기준이 되는 최초의 해, 현재 세계적으로는 그리스도 탄생의 해를 원년으로 하는(서기전 4년에 탄생했다는 설도 있음) 서력기원이 사용되고 있으나 회교도는 서력(西曆) 662년의 해지라(Hegira, 마흐맷트의 메카에서 메디나에로의 도피)를 회교 기원 원년으로 하고 또 일본에서는 메이지(明治) 5년(1872) 진무(神武)왕 즉위의 해를 서력기원전 660년으로 정하고 이를 소위 황기원년(皇紀元年)이라 불렀으나 지금은 보통 쓰지 않는다. 기원절(紀元節)은 패전 후 폐지되었다가 쇼와(昭和) 41년 (1966)' 건국기념일 '이라는 이름으로 부활되었다고 명기(明記)하고 있다.

## 《삼국유사 三國遺事》 기록 서기전 2333년과 일치

이와 같이 각기 다른 민족과 종교에 의한 기원의 특성을 들어 서기와의 혼동을 피할 뿐 아니라 자국의 기원에 대해 보다 자세한 설명을 할애 (割愛)하고 있음을 본다. 그런데 우리가 서기를 기원과 동일한 의미로 사용할 경우, 우리의 단군기원은 영영 찾지 못하게 될 것이 뻔하다.

다른 나라에 비한다면 우리의 단군기원의 역사는 글자 그대로 유구

(悠久)하다. 일연(一然)의 〈삼국유사 三國遺事〉에 나타난 연대, 즉 중국의 고(高, 요 堯)임금과 같은 때 '라고 위서(魏書)를 인용하여 확인시켜주고 있다. 그리고 이승휴(李承休)의 〈제왕운기 帝王韻紀〉에도 연대에 약간의 오차(誤差,20 년)가 있으나 단군치세 1028년(1048년의 잘못)을 기록하고 조선조 세종 때의 유사눌(柳思訥)이 임금에게 올린 상소에도 세년가(歲年歌)라는 노래 말 속에 나오는 단군치세 1048년을 명기하여 단군기원의 연면성(連綿性)을 뒷받침하여주고 있다. 기자(箕子)가 나라를 세웠다는 주(周) 나라 호왕(虎王,무왕 武王) 원년인 기묘(己卯)년은 서기전1122년에 해당되며 단군이 아사달로 들어가고 기자가 나라를 세우기까지 164년을 소급(遡及)하면 서기전 1286년이 된다. 여기에다 단군 치세(治世) 기간 1048년을 가산하면 정확히 서기전 2333년과 맞아떨어진다.

역사상 단군기원을 처음으로 사용한 사람은 고려 공민왕 때 백문보 (白文寶,?-1374)였다. 고려사 열전(列傳) 백문보조(條)에 의하면 '하늘의 기수(氣數)는 순환하여 한 번 돌면 다시 시작하여 7백년이 한 소원(小元) 이 되고 3천6백년이 쌓이면 한 대주원(大周元)이 되나니 이것이 황제의 왕패(王覇)의 치난흥쇄(治難興衰)의 기회가 되는 것입니다. 우리 동방은 단군으로부터 지금까지 이미 3천6백년이라 이에 주년(周年)의 기회가 됩니다.' 라고 임금에게 글을 올려 최초로 단군기원에 대한 언급을 하고 있다. 그 후 단군기원은 대종교(大倧敎) 중광(重光,1909)과 함께 채택되었으며 이듬해 대종교에서 분립된 단군교 역시 단군기원을 채택 하였다. 바로 그 대종교가 주동이 되어 발표한 일제하 최초의 무오(戊午)독립선언(1918.11)과 1919년 거족적인 기미(己未) 만세운동이 일어났을 때 독립선언문에 단기를 명기하여 민족의 정통성을 내외에 알렸으며 3.1 독립선

언 정신을 계승하여 수립된 대한민국임시정부가 또한 단군기원을 공용
화 하였다. 그러나 단기연호가 국가에서 처음으로 채택된 것은 대한민국
정부가 수립된 후이다. 즉 1948년 9월 25일 부(付) 대한민국 법률 제 4호
‘연호에 관한 법률’에서 대한민국의 공공 연호는 단군기원으로 한다.’고
하고 다시 그 부칙에서 ‘본법은 공포한 날로부터 시행한다.’고 법제화
함으로써 단군기원이 비로소 국가적인 공공연호로 채택되기에 이른 것
이다.(한글+漢字문화, 2011. 12월호)

# L 선생께 드리는 글

그날 낙원동 골목 이발관에서 초등학교 한자교육 서명 작업을 하고 있던 저에게 선생은 이렇게 말씀하셨지요. 원칙적으로 찬성은 하지만 단 중학교서부터 가르치는 것을 전제로 한다고 말입니다. 그 이유를 묻자 선생은 한글도 제대로 못하는 나이에 어떻게 한자 교육까지 시킬 수 있겠느냐는 것이었습니다.

## 조기(早期) 교육의 일반론

특히 어문(語文)에 관한 한 조기 교육이 필요하다는 나의 말에 선생은 "강압적으로 나를 가르치려 들지 말라"고 오히려 역정을 내셨습니다. 그때 나의 어조(語調)가 약간 상기되어 있었는지는 모르겠습니다. 그러나 그것은 일방적인 나의 주장을 선생에게 주입시키려는 것이 아니었고 단지 조기(早期) 교육에 관한 일반론을 피력하였을 뿐이니 '강압적'이란 말은 정말 억울합니다.

우리 선인들이 5,6세 어린 나이에 소학(小學)을 배우고 동몽선습(童蒙

先哲)을 익혔다는 이야기는 말 그대로 옛날이야기로 돌린다 치더라도 얼마 전 한 일간신문의 동경특파원이 보낸 기사에 동경의 한 유치원에서 논어(論語)를 가르치고 있는 현장을 보고 우리의 현실을 다시 한 번 돌아보게 되었습니다.

80년대 초로 기억됩니다마는 우리나라에 순 한글신문이 처음 나왔을 때 이였습니다. 한 국립대학에서 학생들을 대상으로 전 지면(기사)에 대한 이해도(理解度, 즉 독해력)를 조사한 일이 있었습니다. 그런데 놀랍게도 50%에도 체 미치지 못한다는 결과가 나왔습니다. 초등학교 4,5 학년만 되면 신문(일본 신문은 한자를 괄호처리 하지 않고 전면 노출함)을 자유자재로 읽을 수 있다는 일본 청소년들과의 지적(知的)수준의 격차를 한 번 쯤 생각해 보셨는지요. 일본의 가나가 한자의 획(劃)을 빌려서 만든 것이기 때문에 태생적(胎生的)으로 한자 친화적(親和的)인 문자이고 따라서 일본인들이 한자를 잘하는 것은 당연하다고 말하는 사람도 있습니다. 그러나 일본인들이나 우리가 한자를 쓰는 것은 일반 생활, 즉 국어 가운데서 혼용(混用)하는 것을 말합니다. 옛날 식으로 한자를 따로 배운 다기 보다는 국어 속에서 자연스럽게 익히는 한자를 말하는 것입니다. 그럴 수밖에 없는 것이 국어사전에 실린 우리말의 70%가 한자(漢字)에서 유래하고 있으니 싫든 좋던 한자를 배우지 않을 수 없는 이유입니다.

## 북한도 한자(漢字) 강국 반열에

모든 여건이 우리와 같은 북한의 실례를 하나 만 더 들겠습니다. 지난 87년도에 김만철씨 일가족이 탈북 했을 때의 이야기입니다. 탈북 기자회견장에서 막내아들 광호(光戸, 당시 초등학교 5학년)군이 신문기자를 향해 항의하는 헤프닝이 벌어진 것입니다. 내 이름은 '빛 광' '집 호' 인데 어째서 호경 호(鎬)자를 썼느냐고 말입니다. 보통 이름자에 많이 쓰는 호경호자려니 지레짐작으로 썼던 신문기자가 초등학교 어린 소년에게 꼼짝 못하고 된통 한 대 얻어맞은 꼴이 되었습니다. 광호군의 항의의 속내는 단순한 실수 이전에 명색이 신문기자가 그것도 하나 제대로 구별해서 쓰지 못하느냐는 투의 핀잔이 섞여 있었던 것 같습니다.

신문을 비롯한 모든 관영매체들이 한글을 전용하기 때문에 보통 북한에서는 한자를 쓰지 않는 것으로 잘못 알고 있는 사람들이 많습니다. 60년대 중반 까지만 해도 한글 전용을 하다가 66년부터 갑자기 이른바 김일성의 한자교육강화 교시(敎示)에 따라 초중 기술학교까지 2000자, 대학에서 1000자를 더해 도합 3천자를 가르치는 한자 강국의 반열에 올라서게 된 것입니다. 이것이 우리보다 앞서 〈조선왕조실록〉을 번역해낸 저력(底力)의 원천이 된 것입니다.


## 한 초등학생의 반란

마지막으로 한 시골소년의 한자와 얽힌 성공스토리를 하나만 더 소개하겠습니다. 3년 전(2009) KBS의 '퀴즈 대한민국'에서 11세 어린 소년(당시 경북성주(星州)초등학교 5학년))이 아버지 할아버지 벌 되는 쟁쟁한 경쟁자들을 물리치고 당당히 장원(壯元)으로 등극한 일이 있었습니다. 가위 기적(奇蹟)이라고 이를만한 이 엄청난 사건을 두고 도대체 그 비법(秘法)이 무엇일까 궁금해 하던 차에 이 소년의 어머니가 펴낸 〈책갈피 공부법〉이 다시 한 번 독서계의 이목을 집중시킨 적이 있습니다. 이 책에서는 우승의 비결을 첫째 3천 권이 넘는 독서량에서 찾고 있으며 다음은 책을 읽을 때 그의 어머니가 지도한 '책갈피 공부법'이 주효(奏效)했다고 적고 있습니다. 즉 책을 읽다가 잘 모르거나 이해가 안 되는 책장 갈피마다 간지를 끼워 넣고 참고서 같은 다른 책에서 그 해답을 구한 다음에 다시 계속해서 읽는 식으로 책 내용을 막힘없이 숙지(熟知)하고 소화하는 이른바 정독(精讀)을 권하고 있었습니다. 정독이란 독해력이 좌우하는 것입니다. 그리고 독해력은 곧 글이나 책 내용의 이해도를 측정하는 관건(關鍵)입니다. 한자는 바로 그 독해력의 척도가 된다는 사실을 이 소년은 증명해 보인 것입니다. 퀴즈프로 방영 당시에 이 소년은 자기소개를 하면서 한자 자격시험 2급에 도전하고 있는 중이라고 했습니다. 어머니의 공부법에는 빠져있지만 그 나이에 이런 놀라운 한자 실력을 가지고 있었기에 그의 3천권에 이르는 독서가 그 진가(眞價)를 발휘한 것이라고 저는 생각합니다. 그에게 만약 이런 한자 실력이 없었다면 그가 읽었다는 3천권의 책은 그 반의반도 이해가 안 되었을 것이기 때문입니다. 어머니도 미처 헤아리지 못한 한자의 숨은 파우어를 절감하게 되는 대목 입니다.

반드시 '고통 없이 얻어지는 것은 없다'(no pain no gain)는 서양속담이 아니더라도 대가를 지불하지 않고 쉽게 공짜로 얻어지는 것은 이 세상에 아무것도 없습니다. 하물며 고급문화의 터전을 닦는 어문 교육의 문제에 있어서야 더 말할 나위가 있겠습니까.

L 선생의 건승(健勝)을 빕니다.(한글+漢字 문화, 2011.9월호)

# 광화문=光化門이 될 수 없는 이유

한글 광화문이냐 한자(漢字) 광화문(光化門)이냐를 놓고 얼마 전에 공청회를 연 일이 있다. 한글 광화문에 대한 반론 형식으로 진행된 이날 공청회에서 연사들마다 핏대를 세워 상대방을 성토(聲討)하는 모습을 바라보면서 내내 가슴을 짓누르는 듯한 답답함을 느꼈다.

## 첫 복원 당시에도 바로 그 문제점 제기

그들의 논지(論旨)가 틀렸다거나 마땅치 않아서가 아니다. 어째서 우리는 삼척동자도 금방 알 수 있는 이런 뻔한 일을 가지고 공청회까지 열어 시간과 정력을 이토록 낭비해야만 하는가 하는 원초적인 의문이 들어서다. 한자(漢字)고 한글이고를 떠나서 문화재를 복원(復元)한다는 것은 글자 그대로 원래의 모습으로 되돌려놓는다는 것인데 거기에 왜 얼토당토않은 한글 광화문 이야기가 끼어든다는 말인가. "감히 세종대왕의 동상 앞 운운" 하면서 마치 사교(邪敎)집단의 최면(催眠)에라도 걸린 듯한 치졸한 행태에는 이제 더 이상 대꾸할 가치조차 못 느낀다. 세종대왕은 자기들만이 독점한 것처럼 설쳐대는 그 오만(傲慢)과 독선엔 역겨움 마자 느낀다. 상식이라고 하는 것은 한마디로 합리적인 논리(論理)의 산물일터인데 그것이 결여된 상태에서 억지와 오기(傲氣)밖에 남은 것이 없으니 거기에다 대고 무슨 말을 더 보태고 뺄 수 있다는 말인가.

지난 일요일 김포 한재(寒齋) 이목(李穆) 선생 헌다례(獻茶禮) 행사에 다녀오는 길에 들른 박정희(朴正熙) 대통령 기념관에서 힘들고 어려웠으나 꿈과 희망에 부풀었던 60~70년대 흑백영화 같은 이 나라의 자화상(自畵像)을 되돌아볼 수 있었다. 뭐니 뭐니 해도 이 때 모든 분야의 기틀이 잡히고 오늘날 우리 눈앞에 전개되고 있는 도약의 디딤돌도 바로 이 때 정초(定礎) 되었음을 실감할 수 있었는데 문화재 복원도 그 중의 하나다. 그러나 앞서가는 의욕만큼 기술이나 자금이 따라주지 못했기 때문에 빚어지는 시행착오(試行錯誤)도 있었다. 광화문은 그 산 표본이라고 할 수 있다. 당시 문화재 위원장을 지낸 역사학자 이병도(李丙燾)박사가 훗날 밝힌 회고담에 의하면 웬만해서는 정부시책에 반대의견을 내기가 힘들었던 분위기였는데도 광화문 편액(扁額)문제만큼은 끝까지 소신을 굽히지 않고 문화재 수장고 어딘가에는 분명히 원본이 있을 것이니 그것을 찾아 걸어야 한다고 박대통령의 한글 편액을 반대했다고 술회하고 있다. 결국 원본을 찾지 못해 한글편액이 걸리기는 하였지만 그 당시에도 그것이 잘못되었다는 것을 모두 알고들 있었다는 반증이다. 거기에다 시멘트로 눈가림한 문루대(門樓臺)의 축성(築城)은 오히려 문화재를 훼손시키는 복원이라고 당시에도 여론이 비등(沸騰)했던 것으로 기억하고 있다. 그것이 이번에 헐리고 원형을 되찾은 것인데 지난날 실패작의 간판격인 한글 편액을 다시 달자는 말인가.

## "옛 형상 파묻고 새 형상 만들어낸 격"

역사상 인물이나 사건에 대한 기존의 통설에 반기를 든 〈한국사(韓國史)의 비정(批正)〉〈한국사(韓國史)의 천명(闡明)〉등 저자로 〈삼국유사(三國遺事)〉〈삼국사기(三國史記)〉 등 고전 번역의 대가 이재호(李載浩) 전 부산대 교수는 한 민족지(한배달,1995년 여름호)에서 "광화문은 光化門이 아니다"라고까지 극론(極論)하고 있다. 경복궁의 정문인 광화문(光化門)을 한글 광화문으로 개서했기 때문에 그 원형이 '광화문(光化門)' 인지 '광화문(廣和門)' 인지를 구분하지 못하게 만들어 놓았기 때문이라는 것이다. "그런 까닭으로 이 '광화문' 이라는 명칭의 건물을 보고서는 그 건물이 지닌 의의와 내력을 전혀 알 길이 없도록 만들어버렸으니 그야말로 옛 형상(본디의 형상)은 파묻어버리고 새 형상(바꾼 형상)을 만들어 낸 격이 되었다"고 개탄하고 있다.

"과학문명은 이제 이만하면 되었으니 앞으로 우리는 (정신)문화가 강한 나라를 만들어야한다." 백범(白凡) 김구(金九)선생이 귀국 후에 한 신문과의 회견에서 강조하였다는 말이다. 정확히 말해서 그 때가 해방 1년 후인 1946년이면 지글지글 끓는 금속음과 함께 사람의 목소리를 겨우 겨우 가려서 들어야만 했던 10~50파장의 단파방송 시대다. 그렇다고 정녕 김구 선생이 기계문명의 편익(便益)을 몰라서 이런 말을 했겠는가. 아니다. 그는 끝없는 인간 욕망의 산물인 과학문명의 편익 뒤에 필연적으로 수반되기 마련인 역기능(逆機能)을 미리 경계했던 것이다. 자칫 해이(解弛)될는지도 모를 독립운동시절에 단련된 정신무장의 끈을 놓지 않기 위해 문화의 발전을 소망했던 것이다. 편익으로 얻어지는 경제적인 풍요 속에서 한없이 게을러지고 오만해지는 이기주의의 함정에 스스로 빠지고 마는 인간심성의 타락이 조국이라는 잃어버린 공동체를 다시 찾기 위해 평생을 바쳐온 백범에게는 무엇보다도 두려웠던 것이리라.

그로부터 근 70년이 흐른 지금 우리 사회는 백범이 예견했던 그대로 과학의 발달에 반비례 라도 하 듯 후퇴 할대로 후퇴한 정신문화는 거의 황폐화되다시피 하였다. 반면에 기계가 얼마나 편리해졌느냐하면 스마트폰이라는 전화기 화면이 사람의 얼굴을 인식하고 이야기를 들으며 심지어는 사람의 뇌파(腦波)를 인식하는 단계에까지 이르렀다는 것이다. 앞으로 얼마나 더 발전할런 지 모르겠지만 이런 추세대로라면 이제 인간은 손 하나 까딱하지 않고도 편하게 살 수 있는 날도 머지않은 것 같다. 인간이 기계를 부리는 것이 아니라 기계의 노예가 된다는 공상소설 같은 이야기의 현실화가 목전에 다가오고 있다. 아니 이미 그 경지에 다다랐다는 것이 옳은 표현일 것이다.

## 창조의 진통 없이 이룰 수 없는 정신문화

물질적인 것은 이처럼 굳이 힘 들이지 않고 원하는 것을 얻을 수 있는 세상이 되었지만 창조의 진통과정을 거치지 않고는 얻을 수 없는 것이 또한 정신문화의 가치이다. 한자(漢字)가 소중하다는 것은 바로 이 정신문화의 바탕을 이루고 그 매개수단이 되기 때문이다. 이것을 한글로 대체 할 수도 없지만 대체한다고 해도 앞에서 든 광화문의 예처럼 의미 없는 記號밖에 될 수 없으니 어떻게 우리 문화를 지키고 발전시킬 수 있겠는가. 그래도 한자(漢字)에 대한 예비지식이 있는 일부 지금 세대 사람들은 머릿속으로 한자(漢字)를 연상하여서라도 그 뜻을 이해할 수 있을 넌지 모르지만 한자 완전 문맹 세대에게는 그것마자 할 수 없으니 역시 하나의 기호로밖에는 인식되지 않을 것이다. 문화 불모지대(不毛地帶)란 바로 이런 경우를 두고 하는 말일 것이다.

이렇게 되었을 때 감당해야할 가장 큰 폐해는 문화 창조의 원동력이자 밑거름을 제공하는 독서와 담을 쌓게 된다는 것이다. 독서는 안하는 게 아니라 못한다는 편이 옳을 넌지 모른다. 내가 한자교육문제의 중요성을 말할 때 자주 인용하는 일본 초등학생과 한국 대학생의 비교 례는 너무나 충격적이다. 원래 한자 노출로 발행하는 일본 신문을 그곳 초등학교 고학년이면 읽을 수 있는데 우리는 대학생도 읽을 수 없다는 것이다. 설사 읽는다 해도 그 의미를 정확히 모른다. 벌써 30년도 더 지난 80년대에 최초로 발행된 한글전용신문을 서울시내 한 국립대 학생들에게 읽혀본 결과 기사의 뜻을 이해하는 학생이 절반에도 미치지 못한다는 놀라운 결과가 나온 일이 있다. 또 다른 조사에 의하면 요즘은 특히 인터넷뉴스에 밀려 매일 나오는 종이 신문을 읽는 학생이 한 반 50~60명 중에 6~7명에 불과하다는 것이다. 인터넷 뉴스는 보기가 손쉽고 빠르다는 장점이 있으나 시각적(視覺的)인 체험에 불과해 그냥 스치고 지나갈 뿐이지만 손으로 낱 장을 넘겨가며 읽는 신문은 시각과 촉각 청각까지 동원하는 입체적 체험이기 때문에 오래도록 기억에 남는 다는 이점(利點)이 있는데도 불구하고 대부분의 학생들은 이를 마다하고 마치 인스탄트 식품을 즐기듯 인터넷에만 매달리고 있다. 실정이 이렇다보니 학생들이 독서와는 자연 거리가 멀어질 수밖에 없고 대학가 주변에는 서점 대신 주점만 늘어나는 기현상이 벌어지고 있는 것이다.

## 윤리적 가치 요구는 연목구어(緣木求魚)?

이렇게 교육을 받고 진출한 사회에서라고 그 근본이 어디로 가겠는가. 며칠 전 한 모임에서 이야기 끝에 나온 말로는 현직 변호사가 의뢰인이 한자로 된 법률용어를 물어보았는데 조금도 망설이는 기색 없이 아주 당당하게 "나는 한문을 모른다."고 하더라는 이야기와도 일맥상통하는 이른바 우리나라 신진(新進) 지식인들의 현주소다.

우리로 치면 괄호 안 한자 같은 후리가나(한자 옆에 작은 글씨로 가나를 달아서 만든 활자)가 대중 소설에서 벌써 오래 전에 사라져 전 국민 한자 평준화를 이루었다고 하는 일본과는 좋은 대조를 이루고 있다. 이와 같이 높은 한자 보급률에 비례하여 일본 국민의 독서 율은 언제나 세계 정상을 달리고 있으며 이런 독서의 효과 중에서도 가장 두드러지는 것은 이성적(理性的) 사고력의 배양 축적을 들 수 있다. 그리고 그 연장선상에서 질서의식이 강화되고 공동체 의식도 따라서 함양한다는 일거삼득(一擧三得)의 효과를 거두게 된다는 것이다.

이와는 반대로 세계적으로 독서 율이 밑바닥 수준을 헤매는 한국국민들이 대체적으로 이성보다는 감성(感性)이 더 발달하여 즉흥적이고 격정적인 행동 패턴을 보이게 된다는 의견도 만만치가 않다. 특히 흥행성 유행이라던가 배타적인 이념성 신념, 민감한 정치적 이슈에 대해 지나치리만큼 한 쪽으로만 쏠리는 폭주(輻輳)현상 또한 이와 무관치 않다는 연구 결과가 결코 우연의 일치만은 아닌 것 같다. 어느 한 쪽에 치우치지 않고 균형감각을 유지하려면 무엇보다도 주체적인 주인의식이 전제되어야 하는데 즉흥적인 감성만으로는 감당하기 힘든 한계(限界)임을 이제 의식 있는 사람이면 누구나 다 공감하고 있다. 그런데 항차 그들에게 우리 사

회의 가장 큰 쟁점이자 아킬레스건(腱)이기도 한 도덕적 윤리적 가치를
주문한다는 것은 그야말로 연목구어(緣木求魚)나 다름이 없을 것이
다.(한글+漢字문학 2012. 7월호)

# 시험복(試驗福)

시험복(試驗福)이라는 게 정말 있는지 모르겠다. 내가 학교 다닐 때만 해도 중학이나 대학 진학 한다고 해서 요즘처럼 요란한 입시 공부를 한 적은 한 번도 없었다. 학원이라는 것 자체가 드물었던 시절이니까 하려고 해야 할 수도 없었지만 애초에 그럴 염(念)도 내질 않았다. 오히려 공부 못해 학원에 가는 것을 부끄럽게 생각할 정도였다.

6,25 때 시골로 피난 가서는 농사 일 틈틈이 논두렁에 앉아 영어 단어나 한자(漢字) 숙어를 외우는 것이 고작이었다. 그렇다고 머리가 특별히 좋은 것도 아니었다. 중상(中上) 정도의 실력이 전부였다. 그런데 내 자랑 같지만 한 번도 시험에 실패해 본 적은 없다. 그것이 오히려 넘쳐서 탈이었다. 예상 밖의 성적이 나오는 바람에 불필요한 오해까지 사는 경우를 두고 하는 말이다. 그런 낌새를 당장은 몰랐는데 얼마 후에 확인이 되어 시험에 탈이 있었다는 것을 비로소 알게 되기도 하였다.

대학 입시 때는 처음부터 목표가 연희대(延禧大,延世大의 전신) 정치외교학과였지만 . 특차전형을 하는 고려대를 예비로 지원하여 시험을 치게 되었다. 정치과였다. 학과선정을 할 때도 그 때만 해도 정치 과잉시대라 대학 마다 정치과는 다 있었다. 그런데 그것이 너무 흔하고 식상하다고 해서 최초로 정치외교학과를 신설한 연대를 정(正)으로 지원하고 만약을 몰라 당시 대구에 피난 내려가 있던 고려대를 대타로 지원하게 된 것이다. 마치 본게임을 앞두고 연습게임을 하는 기분으로 시험을 쳐서 마음에 여유가 생겨 그랬는지 몰라도 시험지를 받아든 순간부터 막힘없이 술술 써내려갔던 기억이 난다. 그래서 1차 학과시험에는 무난히 통과했는데 2차 면접시험에서 떨어지고 말았다. 떨어졌다기보다 시험 자체를 치지 못했다. 곧 이어서 당시 부산 캠퍼스에서 치른 연대 시험에 합격을 하는 바람에 고려대의 낙방은 까맣게 잊어버리고 있었다. 그런데 환도 후 가회동 집안 어른(윤택중 尹宅重)댁에 인사차 들렀을 때 고대 입시에 부정이 있었다는 뜻밖의 말을 듣고 깜짝 놀랐다. 답안지 유출사건이 있었다는 것이다. 만점 대 수험생이 여럿이 나와 모두 불합격 처리가 되었는데 그 중에 나도 끼어있었다는 것이다. 그 때에야 비로소 면접시험장에 들어가 보지도 못한 이유를 알게 되었다. 보전(普專,고려대 전신)을 거쳐 일본 메이지(明治)대를 나와 4.19 후 민주당 정권시절에 잠시 문교부장관을 지낸 이 집안 어른, 당시는 국회의원으로 고려대 이사를 맡고 있어서 사건의 전말을 잘 알고 있었던 것이다.

이 말을 듣는 순간 한마디로 어처구니가 없었다. 지금도 그 이름을 또렷이 기억하고 있는데 어머니가 도부 장수시절 물건을 때러 대구에 들릴 때면 반드시 찾아 밥을 부쳐 드셨다던 대추나무 집에 나도 어머니 소개로 찾아들어 묵게 되었다. 버젓이 여관에 들 형편도 못되었지만 어머니가 겪은 이 집 주인 인심 하나만 믿고 나를 맡긴 것이다. 피난시절 가뜩이나 형편이 어려웠던 문인들이 주로 많이 찾아 막걸리 잔을 기울이며 세태를 한탄했다는 목로주점이다. 허름한 고가를 개조하여 만든 이 집 마당에 대추나무가 한 그루 서 있대서 붙여진 이름이 대추나무집인데 외관에 비해 꽤나 유명세를 탔던 그런 집이었다. 이 집에서 시험장인 계성(啓星)고교까지 나는 걸어서 가 시험을 쳤는데 이런 숫보기 촌뜨기나 다름없던 나에게 어울리지도 않는 부정시험 이라니 아무리 지난 일이라 해도 억울하기 짝이 없는 일이었다.

대학을 졸업할 무렵 가정교사로 입주해 있던 집 주인이 대학원 진학을 권고했다. 일제 말 전국 마라톤을 재패한 체육인이면서 당시 유명 방직회사의 CEO이였던 주인은 젊어서 못다 푼 대학 진학의 꿈을 실현하기 위해 뒤늦게  영어 공부를 시작하고 근 30년 봉직해온 직장을 버릴 만큼 향학열이 대단했다. 그래서 그는 당연한 것으로 알고 나에게도 대학원 진학을 권고했던 것이다. 대학 3학년 때 이 분의 영어 교습을 위해 입주한 나는 만 2년, 4학기 동안이나 뒷바라지를 받은 터라 더는 신세를 질 염치도 없고 해서 사양을 했다. 그리고 뛰어든 곳이 신문사다. 전공 학과의 특성 상 일단은 외무고시를 치는 것이 당연한 수순이겠으나 그 때만해도 고급공무원의 임용에는 직계 가족의 사상력(思想歷)을 엄격하게 따지던 때라  아버지의 좌익운동이 족쇄가 되어 감히 엄두를 낼 수 없었다. 공무원을 빼고 나면 제일 만만한 곳이 신문사였다. 당시 H신문은 기자양성소라는 별명을 들을 정도로 1년에 두 번식이나 수습(修習) 기자를 모집하였다. 그런대도 지원자가 쇄도하여 내가 응시했을 때만해도 무려 30대 1의 높은 경쟁률을 기록했다. 그런데 나 자신도 예상하지 못한 수석 합격의 영예를 누리게 되었다.

　　당시 편집국장은 임창수(林昌洙)씨였다. 지금은 둘 다 고인이 되었지만 그가 고교 동문인 임맹수(林孟洙)씨의 사촌 형이라는 것을 안 것은 입사한지 얼마 후의 일이다. 술을 좋아하는 이 친구 주로 명동이나 무교동 술집에서 취중에 옥신각신하다가 사고라도 치고 경범죄에 걸리기만 하면 편집국장인 제 형에게 전화 걸기는 뭐하고 하니까 동기동문이라고 임의로운 나한테 SOS를 치는 게 보통이었다. 수습 시절에는 사쓰마와리(察巡 일본어)라고 해서 경찰서 출입을 주로 하기 때문에 내가 경찰과 연(緣)이 닿는 것을 그는 잘 알고 있었던 것이다. 그래서 이따금 신문사를 찾아와서는 고맙다는 사례 술을 내곤해서 더욱 친해진 그가 하루는 저의 형 예기를 하면서 "너도 찍혔더라."하는 것이었다. 저의 형인 편집국장에게 밉보이고 있다는 예기다. 그 이유를 캐고 들자 하는 말이 "네 입사 시험성적을 액면 그대로 받아들이지 않고 있는 눈치"라는 것이었다. 한마디로 부정이 개입되었다고 본다는 것이다.

　　그러고 보니 나는 그가 편집국장 이전에 동향 선배인데다 친구의 형이기도 해서 막연한 기대를 걸고 응석이라도 한 번 부려보고 싶은 심정이었는데 정반대로 나를 대하는 품이 요즘말로 까칠해 가지고 영 냉랭하기 이를 데가 없었다. 그렇지 않아도 초짜 수습 딱지가 버거워 데스크 눈치 보느라 여념이 없는데 편집국장까지 곱지 않은 시선으로 바라보고 있다는 것을 은연 중에 피부로 느끼고 적이 당황했던 기억이 난다. 나를 시험에서 부정이나 저지르고 합격한 사람쯤으로 치부하고 그토록 쌀쌀하게 대하던 생각을 하니 나의 두 번째 수난 역시 아이러니칼 하게도 타고난 시험복(?)이 그 원인이었던 것이다. (2012)

# 빛바랜 흑백(黑白) 사진

흰 페인트 바닥에 한글로 '백마'라고 쓴 조그만 통통배가 한 척 갯펄 위에 덜렁 얹혀 있다. 흑백 사진이기 때문이기도 하거니와 그 배경에는 눈을 머금은 듯 잔뜩 찌푸린 잿빛 하늘이 수평선 가득히 내려앉아 있다.

무릎까지 차는 두꺼운 군용 파카를 입고 한 손에 구두를 든 채 맨발 바람으로 막 뻘 흙에 내려선 나의 등 뒤에서는 함께 타고 온 동료 2명과 선원 1명이 걱정스러운 듯 나를 지켜보고 있다. 이 사진을 볼 때마다 나는 '취재 경쟁에서 항공모함을 빼고는 모든 가능한 수단을 다 동원하라'던 일본의 한 노 기자가 쓴 자전적(自傳的) 수기를 떠 올리곤 한다. 그리고 나 나름의 기자 정신을 최대한으로 발휘했던 사건으로 기억하고 싶다.

## 바닷 뻘에 얹힌 통통배

1973년 봄으로 기억된다. 서해의 최북단에 있는 말도(末島)라는 섬 주민(어민) 20여 명이 북으로 납치된 사건이 일어났다. 그 때까지 항공기나 특히 어선이 납북된 사건은 더러 일어났어도 어민이 납치된 사건은 없었기 때문에 처음엔 얼른 상황 판단이 서질 않았다. 우선 그곳의 지리에 대한 예비지식이 전혀 없었기 때문에 어떻게 섬에 살고 있는 사람이 그렇게 집단으로 그것도 육속(陸續)으로 납치될 수 있겠느냐는 게 관심의 초점이었다.

취재기자 2명과 사진기자 2명이서 임시 취재반을 편성하여 현장과 가장 가까운 출항지(出港地)인 강화도 외포리(外浦里)로 달려갔다. 지금도 그렇지만 말도까지는 정기항로가 없기 때문에 통통배 1척을 전세 내어 교동(喬洞) 섬을 오른 쪽으로 끼고 황해도 연백평야를 지척으로 건너다 보며 뱃사람들이 말하는 이른바 물길로 접어들었다. 그런데 그 수로(물길)라는 것이 북쪽 옹진(甕津) 반도 해안에 바짝 붙어있어 또 다른 납치사건이 일어날는지도 모른다는 불안감 때문에 안절부절 하다 못해 여차직하면 날아올 것만 같은 직격탄이라도 우선 피해야한다고 갑판 위에 벌렁 들어 누워 그 마(魔)의 수역(水域)을 가까스로 빠져나왔다.

## 공포의 수로(水路)를 건너

말도는 볼음도(乶音島) 부속 도서지만 서해안 특유의 간만(干滿)의 차로 연백평야 미항 곶(串)과는 간조(干潮, 썰물) 때면 뻘로 육속되기도 하는 지근거리에 있다. 해방 전에는 말할 것도 없고 6.25가 일어나기 전만해도 이 섬과 육지는 한 이웃이었다. 개성(開城)과 함께 38선 아래로 물렸던 땅이다. 밀물 때는 서로 떨어졌다가도 썰물에 물이 빠지면 뻘밭이 뭍으로 이어지고 여기서 잡는 해산물이 섬 주민들의 중요한 소득원이 되고 있었다. 휴전선이 그어진 뒤에는 서로 자유스럽게 왕래는 하지 못하지만 대합을 캐면서 휴전선 부근까지 와서는 서로 먼빛으로 바라보고 인사를 나누기도 하고 동네 안부를 묻기도 하는 만남의 광장 구실을 하던 곳이 기도 하다.

원래 바다 위에 드문드문 휴전선 표지 부표(浮漂)를 띄우기는 하나 물이 빠진 뒤의 갯펄에 그것이 그대로 남아있을 리가 없기 때문에 경계가 좀 애매한 구석도 있었다. 밀물 시간에 쫓기는데다 대합 캐는 데 정신이 팔려 올라가다 보면 더러 경계를 넘는 수도 있다는 현지 어민들의 말이었다. 이날의 사건도 이런 어민들의 순간적인 방심(放心)을 노린 북측의 계획적인 납치 극이었다. 미리 휴전선 근처에서 어민 복 차림으로 허리춤에 다발총을 숨긴 채 목을 노리고 있다가 여기에 걸려든 어민들을 한꺼번에 북으로 끌고 간 것이다.

## 썰물 때 육속(陸續)되는 한 이웃

'사건 취재 나갈 때는 달리는 차 안에서 그 기사의 리드(전문 前文)을 구상하라' 견습기자 시절 사회부 데스크가 현장 취재 때마다 강조하던 말이 이 때 불현듯 되살아난 것은 현장 취재가 끝나는 순간부터 이 절해고도(絶海孤島)에서 기사와 사진을 과연 어떻게 보낼 것인가 하는 문제가 절박한 현실문제로 떠올랐기 때문이다.

귀로(歸路)는 일단 인천항으로 잡았다. 기사는 전화로도 보낼 수 있다지만 사진은 전송 시설이 있는 인천으로 나가야 시간을 보다 단축할 수 있기 때문이다. 움직일 수 없는 절대시간과 거리를 머릿속으로 계산해보니 배가 이대로만 가 준다면 석간 마감까지는 댈 수도 있을 것 같다는 생각이 들었다.

거칠 것 없는 망망대해에서 문자 그대로 일엽편주(一葉片舟)에 몸을 기대고 선 나의 두 눈에는 벌써부터 1면 헤드라인을 장식할 특호활자가 춤을 추며 어른거리고 있었다.

그런데 배가 지금 국제공항 공사가 한창인 영종도 앞바다에 이르렀을 때 전혀 예상치 못했던 변수(變數)가 일어나고 말았다. 바닷물이 서서히 빠져나가기 시작한 것이다. 사방을 둘러보며 '어-어' 소리를 연발하는 사이에 바다는 저만치 밀려나가고 마침내 통통배는 질펀한 뻘 위에 덩그러니 얹히고 말았다. 썰물 시간에 미리 대비하지 못한데서 온 결정적인 실책이었다. 순간 눈앞이 캄캄해졌다.

## 맨발로 뛴 뻘 길 1 킬로 미터

이때가 벌써 오전 11시. 1시간 반의 여유밖에는 없다. 어차피 마감대기는 틀렸다고 체념하는 두 동료의 만류를 뿌리치고 나는 다른 1명의 카메라 멘과 함께 뻘 흙탕에 맨발로 내려섰다. 계절은 이른 봄이라지만 뻘 속은 아직 한 겨울이었다. 처음엔 짜릿한 냉기가 발끝부터 시려오더니 얼마쯤 지나자 감각을 잃었는지 시린 줄조차 모르겠다. 이런 뻘 길이 아마 수백 미터 쯤 계속되었을 게다. 가까스로 뭍에 오르니 얼부푼 발바닥에 닿는 모래알 하나하나가 곤두서서 바늘로 찌르는 것 같다. 지금 와서 보니 운북동 끝이다. 영종도는 주산인 백운산(白雲山,256m)을 중심으로 운북, 운서, 운남 하는 식으로 행정구역을 나눈 세모꼴 섬의 동단(東端)에 해당한다. 이 지점에서 다시 인천 작약도(芍藥島)가 마주 바라다 보이는 구읍 나루터까지는 4킬로가 넘는 거리다. 여기서 인천 가는 나룻배를 또 갈아타야하는데 그야말로 산 넘어 산이다. 섬을 종단하는 시외버스가 운행되고 있긴 하나 이용객이 많지 않아 배차시간이라는 게 따로 없고 손님이 모아지면 떠나는 그런 식이었다. 한 행보에 실어 나르는 인원의 차비를 다 물어주는 조건으로 그 버스를 전세 내어 구읍나루를 향해 몰았다. 차가 구읍 나루에 이르렀을 때 마침 떠나기 직전의 나룻배에 몸을 날리다시피 올라타고 인천 항 동쪽 연안 부두에 가까스로 상륙했다.

그러나 여기서 당시 중앙동에 있던 인천지사까지는 또 초간한 거리였다. 미친 듯이 이리 뛰고 저리 뛴 끝에 택시를 잡아타고 지사에 당도해보니 눈이 빠지게 기다리고 있던 현지 기자가 릴레이식으로 사진(납북어부)을 받아 전신국으로 뛰었고 사진기자는 대기하고 있던 지사차를 몰고 본사로 달렸다. 그리고 나는 전화로 기사를 송고하는 이 여러 동작이 거의 한 동작처럼 이루어 졌다. 입체적인 취재란 바로 이런 경우를 두고 하는 말일 것이다.

## 회심(會心)의 삼박자 한 동작

그러나 이처럼 피말리는 마감과의 전쟁을 치루었는데도 불구하고 태산명동(泰山鳴動)에 서일필(鼠一匹)이라고 사건 자체가 민감한 안보문제가 되다보니 지면에 반영된 것은 현장 취재라는 명분만 겨우 살린 단 몇 줄의 기사뿐이었다. 다른 신문들이 대부분 국방부 발표를 가감 없이 그대로 싣고 있는 데 비한다면 이 정도만으로도 성과는 성과라고 여겨야 할 것이지만 처음엔 허탈한 마음을 가눌 길이 없었다.

그러나 30수년이 지난 지금 와서 생각해 보면 이 취재경쟁은 당시의 여건 하에서 가동할 수 있는 모든 방법을 총동원한 입체적인 작전이나 다름이 없었다. 농구경기에서 말하는 절 묘한 콤비플레이의 스릴마자 느끼게 한 인간 능력의 한계도전이었다고 스스럼없이 자평(自評)한다. 그

래서 나는 이 한 장의 흑백사진을 늘 내 낡은 사진첩의 첫 장 첫 머리에
꽂아두고 살아있는 나만의 취재 교본으로 삼고 있다.(1980.)

석간 마감 1시간 30분 전, 영종도 앞바다 뻘밭에서

# 어두운 시대의 아픔, 그 마지막 기사

　　직장인 중에서도 신문기자들 사이에 곧잘 인용되는 '프로 정신' 이란 낱말에 대해 나는 그것을 서슴지 않고 '사명감(使命感)' 이라고 부르고 싶다.

　　맡은 일을 그저 기계적으로 처리하고 그 댓가로 보수를 받는 월급쟁이 이상이라는 뜻이다.

　　내가 처음 기자생활을 시작할 때만 해도 저마다 어느 누구에게도 양보할 수 없는 근성(根性)같은 게 번득이고 있었다. 거기에다 일제시대 이래 유전되어 내려오던 선배기자들의 항일(抗日) DNA가 독재 타도라는 새로운 주적(主敵)으로 대입되면서 마치 구국지사(救國志士)라도 된 것처럼 자가도취(自家陶醉)에 빠진 적도 한 두 번이 아니다.

　　그 때는 생활 부담이 적은 미혼이라는 이점도 있었지만 차디찬 편집국 책상 위에서 꼬박 날밤을 새는 것이 다반사였다. 언제 어디서 터질지 모르는 사건 사고에 대비한 자원 대기조인 셈이다. 이토록 줄을 서서 목을 매는 이유는 재수가 좋은 날이면 지방 출장 취재도 바라볼 수 있는 특전(特典?)이 주어지기 때문이다.

중앙일보 창간은 그로부터 10년 세월이 흐른 뒤였다. 특수한 여건에서 출발하는 신문이라 어느 정도 예상치 못했던 것은 아니지만 업무환경이라던가 분위기가 너무 달라서 무척 애를 먹었던 기억이 난다. 우선 형식에 얽매이기를 거부하는 야생마(野生馬) 같은 기질이 몸에 밴 때문인지 몰라도 출근 첫날부터 회사 정문에서 실시하는 출근 카드 첵크가 그렇게도 낯설고 눈에 거스를 수가 없었다. 마치 나만의 귀중한 그 무엇을 뺏기기라도 한 것처럼 야릇한 모멸감(侮蔑感)같은 것을 느꼈다. 이러다가 정말 기자가 아니라 책상물림 사무원으로 전락하는 것 아닌가 하는 두려움이 눈앞에 어른거렸기 때문이다.

한 번은 어느 신참기자에게 지방출장을 지시했더니 집에 식모가 없어서 갈 수 없다고 했다는 한 외근부서 데스크의 하소연을 듣고 그동안 세상 참 많이도 변했구나 하는 격세지감(隔世之感)을 금할 수 없었다.

그 뒤 몇 년 만에 언론계에는 차고 매운 한파(寒波)가 몰아닥쳤다. 안팎으로 여러 가지 시련이 있었음에도 불구하고 중앙일보는 어느 정도 걸음마를 떼기 시작했고 특히 지방부(지금의 전국부)의 각 시도별 지방판이 저마다의 특색을 살려 차츰 제자리를 잡아 갈 무렵이었다. 이때 유신정권의 이른바 언론 정화정책의 일환으로 유독 지방기자를 표적 대상으로 하는 대대적인 감원선풍이 불어 닥친 것이다. 차마 인간으로서는 하지 못할 노릇이었다. 눈만 뜨면 매일 전화로 테렉스로 호흡을 같이 해온 한솥밥 동료들을 내 손으로 정리해야만 하는 슬픈 악역(惡役)의 멍에를 30여년이 지난 지금까지도 선뜻 벗어던지지 못하고 있다. 분명 그것은 돌이킬 수 없는 한 시대의 아픔이요 악몽이었다.

이런 와중에 터진 사건이 경북 안동(安東)의 극장 화재 사건이다. 너무 오래 된 일이라 사건의 정확한 규모라던가 경위를 지금 기억할 수는 없으나 공중이 모이는 공공건물에서 일어난 화재사건이니 뉴스치고는 1급 뉴스였다.

그런데 공교롭게도 이때 안동 현장에는 기자가 없었다. 정확히 말해서 없는 것이 아니라 바로 전날 그 지방 기자에게는 해임 통지가 날아가 있는 상태였다.

석간마감 시간은 뽀독뽀독 다가오고 있는데 안동과 가장 가까운 대구나 영주(榮州)에 지원을 요청한다 해도 제시간을 대기가 어려울 것 같아 발만 동동 구르고 있을 때였다. 이 때 뜻밖에도 안동에서 전화가 걸려왔다는 소리를 듣고 처음에는 내 귀를 의심했다. 바로 어저께 해임 당한 그 기자로부터 걸려온 전화였다. 평상시와 조금도 다름없이 그는 침착한 목소리로 화재기사를 불러준 뒤 조용히 전화를 끊었다. 당시의 안동 주재 기자는 서태수 徐泰洙씨였다. (그 가슴에 꽃잎을,2007. 10. 중우회 창립 15주년 기념 문집)

# 상전벽해(桑田碧海), 평창(平昌)

　　C 일보가 창간되던 해(1965) 여름, 창간 특집 기사 취재차 평창을 찾
은 일이 있었다. 주제는 '고립(孤立)사회(isolated society)'였다. 인류사
회학의 학술용어 속에서나 찾음직한 육지 속의 고도(孤島)같은 그야말로
태고연(太古然)한 '고립사회'가 그다지 낯설지 않았던 시절 이야기다. 그
래서 어느 정도는 예상을 하고 찾은 평창의 한 시골 마을에서 나는 그만
할 말을 잊고 말았다. 어려서 경상도 산골에서 자란 나의 상식으로도 가
늠하기 힘든 주민들의 처절하리만큼 치열한 삶에 경악(驚愕)하고 만 것
이다.

## 40여 년 전의 '고립사회(孤立社會)'

　　화전을 일궈 심은 귀리(일명 연맥 燕麥)와 감자를 반반 섞어서 지은 밥
은 입으로 후 불면 금방 날아갈 것 같은데 그마저 밭에 나가 일을 하는 한
낮 점심으로는 싸가지고 가지 못한다. 대신 고추장 한 주발을 싸들고 가
는데 이유를 묻자 밭두렁 풀 섶에서 뱀 한 마리를 잡아 껍데기를 벗겨내

고 토막 내어 찍어먹기 위해서란다. 이것이 귀리밥보다 영양가도 높고 배가 훨씬 든든하다는 것이다. 그런데 더욱 놀라운 것은 그들이 점심 대용으로 먹는 뱀은 독이 없는 무자수이고 살모사 같은 독사는 먹지 않는다고 했다. 왜 그러냐하면 독사는 한 달에 한 번씩 들르는 땅꾼들에게 팔기 위해서란다. 이 고장 주민들은 남녀노소 할 것 없이 집밖에 나갈 때 갖추는 필수장구가 있다. 뱀의 머리를 누를 때 쓰는 Y 자형의 나뭇가지 막대와 독사를 잡아서 넣는 자루다. 누구나 독사를 보면 피하는 것이 아니라 쫓아가서 잡는 것이 생활화되어 있다. 독사를 잡아서 자루에 넣을 때는 손으로 뱀의 목을 쥐어야 하는데 보통은 눈짐작으로 잡아도 워낙 숙달이 되어 별 탈이 없다고 한다. 그런데 간혹 술에 취하거나 해서 단 1mm라도 눈대중이 빗나가는 날이면 뱀에게 물리는 수도 있는데 물리는 부위가 급소(합곡)가 돼서 치명적(致命的)일 수도 있다는 것이다. 이 마을에는 집집마다 뱀(독사)을 잡아다 모으는 항아리가 하나씩 있는데 여름철이라 이장 집 모정(茅亭)에서 하룻 밤 묵으면서 나무판자 덮개를 돌로 눌러놓은 뱀 항아리에 신경이 쓰여 밤잠을 설쳤던 기억이 난다.

　1980년대 초 쌍룡그룹이 처음 용평스키장 문을 열 때만 해도 일부 부유층 자제들의 유기장(遊技場) 쯤으로 인식되던 스키가 실은 이곳(영동 일대 嶺東一帶) 주민들에게는 겨울철 생활의 한 수단이기도 했다는 아주 평범한 진실과 거듭되는 각종 국내외대회의 유치 개최 효과가 레저 붐으로 이어지면서 상승(上昇)작용을 일으켜 급속한 대중화의 바람을 몰고 왔다. '고립사회' 이후로는 40여년, 용평스키장 이후로는 20여년만인 지난 해 여름 삼수(三修)라는 험로(險路)를 거친 끝에 평창이 마침내 대망의 동계(冬季) 올림픽(2018년) 유치에 성공했다. 강원도 두메 평창이 세계의 평창(Peongchang)으로 거듭 난 것이다.

## 강원도 두메에서 세계의 평창으로

조직위원회측에서는 올림픽 개최에 따른 각종 시설 투자를 포함해서 전체적인 경제 유발 및 파급효과 16조원을 비롯해서 국내외 관광객 지출 파생효과(2조), 대회경비 지출로부터 파생되는 효과(3조) 등 직접적 효과만도 21조원에 이르며 올림픽 개최 이후 급증할 관광 수요 (需要) 등 간접효과 32조라는 장밋빛 청사진을 내어놓고 있다. 그러나 비관적인 전망도 있다. 올림픽 이후 연간 1조원 대에 이른다는 경기장 등 시설의 유지 보수 관리비와 '먹튀' 식 투기바람이 발목을 잡을 거란 얘기다.  이 같은 이른바 겨울 올림픽 유치후유증(後遺症)에 시달리지 않고 일본 나가노 등 이전(以前) 개최지의 시행착오(試行錯誤)를 되풀이하지 않으려면  무엇보다도 경기장 등의 신설을 최소화하여 사전에 적자요인을 제거하지 않으면 안 된다는 소리에도 귀를 기울여야 할 것 같다

오대산(五臺山 1563m) 계곡에 자리 잡고 있는 월정사와 상원사(上院寺)는 평창(진부면)이라는 관할 행정지명보다 우리에게는 오히려 더 익숙한 불교 성지(聖地)의 이름이다. 산이 높기도 하거니와 부처의 진신사리(眞身舍利,정골사리 頂骨舍利)를 모신 중앙의 적멸보궁(寂滅寶宮) 중대(中臺)를 중심으로 동서남북 사대(四臺)의 사찰이 있다고 해서 붙여진 이름이 오대산(五臺山)이다. 근 1300 년 전(신라 성덕왕 24, 서기723)에 주조된 상원사 동종(국보 36호)은 신음(神音)과 같은 맑고 은은한 종소리와 함께 천의무봉(天衣無縫)의 비천상(飛天像)으로 하여 음(音)과 색(色, 형상)이 한 데 어우러져 빚어내는 아름다움의 극치이다.

일명 봉산(蓬山) 서재로도 불리는 봉산 서원은 조선조 중기의 대 유학자 율곡(栗谷) 이이(李珥)가 잉태(孕胎)된 것을 기념하기 위해 세워진 서원이다. 그의 아버지 이원수(李元秀)가 일찍이 수운판관(水運判官)으로 재직할 때 이곳에서 율곡을 잉태하여 지리적으로 가까운 강릉(江陵) 외가에서 출생한 것이다.

## 상원사 동종과 율곡(栗谷)의 자취

이웃 고을인 인제군 상남면 내린천(內麟川) 상류 방대산(芳臺山,1436m) 계곡 파리목(승두촌蠅頭村)이라는 마을에도 율곡과 밤나무에 얽힌 전설적 일화가 전해오고 있다. 율곡이 어려서 아버지에게 이끌려 철령(鐵嶺,685m, 함경남도 안변군 신고산면과 강원도 회양군 하북면과의 경계에 있는 고개) 넘어가는 길에 해가 저물어 이 마을에서 하루 밤을 묵게 되었는데 부친의 꿈에 산신령이 나타나 '아들이 단명(短命)하니 그 수(壽)를 때우려면 밤나무 1천 그루를 뒷산에 심고 가라' 고 현몽(現夢)하여 시키는 대로 심은 것이 마을 뒤의 밤나무 산이 되었다는 것이다.

지지난 해 유네스코 세계문화유산으로 지정된 강릉 단오제의 발원지(發源地)는 대관령 성황사(祠) 및 산신각(山神閣,강원도 기념물 제 54호, 평창군 도암면)이다. 이날을 단군의 탄생일로 설정하고 그 3.7일(즉 21일) 전에 지내는 대관령 산신제의 하이라이트가 바로 신목(神木)을 베는 행사다. 〈삼국유사 三國遺事〉 기록 그대로 환웅(桓雄)이 무리 3천을 이끌고 내려왔다는 태백산 신단수(神檀樹)아래에서 환웅으로 상정(想定)된 신목을 베어 강릉 강문(江門) 여서낭당에서 웅녀로 상정된 여 서낭과 합사(合祀)하였다가 단오 날 행사의 증명(證明)으로 행사장 단상에 모시게 되는 것이다. 원래 산신이란 호랑이와 동일시되던 이름인데 이것이 농경(農耕)과 질병 한발(旱魃)과 노정(路程) 등을 관장하는 신으로 변해 풍농과 풍어 기원을 비롯해서 산간지방의 두통거리 재앙의 하나였던 호환(虎患) 퇴치에 이르기까지 현실적인 생활신앙으로 자리 잡게 된 것이다.

## 평창의 아이콘 〈모밀꽃 필무렵〉

뭐니 뭐니 해도 평창의 아이콘은 이효석(李孝石, 호 가산 可山, 1907-1942)의 단편 〈모밀꽃 필무렵〉1936)이다. 한마디로 '향수(鄕愁)의 문학'이라고 하는 그의 문학세계의 특질을 잘 나타내고 있는 작품이다. 고향의 산천을 무대로 한 짙은 향토적 정서 표현이 주조(主潮)를 이루는 이 작품을 통해서 과거 그의 경향(傾向)문학적 패턴에서 벗어나 순수문학으로의 회귀(回歸)를 극명하게 보여주고 있다. 휘영찬 달빛 아래 메밀꽃이 마치 소금을 뿌린듯 하얗게 핀 밤길을 배경으로 얽은 얼굴 때문에 여자와는 인연이 멀었던 허생원의 애틋한 사랑을 형상화한 이 작품은 1930년대 단편문학의 정점(頂点)으로 일컬어진다. 그의 문학이 이처럼 높이 평가받고 사랑을 받은 데는 작품 그 자체가 갖는 한국적 정서의 밀도(密度)있는 표현 외에도 강원도 산골 출신으로 당시의 엘리트 코스인 제일고보(현 경기고)-경성제대(서울대 전신)를 나온 천재성과 문학 활동이 한창 왕성하던 36세라는 아까운 나이에 요절(夭折)한 아쉬움도 한 몫을 하지 않았을까 싶다.

소설의 무대였던 평창 봉평(蓬坪) 옛 장터를 중심으로 이효석 문학관과 물레방아 등 소설의 무대 일원에서는 해마다 효석 문화제가 열리는데 지난해로 13회째다. 이보다 훨씬 앞서부터 전국적으로 열렸던 효석 백일

하얗게 핀 봉평 메밀꽃밭

장은 32회째를 맞는데 소설처럼 아름다운 초가을 메밀 꽃밭을 배경으로 펼쳐지는 축제 기간(9.9~9.18)에는 전국에서 많은 관광객이 몰려들어 잊혀져가는 토속적인 옛 정취(情趣)를 만끽하고 이효석의 문학 향기에 흠씬 취해서 돌아간다는 것이다.

이밖에도 평창에는 크고 작은 축제 행사가 자주 열리고 있다. 지난해로 19회째를 맞은 대관령 눈꽃 축제(2.12-18)를 비롯하여 아이스 스노우 페스티발(12.27-2.5.), 평창 송어축제(12.22-2.5.), 강원감자 큰잔치(8.6-8.18.), 8월의 산꽃 약풀 축제 등 산간지방 특유의 계절행사가 열리고 있다.(도시문제,2012. 2월호)

# 노블리스 오블리주의 성지(聖地), 김천(金泉)

내가 처음으로 기차를 타 본 것은 14살 때다. 경남 거창 고제(高梯, 일명 높은 다리)와 웅양(熊陽)에서 유소년기 10년을 보내고 일제 말(1944년) 나의 교육을 위해 솔가해서 대처(도시)로 나가는 길목 김천(金泉) 역에서 지내 대가리처럼 험상궂게 생긴 화통이 괴성을 지르며 굴러들어오는 모습을 처음 보고 한편 신기하기도 하고 마치 외계(外界)에 첫발을 디딘 이방인처럼 나도 모르게 가슴이 두근거렸던 기억이 난다.

## 직지사의 정신적 지주, 사명대사

희뿌연 수증기를 구름처럼 내뿜으면서 칙칙 폭폭을 리드미칼하게 되뇌던 증기 기관차 미키에서 디젤로, 고속철로 비록 그 형태와 성능은 많이 바뀌었지만 김천역을 지나칠 때마다 눈감고 반추(反芻)하는 나의 어릴 적 추억은 옛 그대로 푸르다.

황악산 직지사(直指寺)는 김천의 얼굴과 같다. 임진왜란의 구국 승병장 사명대사(四溟大師)가 출가한 절로 그 이름이 더 많이 알려져 있지만 신라 제19대 눌지왕(訥祇王 2, 서기 418, 아도화상 阿道和尙 창건)대로 거슬러 올라가는 유구한 역사성 못지않게 최근세 현대에 이르기까지 많은 고승대덕(高僧大德)을 배출한 절로 더욱 유명하다.

묵호자(墨胡子)라는 별명으로도 불리던 창건자 아도화상은 한국 최초의 승려로 기록되고 있다. 그가 선산(善山)에다 최초로 도리사(桃李寺)를 세우고 나서 황악산을 곧게 가리키면서 "저 산 밑에다 절을 하나 세우겠다."던 절의 이름이 글자 그대로 직지사가 되었다는 유래전설이 전해온다. 신라불교의 중흥을 이끌었던 자장율사(慈藏律師)가 645년(선덕여왕 14)에 크게 중창하고 뒤이어 930년(경순왕 4)에 천묵(天默)이, 936년(고려태조 19)에 태조 왕건의 통일전쟁에 지혜를 빌려준 능여(能如)가 각각 절을 중수하였다.

직지사의 정신적 지주라고 할 수 있는 사명대사를 기리는 사명각이 창건된 것은 정조 11년(1787), 그 이후 퇴락할 데로 퇴락하여 본래 모습을 찾을 길이 없었던 사명각을 다시 일으켜 세운 것은 1975년 주지 녹원(綠園)스님에 의해서다. 고려 때 절을 중창하면서 일일이 손 뼘으로 재가며 역사를 했다는 지능(知能) 대사의 고사를 그대로 본 딴 중창 불사가 이때부터 시작되어 오늘날의 대가람을 일구어냈는데 우리나라 유일의 특수 강원인 황악불교전문학림(黃嶽佛敎專門學林)이 세워진 것도 이와 함께이다.

## 불교교육의 현대화 이끈 관응(觀應)스님

한마디로 불교교육의 대학원 코스 맞잡이인데 강사 양성소로도 불린다. 일반 강원이나 대학을 나온 40세 전후의 본 말사 주지와 해외유학 나가는 스님을 주 대상으로 하는데 강주(講主)는 관응(觀應, 1910~2004)스님이었다. 혜화(惠化)전문과 일본의 불교전문 대학인 류고쿠(龍谷)대학에서 수학한 스님은 당시 한국불교의 선교(禪敎) 양종을 통틀어서 가장 뛰어난 이론가로 알려진 원로였다. 전통적인 승려교육의 바탕 위에서 현대교육을 수용, 경전의 훈고학적(訓詁學的) 교육방법에서 탈피하여 현대적인 교육 커리큘럼을 도입, 실험교육을 실시했던 것이다.

강사로서의 그의 가장 큰 관심사는 불교용어를 쉽게 풀어주는 것이라고 했다. 그는 이것이 불교의 사어화(死語化)를 막는 지름길이라면서 학인(學人)들의 얼굴 표정을 일일이 살피면서 그 이해도에 맞추어 설명을 해도 알아듣기가 어려운 것이 불교인데 하물며 표정 없는 글을 가지고 상대방에게 정확한 뜻을 전하기는 더욱 어려운 일이라며 그가 글을 쓰지 않는 이유, 즉 불입문자(不立文字, 불교의 진리는 문자나 말로서 전하는 것이 아니라 마음과 마음으로 전함)의 허(虛)와 실을 디테일하게 짚어내고 있었다. 그러면서 현대 산업사회에 있어서의 대량교육에 필연적으로 따르게 마련인 문제점을 신랄하게 지적하고 그런 의미에서 불교의 전통적인 도제(徒弟)교육이 재조명되어야한다고 역설하는 그의 교육관이 직지사를 불교 교육 도량의 본산으로 자리매김 시키는 촉매재가 되었다.

그리고 직지사는 승려문학의 요람이기도 하다. 지난 81년에는 주지스님의 법명을 딴 녹원문학상(綠園文學賞)을 제정했는가하면 이듬해 석탄일부터는 시 관내 초중고생을 대상으로 하는 황악예술제를 베풀어 전통문화의 계승에 앞장서고 향토문화의 진원지(震源地) 구실을 자임하고 있다. 이런 문학적인 환경에 힘입어 한 때 직지 본 말사 출신 승려 10여명이 시단(詩壇)에 데뷔하여 전성기를 구가한 적도 있다.

# 근대 육영사업의 어머니, 최송설당(崔松雪堂)

여류 육영사업가이자 시인이었던 최송설당(崔松雪堂 1855~1939)은 김천이 낳은 근대 육영사업의 어머니이며 김천이 자랑하는 대표 브랜드다. 더구나 식민통치의 질곡(桎梏)속에서 신음하던  일제하에서 발휘된 그녀의 노블리스 오불리주 정신(높은 신분에는 도의상의 의무가 수반한다)이야말로 칠흑 같은 어둠을 밝힌 한 줄기 빛이었다. 영락한 집안을 다시 일으켜 세우기 위해 16세 어린나이에 아버지 따라 시작한 장사에 이력이 붙어 20 대 후반에는 벌써 갑부소리를 듣는 김천의 재산가가 되었다고 한다. 그러나 아버지와 남편(백씨)을 잇따라 잃고 방황하던 끝에 불교에 귀의한 그녀는 때마침 궁중에서 쫓겨나 동래의 한 절에서 은거 중이던 평생의 멘토격인 엄비(嚴妃,순헌귀비 純獻貴妃)와 운명적인 만남을 갖게 되고 그 뒤 고향인 전라도 고부(古阜)에서 발발한 동학 혁명의 소용돌이를 피해 서울로 올라와서는 봉은사에서 엄비의 동생을 만나 그 연줄로 엄비와 재회하게 된다. 이리하여 그녀는 엄비 소생인 왕세자 이은(李垠,후의 영친왕 英親王)의 보모로 덕수궁에 들어가 만 10년을 생활하게 된다. 1907년 왕세자가 볼모로 일본에 강제 유학을 떠나고 헤이그 밀사 사건으로 고종이 강제 퇴위 당하자 궁을 나오게 되는데 이 때 영친왕 소유의 상당한 땅을 넘겨받아 후에 김천 고등보통학교 건립의 종자돈으로 활용하게 되었다고 한다. 이 때 그녀가 학교 설립자금으로 출연한 자금은 모두 30만 2천 100원. 지금 화폐가치로 환산하면 300억 원대에 이른다고 한다. 처음에는 일제가 인문계 고보(高普)라고 해서 인가를 해주지 않자 그녀가 살던 서울 집까지 처분하여 배수(背水)의 진을 치고 몰아 부친 끝에 가까스로 인가를 받아냈다는 것이다. 지금까지도 제대로 정착되지 않아 자주 논란의 도마에 오르내리고 있는 기부문화의 가치가 얼마나 귀중한지조차 몰랐을 시절에 더구나 여자의 몸으로 이런 거금을 사회에 쾌척한 것을 두고 당시 언론들은 지면을 도배질하다시피 대서특필했다. 민족지 동아일보가 밝힌 김천고등보통학교의 설립 취지 성명서(1931. 3. 5일자)를 보면 "사회의 발전은 인재의 교육에 달려 있는데 지금 만약 재정이 궁핍하다는 이유로 그 목적을 이루지 못한다면 사회의 급한 일에 책임을 다한다고 할 수 있겠는가."라고 비록 식민지배하일 망정 잠시도 멈출 수 없는 민족교육의 중요성을 역설하면서 교육을 통한 민족의 각성을 촉구하고 있다.

## 시문(詩文) 재능 뛰어나 문집도 간행

1935년 10월 김천시 부곡동 김천고보 교정에서 열린 최초의 근대 조각가 김복진(金復鎭, 소설가 팔봉 八峯 김기진 金基鎭의 형)이 제작한 송설당의 동상 제막식 때는 송진우(宋鎭禹) 여운형(呂運亨) 등 민족지도자들이 참석하여 당시 그녀의 위상을 실감케 하여주고 있다. 이보다 앞서 1922년에는 가사 50수와 한시 258수를 수록한 송설당집(3권3책)을 출간함으로서 그녀의 시문(詩文) 재능이 뛰어났음을 알 수 있는데 한말의 외교 사령탑을 지켰던 당대의 문장가 운양(雲養) 김윤식(金允植)이 서문을 쓴 것으로 특히 유명하다. 그녀는 마지막 눈을 감는 그 순간(1939.6.16)까지도 "교육만이 나라와 겨레를 지킬 수 있다."는 신념을 유훈(遺訓)으로 남겨 다음 세대가 그 뜻을 이어가기를 간절히 바라고 있다.

"영원히 이 사학(私學)을 육성하여 민족정신을 함양하라. 교육받은 한 사람이 나라를 바로잡을 수 있으며 교육받은 한 사람이 동양을 평안하게 진정

시킬 수 있다. 마땅히 이 길을 따라 지키되 부디 내 뜻을 저버리지 말아 달라.(永爲私學 涵養民族精神 一人邦定國 一人鎭東洋 克遵此道 勿負吾志)"고.

　김천고보에서 김천고교로, 지금은 자율 형 사립고로 여러 번 그 명칭이 바뀌었지만 송설당이 물려준 건학정신은 오히려 세기를 넘어 푸르름을 더해 가고 있다. 올해로 추모 73주기를 맞아 지난 6월19일 학교 교정에 서 있는 송설당의 동상이 문화재청 등록문화재 제 496호로 지정되고 참배객의 발길이 끊이지 않는 캠퍼스 뒷산 송정(松亭) 옆에 있는 그녀의 묘소와 함께 김천고는 이제 노블리스 오블리주의 성지(聖地)로 다시 태어나고 있다.(도시문제 2012.10월호)

# Y맨의 사랑방

매달 초하루 YMCA 호텔(종로 2가) 7층 회의실에서는 이른바 Y 맨을 자처하는 기독교계 원로들이 20명 가까이 한 자리에 모여 자연스러운 대화를 주고받는 조촐한 자리를 마련한다.

## 자원방래(自遠方來)하는 글벗처럼

계묘(癸卯)구락부(회장 최태영 崔泰永, 97)라는 회명이 있기는 하나 이들의 모임에 특별한 격식이 따로 있는 것도 아니다. 자원방(自遠方(來)) 이라는 논어(論語)의 한 구절을 딴 회의실 현액(懸額)이 말해주듯 멀리서 찾아오는 글벗이 그저 반갑고 기쁠 뿐이라는 표정들이다.

지난 3.1절 공휴 날에 열린 모임은 만세운동에 끼친 기독교계의 공과(功過)를 점검하는 자리이기도 했다. 그렇다고 무슨 절차나 기준 같은 것을 들이 대는 것이 아니고 회원들의 직접적인 체험담에서부터 시작하여 바로 한 세대 전 선인들의 시대정신을 담소(談笑) 섞어가며 환기(喚起)시키고 재조명하는 말 그대로 열린 대화의 광장이다.

여느 때는 그 달에 생일이 든 회원을 위한 오찬을 겸하여 본인이 걸어온 인생역정과 소회(所懷)를 듣는 것이 보통이다. 그러나 3월은 전임회장인 이용설(李容卨) 박사의 4주기가 든 데다 한국 YMCA창설에 이바지한 월남(月南) 이상재(李商在) 선생의 70주기가 든 달이므로 회원들은 저마다 남다른 감회에 젖어 그날의 감격을 되새기고 있었다.

감리교 감독을 지낸 오경린(吳慶麟, 83) 목사는 오찬 기도에서 나라가 어려움에 처했을 때 온 겨레가 하나 되는 정신을 일깨워준 만세운동의 뜻을 되새겨 주었으며 단군기원(檀君紀元)을 앞세워 종교를 초월하는 민족적인 단합을 과시했던 독립선언의 의미를 오늘에 되살릴 것을 기구(祈求)하였다.

## 하나 되는 민족 단합의 정신 일깨워

두 분이 다 비록 민족 대표 33인 가운데 이름이 오르지는 않았으나 그에 못지않은 활동을 기록하고 있으며 특히 독립선언 속의 비폭력 저항은 월남의 발상(發想)이었다는 증언이 있었다. 최근 들어 친일논란의 대상이 되고 있는 이갑성(李甲成)씨에 대해서는 세간에서 알고 있는 것처럼 교회목사 또는 세브란스 의전(醫專)과는 무관하고  병원 약국 직원의 신분으로 운동 대열에 동참하게 되었다는 사실을 연전(延專)의 김원벽(金元璧) 보전(普專)의 강기덕(康基德)과 함께 세브란스 의전의 학생 대표로 활약한 이용설 박사의 미망인 이재숙(李載淑, 66) 여사가 이 박사 생전에 들은 그대로 전해주었다.

당호(堂號)가 인산(忍山)이라는 성갑식(成甲植) 목사는 올해로 나이가 만 77세가 된다. 1920 년 3월 5일이 생일이라며 3.1운동이 아니었다면

이 세상에 태어나지도 못했을 거라는 출생의 비밀까지 다 공개하기도 했다. 만주에서 독립운동을 하던 그의 부친이 3.1운동의 한 계기를 마련해 주었던 고종(高宗)의 인산(因山, 임금의 장례, 즉 국장 國葬)을 보러 국내에 잠입했다가 자연스럽게 만세운동에 합류하게 된 것인데 그래서 호를 아예 발음이 같은 인산(忍山)으로 지어 부르게 되었다는 것이다.

## 독립선언문 낭독자 확인 토론회도

만세운동 당시 18세 소년이었던 최태영 회장은 세브란스 의전에 다니던 아버지가 서울서 가지고 온 독립선언서를 고향 장련(長連, 황해도)의 면장집 뒷방에서 등사하고 둥그런 놋 담배 재 털이를 엎어놓고 태극기를 그려 만세를 불렀다고 한다. 그러나 미성년이라는 이유로  형사 처벌 만은 면할 수 있었다는 최회장의 증언에 어느 한 여성회원은 그의 아버지가 당시 미성년자였는데도 옥고(獄苦)를 치렀다고 반론을 제기함으로서 지역에 따라 만세운동에 대한 대응방식이 달랐음을 말해주고 있다.

3.1운동과 관련된 또 하나의 해묵은 숙제가 이 모임의 끈질긴 노력으로 풀린 사례도 있다.

한국민족문화대백과(한국정신문화연구원, 1990)는 3.1운동 때 파고다 공원에서 독립선언문을 낭독하여 만세 시위를 점화(點火)시키는 데 결정적인 역할을 했던 독립운동가 정재용(鄭在鎔, 경신 儆新 중학 출신)이라는 인물항목(집필 김진봉 金鎭鳳)에서 그를 독립선언문 낭독자로 기록하면서 괄호 안에다 '일설에는 천도교인 청년이 낭독하였다고 함)이라는 단서를 달아놓았다. 이 모임의 회원이었던 원로 교육자 고 신봉조(辛鳳祚)씨가 이 한 줄의 단서의 부당함을 증명하기 위하여 쏟은 노력과 정성은 실로 대단한 것이었다. 이런 정도의 일은 공공연한 사실에 속하는 문제이기 때문에 그냥 넘어갈 수도 있을 법한데 일말의 의혹도 허용할 수 없다는 철두철미한 역사의식을 가지고 계묘구락부에서의 발의만으로는 미진(未盡)하다 하여 세종문화회회관 강당으로까지 끌고 가 시민 환시리(環視裡)에 입증 세미나를 열어 확인할 정도였다. 이 때 증인으로는 발제자인 신씨를 비롯하여 국회의원 임창모(林昌模)씨, 최태영 현 회장 등이 경신학교 동문 자격으로 증언을 했다.

## 종교 초월한 우리친목회가 뿌리

YMCA 창립 연도(1903)의 간지(干支)인 계묘(癸卯)를 따서 이름 붙인 계묘구락부 규약 제2조에는 단체 구성 목적을 '기독청년회 목적과 사업에 협조한다.' 로 명시하고 있다. 그러나 이 모임의 뿌리라고 할 수 있는 '우리친목회' (1931년 설립) 명단을 보면 종교를 초월하여 당시 지도층 인사를 거의 망라하고 있다. 일본이라는 공동의 적에 대항하기 위하여 연합전선을 폈던 3.1 운동이 그랬듯이 일부 친일 인사를 제외하면 그 구성이 참으로 다양하고 개방적인데 놀라지 않을 수 없다. 서기 1931년에 단기 4264년(신미 辛未 1월 3일)을 병기하여 작성한 명자교환록(名刺 交換錄)이라는 회원 명단을 보면 이른바 Y맨이 그 주류를 이루고 있다. 그 중에는 윤치호(尹致昊) 유성준(俞星濬) 유억겸(俞億兼) 신흥우(申興雨) 윤치오(尹致旿) 박용희(朴容羲) 여병현(呂炳鉉) 오하영(吳夏英) 등 이름만 들어도 금세 알 수 있는 당시 지도급 인사들과 국학자로서 광복 후 미군정 하에서 민정장관을 지낸 안재홍(安在鴻),초대 무교회주의자인 김교신(金敎臣) 등이 특히 눈길을 끈다. 다음으로 많은 수를 차지하고 있는 종교는 천도교로 권동진(權東鎭) 최린(崔麟) 나용환(羅龍煥) 이돈화(李敦化) 정광조(鄭廣朝) 권병덕(權秉悳) 등과 불교의 박한영(朴漢永) 한용운(韓龍雲) 등 각기 그 종단 교파의 대표적인 인물들을 망라하고 있다. 동학계의 한 지파인 창림 교주 김상설(金相卨)이 포함되어 있는가 하면 의병장 출신의 이득년(李得年, 일명 연년 延年) 기업인 민병호(閔竝鎬) 박승직(朴承稷) 언론인 송진우(宋鎭禹) 최정익(崔正益) 출판인 현병주(玄丙周) 민준호(閔濬鎬) 등 직업도 다양하다.

## 고로상전(古老相傳)의 뜻 이어

우리친목회의 뒤를 이어 1964년에 홍조회(鴻爪會)가 설립되었고 다시 그 뒤를 이어 설립된 것이 계묘 구락부이다.

종신 최고 연장제(年長制)를 체택하고 있는 회장직은 초대 김우현(金禹鉉) 2대 이용설(李容卨)에 이어 지금 최태영 회장이 3대 째다. 규약 상으로는 회원 자격을 60세 이상으로 규정하고 있으나 실제로는 80세 전후가 대부분이고 근자들어 연로 회원들을 모시고 다니던 60~70대 초반 몇이 정식 회원으로 가입이 허락되어 연령층에 약간의 기복(起伏)이 생겼다. 최근 몇 년래의 정회원 명단을 봐도 작고 회원의 수가 생존 회원 수를 윗도는 현상을 보이면서 고로상전(古老相傳)의 역할과 입지(立地)가 점점 축소되어 가는 듯한 느낌이다.

그러나 역사는 단절될 수 없으며 단절시켜서도 안 되는 생물(生物)과 같은 존재이기 때문에 오늘의 역사를 보다 충실하게 기록하고 남기겠다는 역사의식의 고취(鼓吹)를 그들은 필생의 사명(使命)으로 여기고 있었다.(1997.3)

# 원점(原點)으로의 회귀(回歸)

'20대 초반에 사회주의자가 못되는 놈도 바보지만 후반에 일본(日本)주의자로 돌아오지 않는 놈은 더 바보다.' 사회주의 열풍(熱風)이 전 세계를 품미(風靡)하던 1930년대 일본 청년들 사이에서 유행한 말이라고 한다.

## 개화(開化)의 수단으로 도입한 기독교

지적(知的) 호기심이 한창 왕성한 20대 초반이면 바로 대학생 시절에 해당한다. 마치 스폰지가 물을 빨아들이듯 메시지가 강한 이념 서적들을 섭렵(涉獵)하다 보면 미처 여과(濾過, 걸러냄)할 겨를조차 없이 심취(心醉)해버리고 마는 경우를 두고 하는 말일 것이다. 그런데 사회에 진출한 후반 들어 현실과의 괴리(乖離)를 경험하고 비판의식이 싹트기 시작하면서 다시 일본인으로 회귀(回歸)하게 된다는 것이다. 이것이 바로 수구초심(首丘初心, 고향을 그리워하는 마음)일 게다. 고향이나 제 나라로 돌아온다는 것은 자기 자신에게로 돌아온다는 뜻이기도 하니까.

이념의 속성상 천황제(天皇制)를 수용할 수 없었던 일본 공산당이 국민 여론의 역풍(逆風)을 맞아 '울며 겨자 먹기'로 본래 제 자리로 돌아올 수밖에 없었다는 이야기도 이 같은 일본 만의 특수한 사정을 그대로 반영하고 있다.

임진왜란 때 서양 선교사가 종군(從軍)을 했다는 기록이 있는 것을 보면 일본에 기독교가 전래된 것은 우리보다 적어도 4백여 년은 앞서 있다고 보는 것이 옳을 것이다. 그런데 지금 그 교세(敎勢)를 보면 아주 미미해서 전체인구의 1%대에도 한참 미치지 못한다. 언젠가 '배내 기독교인'을 자처하는 무호(無號) 최태영(崔泰永, 1900년생) 선생께 그 이유를 물어본 적이 있다. 그것은 바로 문화를 수용(受容)하는 자세에서 비롯된 편차(偏差)라는 것이다. 일본 사람들은 기독교를 단지 서구 과학문명을 도입(導入)하기 위한 개화(開化)의 한 방편(方便)으로 삼았을 뿐이라는 것이다. 이 말을 뒤집어보면 기독교라는 종교 그 자체에는 매몰(埋沒)되지 않았다는 뜻이기도 하다. 그래서 일본에는 구미(歐美) 유학파나 정재계(政財界)의 엘리트층에 기독교인이 집중적으로 분포되어 있다는 것이다. 걸핏하면 폭주(輻輳, 쏠림) 현상으로 몸살을 앓고 있는 우리와는 여러모로 대비되는 대목이다.

흔히 일본을 일러 불교국가라고 말하지만 정확하게는 신불(神佛) 국가라야 맞다. 일본 전래의 고유 신도(神道)와 불교를 안팎 한 몸으로 보기 때문이다. 그들에게 있어 신불은 모든 사고(思考)와 행동의 틀을 제공하는 원동력이며 어떠한 외풍(外風)에도 쉬 흔들리지 않는 균형추(均衡錘) 구실을 한다. 그들은 이를 일러 화혼양재(和魂洋才)라고 했다. 화(和, 야마토)는 일본 역사상 최초의 고대국가 이름에서 따온 일본의 다른 표현으로 '일본 정신에 서양의 기술'을 하나로 융합시킨다는 이 슬로건은 그들의 근대화를 이끄는 견인차(牽引車) 구실을 하였다. 화혼(和魂), 즉 일본 정신이라고 하면 말할 것도 없이 그들의 역사와 문화가 한데 용해(溶解) 되어 만들어 낸 힘일 것이다. 그들이 사상적으로 방황하다가도 돌아올 수 있는 원점(原點), 즉 고향인 셈이다.

## 전통에 대한 긍지(矜持)와 자부심.

이런 그들의 정신력을 지나치게 강조하다보면 뒤따르는 폐해(弊害)도 적지 않다. 일본 군국주의(軍國主義)의 발호(跋扈)는 바로 그 대표적인 예 일 것이다. 2차 대전 막바지에 눈만 뜨면 귀가 따갑도록 듣던 구호가 다름 아닌 대화혼(大和魂), 즉 야마토다마시였다. 그들이 근대화를 통해 축적(蓄積)한 국력을 아시아 정복, 나아가서는 세계 정복이라는 헛된 꿈으로 소진(消盡)하고 궁여지책(窮餘之策)으로 메마른 일본정신만 외쳐 댄 꼴이 되고 만 것이다.

자업자득(自業自得)이라고 일본의 패전은 이미 예정된 수순이었는지 모른다. 그러나 그들은 폐허(廢墟)의 잿더미 위에서 오늘의 일본을 다시 일궈 냈다. 그 저력(底力)이 바로 개인에 앞서는 그들 특유의 공동체 정신에서 비롯되고 있다는 것이다. 이런 그들의 정신력은 지진(地震)같은 자연재해가 유난히 잦은 환경적인 특성도 물론 작용을 했으리라고 보지만 그 보다는 공유(共有)할 수 있는 가치, 즉 자기 역사와 문화, 전통(傳統)에 대한 긍지(矜持)와 자부심이 유달리 강하기 때문이라는 것이다.

조선 말기 사세동점(西勢東漸)의 격류(激流)를 차단하기 위한 자구책(自救策)의 일환으로 운양(雲養) 김윤식(金允植, 김홍집내각의 외무대신)이 제창한 동도서기론(東道西器論, 전통적인 제도나 도 道, 즉 사상은 지키되 근대서구적인 기술, 즉 기 器는 받아들이자는 이론)이나 같은 시기 중국이 소위 양무운동(洋務運動)의 기치로 내세웠던 중체서용론(中體西用論)도 내나 같은 범주(範疇)에 속하는 시도(試圖)들이었다. 그러나 결론부터 말한다면 뒤늦게 시작된 우리의 이 운동은 뿌리를 내리지 못하고 뒤이어 일본에 합병되는 바람에 계승 발전할 여지가 없었다.

흔히 일본인들을 일러 모방적 창조(模倣的創造)에 능하다고 한다. 어느 민족이나 처음에 외래문화를 받아들일 때는 모방에서 출발하지만 그것을 자기 것으로 재창조하는 능력이 그들은 뛰어나다는 것이다. 반면에 우리는 소중화(小中華)를 지향하고 자처하던 조선조 이래의 인습(因襲) 때문인지 몰라도 외래문화에 대해 취사선택(取捨選擇)의 겨를조차 없이 쉽게 동화(同化)되고 한꺼번에 외곬으로 쏠리는 경향이 있는 것 같다. 자기문화에 대한 긍지(矜持)가 그만큼 약하다는 반증(反證)이며 자기 정체성(正體性)에 대한 치열한 고민을 하지 않는다는 뜻이기도 하다. 좀 더 구체적으로 말하면 공부, 특히 독서를 많이 하지 않는데서 오는 필연적인 결과라는 것이다. 지난해 일본 동부 대지진 때 피해지역 주민들이 옷과 식료품 다음으로 책을 원했달 만큼 높은 독서열로 십 수 년래 독거율(讀書率) 세계1위의 자리를 견지하고 있는 일본에 비하면 더욱 그렇다.


## "동의보감(東醫寶鑑)을 아십니까?"

이 같은 일본인들의 사고와 대비되는 예화(例話)가 있다. 60년대 서울에서 성업(盛業)을 이루던 한 유명 소아과 의사가 당시 의학의 메카라는 독일 유학을 갔을 때 겪은 일이라고 한다. 하루는 담당 교수가 이 의사에게 "당신네 나라의 의서(醫書)인 허준(許浚)의 동의보감(東醫寶鑑)에 대해서 아느냐."고 물어왔다고 한다. 그냥 모른다고 했으면 차라리 나았을 것을 제나라 의서도 모르는 '무식쟁이'를 면한답시고 "그런 게 있기는 있는데 별로 가치가 없어 잘 보지 않는다."는 사족(蛇足)을 붙인 것이 화근(禍根?)이었다. 이 말을 들은 독일인 교수 곧바로 정색을 하며 "아니 우리는 벌써 그 책을 번역까지 했는데 별 것이 아니라니 그게 도대체 무슨 말이요. 당신네들이 아무리 서양의학을 잘 한다 해도 우리 본 고장 기술을 따라오겠오? 당신네 선조가 만든 의서부터 먼저 공부하는 것이 순리(順理)가 아니겠느냐."고 조근 조근 조목을 대며 따지듯이 말하더라는 것이다. 당장은 쥐구멍이라도 찾고 싶을 만큼 창피했지만 그는 다행이 귀국해서 교수가 들려준 말 그대로 새잡이로 동의보감을 공부하여 전보다도 오히려 더 인기 있는 소아과 의사가 되었다고 한다.

이번에는 영국의 한 대학에서 있었다는 이와 비슷한 유형(類型)의 이야기가 우리들을 한없이 부끄럽게 만든다. 미술사를 전공하기 위해 그곳 대학에 유학을 간 젊은이에게 담당 교수가 너의 나라 경주(慶州)에 있는 석굴암을 보았느냐고 묻더라는 것이다. 가보지 못했다고 솔직하게 말하자 "세계적인 자기나라 명작(masterpiece)도 모르는 사람에게 어떻게 미술사를 강의하겠느냐"며 당장 다시 가서 보고 와야만 청강(聽講)을 허락하겠노라고 하더라는 것이다. 자못 엄숙하기까지 한 교수의 일갈(一喝)에 그 길로 봇짐을 싸들고 귀국해 석굴암을 답사하고 다시 돌아가 비로소 학교 입학을 허락 받았다는 윤리교과서의 한 대목을 연상케 하는 이런 사례들이 우리나라 지식인들의 전통문화에 대한 인식의 현주소를 말해주는 것 같아 씁쓸하다. 요즘은 예외(例外)가 더러 있긴 하지만 독일인

교수 말따나 우리는 아무리 노력해도 서구문화의 본령(本領)에는 미치지 못하는 아류(亞流)에 그치고 마는 한계가 있게 마련이다. 우리가 전통문화를 중히 여기고 나아가 서구문화의 한국화를 시도하는 것은 이 같은 한계를 극복하기 위한 노력의 일환이라고 보아야 한다. 우리 지식인들 사이에서는 전통문화를 강조하게 되면 곧바로 국수주의(國粹主義,쇼비니즘)와 연결 지어 거부반응(拒否反應)을 일으키는 경우가 많은데 국수(國粹)에 대한 뜻을 정확히 몰라서 하는 소리다. 국수는 글자 그대로 그 나라 고유문화의 정수(精髓)를 말하는 것이다. 이를 유지 보존하는 것은 국민된 당연한 도리다. 다만 그 단계를 넘어 남의 나라의 그것을 배척하거나 비하(卑下) 하는 것이 나쁘다는 것이다.

이와 유사(類似)한 개념으로 민족주의에 대한 인식이 또한 양극화되어 있다. 일부 진보적 인사나 종교인들 중에는 민족주의 하게 되면 마치 구시대의 망령(亡靈)이 되살아난 것처럼 알레르기 반응을 일으키는 경우가 있는데 그들의 논지(論旨)인즉슨 19세기 제국주의적 민족주의만 보고 일방적으로 재단(裁斷)하는 과오(過誤)를 범하고 있는 것이다. 그들의 대척점(對蹠點)에 섰던 약소민족의 저항(抵抗)민족주의에는 눈을 감고 자기류(自己流)의 논리적(論理的) 함정에 빠진 결과다.

그리고 또 어떤 사람은 제나라 전통문화를 고집하거나 민족을 강조하면 마치 세계화(世界化)에 역행(逆行)이라도 하는 것처럼 백안시(白眼視)하는 경향이 있는데 그들은 세계화를 패권(霸權) 논리로만 재단하는 과오를 범하고 있는 것이다. 만약 지구라는 화원이 세계화(世界花)라는 꽃 일색으로 뒤덮인다면 그것이 얼마나 살풍경(殺風景)스럽겠는가 한 번쯤 상상해 보았는가.

진정한 세계화의 길은 민족 저마다의 특색을 살린 5색으로 물든 화원처럼 다양성(多樣性)을 살리는 데 있는 것이다. '따뜻한 피가 흐르는 세계화'란 바로 이를 두고 이르는 말일 것이다. (한글+漢字 문화,2012.3월호)

# 일본에 대한 가장 큰 오해

나는 국민 학교(현 초등학교) 5학년까지 일제하에서 교육을 받고 자랐다. 그것이 무슨 자랑거리라도 돼서 새삼스럽게 끄집어내는 것은 아니지만 그렇다고 크게 부끄러울 것 까지는 없다고 생각해서 밝히는 것이다.

오히려 이 때 교과서를 통해 배운 '남을 배려하는 마음' 을 60년도 더 지난 지금까지도 또렷하게 기억하고 있을 뿐만 아니라 공중 석상이나 젊은이들과 대화할 때 곧잘 인용하기까지 한다.

## 남을 배려하는 마음

일본의 한 퇴역 장군의 평범한 이야기다. 러일전쟁 당시 러시아가 자랑하는 난공불락(難攻不落)의 요새(要塞) 여순(旅順, 현 旅大) 항을 공략하여 많은 희생자를 내었으나 끝내 이를 함락시키고 봉천(奉天, 현 심양 瀋陽)회전으로 육전(陸戰)에서 승전을 거둔 사령관 노기(乃木希典)의 전공담(戰功談)이나 비장한 그의 최후를 말하려는 것은 물론 아니다. 일본인들에게는 군신(軍神)과도 같은 전쟁 영웅으로 추앙받고 있는 그가 어느 비오는 날 전차 칸에서 빈자리가 있는데도 앉지 않고 서서 가는 것을 보고 한 시민이 자리를 권했다. 그러나 그는 "내가 입은 우비(망또)가 비에 젖어 자리에 앉으면 다른 사람에게 피해를 주기 때문에 앉을 수 없다"고 그 시민의 청을 사양했다는 것이다. 이것이 내가 배운 수신(修身) 교과서 내용의 전부다. 어찌 보면 그는 당연한 처신을 한 것이고 또 별 것도 아닌 것을 가지고 내가 오히려 과잉(過剩) 반응을 하는 것 아니냐고 나무라실 분도 있겠지만 가녀린 유소년의 가슴에 한 번 각인된 기억의 여운(餘韻)이 이토록 길고 질길 줄은 사실 나 자신도 미처 몰랐다.

20여 년 전 한 신문사가 주최한 '일본 속의 한국문화 탐방' 프로그램에 참여하여 그 유명한 벳부(別府) 온천에 들었을 때의 일이다. 우리 일행은 이미 들어 있던 서너 명의 일본인들과 함께 목욕을 하게 되었는데 그들은 하나같이 딱딱한 시멘트 바닥에 단정하게 무릎을 꿇고 앉아 남에게 물이 튀길세라 대야 물을 조심조심 몸에다 붓고 있었다.

전철 안에서 어린아이들이 버릇없이 굴거나 떠들 때 "그렇게 하면 옆 사람에게 폐가 된다"(고메이와꾸데스)고 부모가 한마디만 하면 대부분은 그 자리서 행동을 멈춘다고 한다. 어린 아이들뿐 아니라 심지어는 산모가 아이를 낳을 때 겪는 산통(産痛)도 마음 놓고 호소하지 못하게 한다는 것이다. 소리를 지르면 이웃에 폐가 된다고 그야말로 생사의 기로에서도 이를 악물고 참아야하는 어찌 보면 비인간적이기까지 한 일본인들의 공동체 우선 의식이 섬뜩하게 느껴질 때도 있다.

이런 식으로 일본인들은 어려서부터 공동체 의식 교육을 생활화 하고 있다는 것이다

전철역 같은데서 에스컬레이터를 탈 때도 남을 배려하는 그들의 정신

은 여일하게 발휘된다고 한다. 비어있는 왼쪽 통로를 이용하는 바쁜 사람들이 지나가다가 혹여 걸리기라도 할까봐 왼 손에 들었던 핸드백이나 가방을 모두 오른 쪽 손으로 옮겨 들 정도로 세심하게 신경을 쓴다는 것이다. 이쯤 되면 그들의 질서의식은 예술에 가깝다고 이를만하다.

공동체를 떠받치는 또 하나의 축(軸)은 바로 신뢰다. 그 부피에 따라 사회의 건전성이 좌우되기 때문이다.


## 아름다운 질서의식

지금은 고인이 되었지만 나의 고등학교 동문 중에 과수원을 경영하는 친구가 있었다. 선진 기술을 배우기 위해 해외 산업 시찰이니 연수를 한창 다니던 시절이었으니까 아마 1970 년대 초 중반쯤 되었을 것이다. 이 친구 일본 북해도 어느 과수 농장으로 시찰 견학을 갔는데 때마침 태풍이 휩쓸고 지나간 수확기의 과수원은 차마 눈 뜨고 볼 수 없는 쑥대밭으로 변해 있었다고 한다. 선진 기술 견학하러 왔다가 졸지에 피해복구 작업을 하게 생겼다고 과수원 여기저기를 둘러보던 그는 무심코 땅바닥에 떨어진 탐스러운 사과 한 알을 집어 들었다고 한다. 이 때 비명에 가까운 큰 소리와 함께 돌진하다시피 달려온 농장 주인이 내 친구 손에 들려 있던 사과를 나꿔채듯 뺏어가더라는 것이다. 그리고는 아직 나무에 달려 있던 사과 한 알을 따가지고 건네주면서 '멀리서 오신 손님인데 어떻게 땅에 떨어진 과일을 대접할 수 있겠느냐' 고 하더라는 것이다. 그러나 정작 내 친구가 감동을 받은 것은 그 다음 대목에서다. 주인 하는 말이 나무에 그대로 달려 있는 놈은 백화점으로 나가고 땅에 떨어진 낙과는 모두 길거리 좌판에 헐값으로 팔려나가는 데 그러면 그 분류작업은 어떻게 하느냐고 묻자 그것은 당연히 자신들이 스스로 한다고 하더라는 것이다. 우리 상식으로 연상(聯想)하기 쉬운 유관 조합이나 제 3자의 개입 없이 말이다.

말로만 듣던 일본인의 '친절한 길안내'를 나도 직접 한 번 받아본 일이 있다. 역시 '일본 속의 한국문화 탐사' 길에서다. 백제 유적이 제일 많고 한국인이 가장 많이 산다는 왓쑈이 마쓰리의 고장 오오사카(大阪)의 한 재래시장 골목에 살고 있다는 홍순영(洪淳榮, 삼국사기연구회회장)이라는 교포 집을 찾아가는데 초행인데다 밤길이라 달랑 주소 한 장 가지고 찾아가기에는 지금 생각해보아도 모험에 가까운 외출이었다. 전철역에서 내려 만난 교차로 횡단 길에서 한 행인을 붙들고 주소지를 들이대며 길을 묻자 그는 시장의 위치를 지도를 그리듯 아주 상세하게 가리켜 주었다. 그리고 내가 길을 건너 막 한 발걸음을 때려고 하는데 뒤에서 "센세이(선생)"하는 소리가 들려 돌아보니 방금 길을 가리켜 준 그 일본인이었다. 숨을 헐떡이며 뒤따라온 그는 시장 들어가는 길이 2개가 있는데 두 번 째 길로 들어가야 길도 밝고 넓다고 일러주는 것이었다. 그리고 돌아서는 그 행인의 뒷모습에서 나는 그들이 교실에서 늘 강조하던 거짓없는 마음, 마코도(誠)를 다시 보게 되었다.

## 공동체 우선 정신

일본 근로자들은 생산성의 바로미터가 되는 노동의 질(質), 즉 업무에 대한 집중도가 대단히 높다. 근무시간 중 사적(私的)인 휴대전화는 받지도 걸지도 않을뿐더러 업무가 생기면 사적인 약속은 즉각 취소하는 게 상식으로 되어 있다. 이른바 도타캰이다. 막바지에서 취소(cancel)한다는 일본어와 영어의 합성어다. 특히 공직의 책임자가 비록 공무중이라 하더라도 만약 돌발사태가 발생했을 때 제자리에 없으면 책임을 면키 어려운 게 일본 사회의 공직 윤리다. 좀 더 리얼하게 말하면 대우를 받는 만큼 그 값을 한다는 뜻이다.

지난 번 동부대지진 때 보여준 일본인들의 얄미우리만큼 침착하고 성숙된 시민의식은 바로 앞에서 든 이런 여러 가지 요인들이 한데 녹아 섞이면서 일어난 시너지 효과라고 할 수 있을 것이다. 언론인 이규태(李圭泰)는 일본인의 질서의식에 대해 좀 더 근원적인 접근을 시도하고 있다. 그는 자신의 이름을 딴 '李圭泰 코너'에서 도쿠가와(德川)막부시대 상인 또는 장인(匠人)들로 구성된 죠닝(町人) 집단이 자신들의 경제를 유지하기 위하여 직업별로 일종의 의사혈연(擬似血緣)관계를 맺고 횡적으로 확대하는 이에모토(家元, 종가 宗家 같은 집안의 중심)를 향한 의리와 질서를 강화하는 요인으로 작용했다고 보고 있다. 즉 집단을 우선으로 하는 죠닝 근성(根性)의 발로로 본 것이다.

그런데 마치 윤리교과서의 주인공 같은 이런 일본인들이 일단 집단화하게 되면 끝없이 광포(狂暴)해지고 광란화(狂亂化)하는 이유는 무엇일까. 많은 사람들이 롤라스케이트를 타듯 극에서 극으로 치닫는 그들의 두 얼굴을 이해할 수 없다고들 한다.

1923년의 동경대지진 때는 사회주의자를 척결한다는 구실로 관헌의 비호를 받은 민간 자치기구인 이른바 자경단(自警團)원들이 조선인 집을 일일이 찾아다니며 그것도 죽창으로 6천여 명을 참살하는 일대 학살극을 벌여 지진으로 무너진 폐허 더미를 조선인의 피로 물들였다. 이보다 앞선 1920 년 청산리 대첩 이후 일본군은 마치 인간사냥을 하듯 간도지방 한인들을 갖은 잔학한 방법을 다 동원하여 학살하였다. 오죽하면 이 참상을 목격한 서양 선교사가 "피에 젖은 만주 땅이 바로 저주받은 인간사의 한 페이지"라고 하늘을 우러러 탄식했겠는가. 일제는 만주와 연해주 일대에서 활약하던 독립군의 근거지를 발본색원(拔本塞源)한다는 명목으로 동 북 서 3 방면에서 정규군(관동군 關東軍과 연해주 포조군 浦潮軍)을 동원한 투망 식 작전으로 무고한 한인들을 싹쓸이 한 것이다. 이것이 경신(庚申) 대참변이다.

## 집단화하면 광란(狂亂)하는 이유

일제시대 이후 전해오는 말로 '조선 사람은 한 사람 한 사람을 놓고 보면 그렇게 똑똑하고 야무질 수가 없는데 두 사람만 모여도 단합을 못하고 다투는가 하면 일본 사람들은 개인적으로는 별로 똑똑치 못한데도 단결 하나는 참 잘 한다.' 는 투의 그들 특유의 집단주의적인 성격을 곧잘 지적하곤 했다. 이 같은 직설적인 한일 양 국민의 성격진단과 그들의 집단주의적 속성(屬性)의 연원(淵源)을 나는 명치(明治)시대 주역으로 활약했던 사상가이자 교육가인 후쿠사와(福澤諭吉)의 '탈도덕(脫道德) 외교'에서 찾고자 한다. 개화파의 주역으로 갑신(甲申) 정변(1884)을 이끌었던 김옥균(金玉均)의 후원자로도 잘 알려진 후쿠사와는 일찍이 '외교에는 도덕적 원소(元素)가 없다' 고 국가이익을 위해서는 수단과 방법을 가리지 않는 마캬베리식 전술 전략 구사를 정당화하고 있었다. 앞에서 언급한 죠닝(町人) 근성하고도 상통하는 대목이다. 즉 '국내정치는 강대한 권력에도 대의명분이 있고 도덕상의 의리도 있으며 개인의 행동이 명분이나 도덕에 의존하기도 하지만 외교적인 전략 구사를 함에 있어서는 도덕적인 원소가 거의 없으며 대의명분론 또한 쓸모가 없다.' 는 주장이다. 국제관계에서는 영원한 적도 영원한 친구도 없다는 말과도 상통하는 말이다. 오로지 국가이익, 즉 공동체의 보호와 존속만이 궁극의 목표가 된다는 뜻이다. 흔히 국내정치에서 통용되는 명분의 연장선상에서 국제 사회의 그것을 동일시하거나 혼동하기 쉽다. 지난 번 동부 대지진 때 유달리 정(情)에 약한 한국인들이 자국민의 재난구호 못지않게 전국적인 구호 켐페인을 전개하여 지극 정성을 다 쏟았는데 바로 그 다음날  일본은 독도 영유권을 주장하는 교과서 발행을 승인하는 조치를 내려 전 국민의 분노를 산일이 있다. 그들은 이웃나라의 조건 없는 선의(善意)와 독도의 영유권은 전혀 별개의 문제라고 보고 있는 것이다. 논리적으로나 실질적으로 틀린 말은 아니지만 이 문제를 놓고 분개하는 우리와 그들 사이에는 분명 눈에 보이지 않는 하나의 선이 가로놓여 있다.

일본 기업이나 언론에서 "일본 기업은 한국에 추월당했다"고 곧잘 '한국 치켜세우기(선동 煽動,오다데)' 를 하며 전전긍긍(戰戰兢兢)하는 약세(弱勢)를 보이는데 이는 고슴도치가 적의 공격에 일시 몸을 움츠리면서 반격을 노리는 위장 전술의 하나라는 것이다. 일본기업들은 사상  유례 없는 엔고(圓高)에 겉으로는 이처럼 다 죽어가는 시늉을 하면서도 속으로는 오히려 실속을 챙기고 있으며 특히 우리 수출의 대종(大宗)을 이루고 있는 I T산업 원천기술 로열티만 해도 유럽 전체 수출 흑자와 맞먹고 있다는 사실을 그들은 내심(內心) 즐기고 있는지도 모른다.

그런데 이런 사실을 아는지 모르는지 한국의 정치인이나 기업인들은 "이제 일본은 끝장났다"는 식으로 큰소리를 치는가 하면 언론은 또 언론대로 앞장서서 나팔을 불어대고 있다. 일본인들의 속마음을 말하는 혼네(本根)와 겉치레 표현을 뜻하는 다데마에(建前)와의 간극(間隙)을 그토록 뼈아프게 경험했으면 이제는 알만도 한데 아직도 정확하게 읽지 못하는 것 같아 안타깝다. (한글+漢字문화, 2012. 1월호)

# 많은 안양시민들이 걱정하는 것은…

최근 사회적으로 물의를 빚고 있는 이종걸(李鍾杰)의원의 여성 비하 적인 저질 발언을 듣고 문득 30여 년 전 주한 미군 사령관 워컴의 '들쥐 론'이 떠오른 것은 내가 생각해도 좀 생뚱맞기는 하다. 그러나 그가 배설 하다시피 쏟아냈다는 말 그 자체보다는 그 후에 자신이 한 말을 변명한 답시고 엎치락뒤치락하는 과정에서 드러내 보인 그의 행태가 꼭  들쥐 생태(生態)를 어찌 그리도 빼닮았는지 나도 놀라서 하는 말이다.

원래 초원에서 서식하는 들쥐란 놈이 낮이면 모두 밖으로 나와 먹이 를 좇다가 매(鷲)나 들 고양이 같은 천적이 나타나면 약속이나 한 듯 일제 히 제 굴 속으로 몸을 숨겼다가 적색경보가 풀렸다 하면 다시 모두 머리 를 밖으로 내밀곤 한다는 것이다.

1980년대 전두환(全斗煥)의 신군부 정권이 등장하자 당시 사령관 워 컴은 이런 들쥐의 속성에 빗대서 "한국인은 들쥐와 같아서 누가 어떤 방 법으로 지도자가 되던 전후좌우 따지지 않고 옳고 그름을 분별하지 못하 고 그를 따른다."는 뜻으로 한국인을 폄하했던 것으로 기억하고 있다. 다른 한편으로는 영리하고 민첩한 사람을 일컫는 긍정적인 뜻으로 쓰이는 경우가 없지는 않지만 일반적으로 강자에게는 조건 없이 굴종한다는 인정하고 싶지는 않지만 부정할 수 없는 우리의 치부(恥部)를 건드려 모멸감을 안겨준 이 말을 지금 새삼스럽게 끄집어내는 이유는 다른데 있는 것이 아니다. 수권정당을 자임하는 국내 유수의 한 공당의 최고위원으로 지도자 반열에 있는 사람의 입에서 평범한 시민도 민망해서 차마 입 밖에 내기가 부끄러울 막말을 뱉어내 놓고 산지사방에서 비난이 쏟아지자 황급히 다시 주워 담으면서 한다는 소리가 '그년'은 '그녀는'의 줄임말 운운하며 국문학의 영역까지 넘나들며 엘리트다운 기지(機智)를 발휘하더니 이번에는 '최선의 방어는 공격'이라는 고전적 전술을 전수라도 했는지 "그 표현이 약하니 더 세게 하라"고 격려하는 동조자도 있다는 투로 전날의 사과를 180도 뒤집고 박정희라는 '동네북 치기'로 또 다른 새로운 전선(戰線)을 형성하는 노련함을 보이기도 했다. 이렇게 자신이 한 말을 연거푸 뒤집는 자가당착(自家撞着)으로 결국 궁지에 몰리게 되자 뒤늦게 다시 '유감'을 표하며 "앞으로 언행을 신중히 하겠다."고 했으나 이미 보일 것은 밑바닥까지 다 뒤집어 보인 터라 그의 사과가 마치 '사또 행차 뒤의 나팔'처럼 더 이상 주목을 끌지는 못했다.

6형제 종중(宗中)의 전 재산과 끝내는 자신의 목숨까지도 구국(救國)의 제단에 바친 그의 친할아버지인 우당(友堂) 이회영(李會榮)의 노블레스 오블리주(지도층의 도덕적 의무) 정신은 이제 독립운동사의 머리를 장식하는 살아있는 고전(古典)이 되었거니와 특히 신분과 성(性)의 봉건적 차별을 경계하여 노비에게도 존대 말을 쓰고, 여성의 인권에도 각별한 관심을 기울인 나머지 청상과부가 된 누이를 거짓 부고(訃告)를 내어

몰래 재혼까지 시켰다는 오늘 아침(8.13) 신문의 한 칼럼을 보고 이종걸 의원의 그 저질스러운 말 한마디가 얼마나 참혹한 '할아버지 죽이기'의 비수가 되어 되돌아올 것인가 생각만 해도 끔찍스럽다. 그가 관록을 자랑하는 4선 국회의원 임기보다도 오히려 더 긴 20수년을 안양에 터 잡고 살면서 다시 맞이하는 8.15를 앞두고 그가 선거 때만 되면 마치 트레이드마크처럼 달고 다니던 그의 할아버지 이름에 혹여 그 먹물이 튀지나 않을까 걱정이 돼서 하는 소리다. (2012.08)

# 화곡동



"화곡동은 아직도 멀었어요?"

시내를 갓 빠져나온 김포행 급행 버스가 제2 한강다리를 넘어서서 잇어버린 듯 한참을 달릴 무렵 옆자리에 앉았던 아내가 운전기사에게 실망어린 얼굴로 묻는다.

## 내 집 마련과 아내의 눈물

아직은 찌늘한 노염(老炎)이 닳아 오르던 초가을 녘이었으나 뉘엿뉘엿 영글어가는 김포 들을 끼고 달리는 차창(車窓)에는 어느새 엷은 가을빛이 스며들고 있었다.

여름내 짜증이 절로 나는 도심의 잡답(雜沓)과 후덥지근한 빌딩 냉방 속에서 복닥거리다 모처럼 교외로 나오니 우선 가슴이 후련해진다. 마음껏 숨이라도 들이쉬고 싶어진다.

"아! 참 바깥 경치가 좋구먼."

슬그머니 딴전을 피우며 아내의 얼굴을 살폈다. 그런데 그는 울고 있는 것이 아닌가. 두 눈에서 흘러내린 눈물이 속눈섭을 함초롬히 적시고 있었다. 내 딴에는 위로도 겸해서 시내에서 조금 멀긴 해도 대신 때 묻지 않은 자연 경관이 있으니 괜찮지 않겠느냐고 아내의 의향을 한 번 떠보려고 한 것인데 이건 뜻밖의 낭패였다. 말로만 듣고 찾아가는 화곡동이 교외라는 것을 모른 건 아니었지만 이처럼 멀 줄은 미처 몰랐던 모양이다.

'내 집' 하나를 마련하기 위해 그토록 애를 태우던 아내가 눈물바람 하는 것을 본 나도 어쩐지 기약 없이 멀리 떠밀려 내려가는 것 같은 유배(流配) 심리에 주체할 수 없는 소외감(疎外感)이 뭉클하고 가슴속으로 밀려든다.

이제 자세히 보니 아내의 얼굴은 눈에 띄게 그을어 있었다. 첫 아이를 낳고부터 살림과 아이돌보는 일인이역에 시달린 탓인지 화장도 제대로 먹지 않은 두 볼이 까칠한 게 윤기마자 없어 보였다. '내집' 은 집념보다도 더 강한 도시인에게는 하나의 신앙에 가까운 것이었다.

'내집' 작전에 뛰어든 지난 한달 동안 우리 부부는 잠잘 때를 빼놓고는 거의 모든 시간을 '내집' 설계에 쏟아왔다. 그 중에도 아내의 고심(苦心)은 나보다 갑절은 더 했다.

## 바늘구멍 같은 제비뽑기

자질구레한 수속 서류를 떼는 것은 그만두고라도 우선 제일 급한 돈 구변을 아내가 도맡다 시피 했으니까. 이리 뛰고 저리 뛰고 정 급할 땐 돌도 안 지난 어린 것을 들쳐 없고 뙤약볕 속을 가르마질 하는 그야말로 전쟁이나 다름없었다.

그렇다고 어디 맡아 놓고 드는 집도 아니다. 4대 1이니 5대 1이니 하는 높은 경쟁률을 뚫어야만 하는 제비뽑기 준비에 우리는 벌써 진이 빠질 데로 빠져 있었다. 사회에 발을 디딘지 10년이 다 되도록 하다못해 그 흔한 타올 쪽 하나 당첨되어본 일조차 없는 나에게 이런 어마어마한 행운이 돌아오리라고는 생각조차 할 수 없는 일이었다. 경제적으로 좀 여유가 있는 사람들은 서류를 두 셋 식 집어넣어 바늘구멍 같은 확률을 낚아보려고 노력을 한다지만 달랑 서류 하나를 만들어 접수시키는데도 안간힘을 다 해야만 했던 우리 처지로서는 이제 요행수를 바라는 길밖에 달리 뾰족한 묘수가 없었다. 그나마 아주 희미한 요행수를.

'0번' 'xx번' 마치 마술사가 '매직 스틱'을 내어젓듯 뽑아드는 빨강 노랑 파랑표 딱지에 수백의 눈과 귀가 곤두섰다. 며칠 전 마포 아파트 잔디밭. 베란다마다 울긋불긋 나부끼는 빨래를 바라보고 있노라면 아파트는 막 항구를 떠나는 거함(巨艦)처럼 마스트에 깃발을 올리고 선실은 흥청거리는 도박장 같다. 금시 일확천금이라도 할 것 같은 착각 속에 밤새 논밭을 홀랑 털어 바친 새벽녘의 봉 잡이처럼 어설픈 웃음을 흘리며 자리를 뜨는 사람, 룰도 아랑곳하지 않고 흥분하는 응원 꾼처럼 귀 창이 찢어질듯 한 외마디 소리를 내지르며 느닷없이 자리를 박차고 일어서는 격돌파, 중반전에 접어든 잔디밭 경첨장(更籤場)은 갑자기 술렁거리기 시작했다.

## 여정(旅情)달래주던 '코스모스 소녀'

"까짓 거 안 되면 그만이지." 제법 대범한척 말한 나도 차차 초조한 빛이 짙어져 갔던 모양이다. 내 한쪽 손을 꼭 쥐며 바라보는 아내의 얼굴도 침착을 잃지 않으려고 무던히 애를 쓰는 기색이었다. '00번' '00번' 하며 노상 입 속으로 되뇌던 그 번호가 호명되는 순간 아내와 나는 누가 먼저 대답을 했는지 지금도 기억이 아련하다. 다만 하나의 집념을 딛고 일어선 뒤의 허탈감(虛脫感) 같은 것이 엄습해와 온 몸을 나른하게 짓누를 뿐이었다.

시원스레 뻗은 아스팔트 길 섶을 따라 그림 같은 코스모스 라인이 눈앞에 펼쳐진다. 이 때 어느 신문에선가 본 일이 있는 '경인(京仁) 가도의 이름 모를 코스모스 소녀'가 문득 생각난다. 꼭 무슨 사연이라도 담겨 있을 것만 같은 코스모스의 멋없이 긴 목이 바람에 하늘거리고 있었다. 남몰래 꽃을 가꾸어 오가는 나그네의 고달픈 여정(旅情)을 달래주려던 그 소녀의 얼굴이 자꾸만 하얀 코스모스 꽃잎마다 겹쳐서 떠오른다. 여정이란 바로 이런 거려니… 주체할 수 없이 밀려드는 감상(感傷)을 털어버리려고 애를 쓰며 흙먼지가 풀썩 거리는 황토 길로 접어들었다. 얕으막 한 산 밑창을 깎아서 닦은 시골 신작로 같은 길이었다. 아직 푯말 조차 없는 버스 정류소에서 우리는 내렸다. 마을까지는 1킬로 남짓한 거리였으나 연못을 끼고 산등성이를 안고 한참을 헤치고 들어간 끝에 두리두리 말발굽 모양의 분지형 주택단지가 나타났다.

## 윤곽 드러낸 황야의 뉴타운

서부극에 흔히 등장하는 황야의 뉴타운처럼 여기저기서 집짓는 망치소리가 요란스럽게 들려온다. 한 곁에선 불도져로 땅을 밀어서 다지고 인스턴트 제재소에서는 건축 목재가 더미로 쏟아져 나온다. 벌써 큰 길 여기저기에는 약삭빠른 복덕방 업자들이 진을 치고 앉아 잔뜩 매기(買氣)를 부추기고 있다. 어느 집이 걸리게 될 지 그것도 또 제비를 뽑아봐

야 알게 될 것이지만 틀이나 규모(건평15평)가 모두 같은 집들이어서 우
선 겉모습만 봐도 내 집 같은 친근감이 들어 발길 닿는 대로 내장 공사
가 한창인 가까운 집 마루에 걸터앉아 우선 허리부터 폈다. 아쉬운 대로
등치만이라도 모양을 갖춘 집을 본 아내의 표정이 한결 누그러진 것 같
았다.

아내는 아직 구들도 안 깐 방에 성큼 들어서더니 아람으로 길이를 재
어보고 눈대중으로 살림살이 넣을 걱정부터 하고 있었다. 널따란 마루에
는 주단을 깔고 찬장은 어디 놓고 응접 셋트는 무슨 색으로 해야 어울리
겠다는 둥… 성급한 아내의 얼굴을 물끄러미 바라보던 나도 뭔가 맞장구
칠 의견을 내놓아야 할 터인데 아무래도 실감이 나질 않았다.

어느덧 이 마을에 들어선 지도 다섯 달 째. 이젠 마을 사정에도 제법
익숙해졌다. 집고르기 추첨 때 화곡동 청사진을 놓고 한 집 한집 위치며
방향까지 샅샅이 훑은 덕에 이제는 우체부가 찾아와 호수를 물어도 선뜻
가리켜 줄 수 있을 만큼 고참이 되었다. 40분마다 한 번식 드나드는 고맙
기만한(?) 시내버스의 발착 시간이 라디오의 아침 어느 프로와 맞아떨어
진다는 것까지. 아직은 시장도 없고 전화는 물론 변변한 병원 하나 없
는– 없는 것이 있는 것 보다 더 많은 불편을 겪으면서도 앞으로는 뭣도
서고 뭣도 생긴다는 거창하기만한 청사진 속 가느다란 구획선, 즉 도시
계획 선에 목을 매고 기대에 부풀어 있다. 또 그렇게 믿어야만 지금 겪고
있는 고통이 얼마쯤 덜어지는 것 같아 나도 어느새 이런 약속이 금시 이
루어지기라도 하는 것처럼 열을 올리는 버릇이 생겼다. 실지로 이런 나
의 PR 덕분에 같은 회사의 두 동료가 봄 따라 이사 오겠다고 자원하기까
지 했다.

## 철을 앞지르려는 성급한 여심(女心)

"처음 생각했던 것보다는 훨씬 낫다."고 요즘 아내의 태도는 눈에 띄게 달라졌다. 집모양이 하나 둘씩 갖추어짐에 따라 처음 느껴보는 정원(70여평) 딸린 내 집에의 애착도 이려니와 정작 아내의 속셈은 딴 데 있었다. 집이 멀다보니 내가 술타령에 늑장을 마음 놓고 부릴 수 없는 것을 무엇보다도 기뻐하는 눈치였다. 시내서 살 때만 해도 매일같이 통금시간 한정하고 대문 두드려대는 소리에 이웃이 부끄럽다던 아내의 잔소리가 아직도 귀에 쟁쟁하다.

이른 아침이면 줄을 서서 기다려야만했던 변두리 특유의 그 맵고 시린 바람이 어제 오늘 그다지 싫지 않게 느껴지는 것을 보면 화곡동에도 어느새 봄기운이 찾아드는가보다.

일요일 아침마다 오르는 마을 뒷산 골짜기에는 아직 군데군데 희끄무레한 눈발이 반점(斑點)처럼 얼룩져 있다. 그러나 산마루에 올라서 보면 손에 손 잡 듯 좌우로 이어지는 고즈넉한 산등성이들이 연푸른 봄의 윤기(潤氣)를 머금은 채 숨바꼭질을 하고 있다. 마을 앞 저수지 가의 포플러 숲을 지나 공항까지 맞뚫린 무궁화나무 길에 작난감 같은 자동차 물결이 저만치 그림처럼 미끄러져 가고 아직 작취미성(昨醉未醒)인 듯 흐리터분한 하늘이 비를 머금고 낮게 내려앉아 있다.

얼마 전 처음 신을 사 신긴 꼬마까지도 번쩍하면 밖으로 뛰어나가겠다고 법석을 피우고 아내는 양지바른 마루 끝에서 꼬기 꼬기 싸갖고 온 꽃씨 봉지를 풀며 봄맞이 차비에 바쁘다. 겨우내 얼부풀었던 땅이 채 굳기도 전에 철을 앞지르려는 성급한 여심(女心)은 화단 설계 에 여념이 없다. 테라스 언저리에는 포도넝쿨을 올리고 현관 맞은 편 분수 가에는 잔디를 입혀 듬성듬성 심을 사철나무 사이로 꽃가지 수만큼이나 많은 꽃밭을 가꾸겠단다. 여기에다 상치 아욱까지 심어 벌써 반찬값 뜰을 궁리까지 하고 있었다.

북덕 바람이 요란스레 천지를 뒤흔들고 지나가던 밤 기적소리가 유난히 가까이 들리는 걸 보면 내일쯤 비가 올런지도 모르겠다.(주택, 1967. 6월호)

# 임종기(臨終記)

"빨리 뿌리지 못하겠느냐 어서 뿌려라 어서"

두 딸애의 허리춤을 두 손으로 꽉 틀어잡고 몸을 비스듬히 뒤로 젖히고 앉아 외쳐대던 나의 목소리에 겨워 나도 그만 울음을 터뜨리고 말았다.

방금 벽제(碧蹄)화장장에서 조그만 나무상자에 담아가지고 온 아내의 시신을 화장한 재 가루에는 아직 미적지근한 온기가 남아 있었다. 애들은 그것을 단 한 줌이라도 집으로 가져가겠다며 한사코 놓지 않으려고 발버둥을 치는 것이었다. 가까스로 소리치고 타일러서 뿌린 뼈 가루가 강바람을 타고 연기처럼 뿌옇게 되돌아온다.

## 불안한 심박기(心博器)의 경고음

얼음 덮인 강바닥이 아스라이 내려다보이는 벼랑 끝에서 벌어지고 있는 이 처절한 실랑이를 아는지 모르는지 적막강산은 말이 없고 강 건너 고즈넉한 구릉(丘陵)을 휘돌아 감고 흘러가는 강류(江流) 따라 율곡(栗谷)

의 고사가 얽힌 화석정(花石亭)과 그렇게 가보고 싶다던 고향 땅 연백(延白)이 그 너머에 있다는 임진강 상류, 휴전선이 그리 멀지 않은 강기슭에는 조망대를 겸한 군 초소가 철조망 따라 을씨년스러운 모습을 드러내놓고 있어 한 겨울의 추위를 한결 더해주는 것 같다.

삶과 죽음의 경계가 백지 한 장 차이로 오락가락 하던 지난 3일 간의 기억이 아직은 몽롱하기만 하다. 분명히 꿈은 아닌데 그렇다고 현실이 그렇게 명료하지만도 않은 혼란스러운 상태다. 앰불란스의 경적소리 만큼이나 불안한 심박기의 경고음이 따르르 따르르 자지러지면서 곤두박질치는 절망의 늪은 깊어만 가고 애끊는 두 아이의 울부짖음은 높아만 간다.

## 식어가는 가슴에 얼굴을 묻고…

조금 전까지만 해도 양 톱날처럼 들쑥날쑥하던 심박기의 곡선은 거의 굴곡이 없어지고 한참 동안 수평상태로 이어지다가는 한꺼번에 몰아쉬는 가쁜 숨결 따라 갑자기 인풀레 지수(指數) 처럼 푹 솟구친다. 그리고 다시 내리꽂히는 난조(亂調)를 보인다.

담당의사의 설명에 따르면 환자는 이미 뇌사(腦死)상태에 들어갔으나 심장이 멎을 때까지 계속되는 관성적(慣性的)인 반복운동이라는 것이다.

이 소리를 들은 큰 딸애가 제 어머니 가슴에 얼굴을 파묻고 통곡을 터뜨린다. 그리고는 제 동생 손을 끌어다가 제 어머니 가슴에 갖다 대며 살아있을 때 어머니의 숨결을 똑똑히 들어두라며 실성한 사람 나분대듯 한다. 두 애들의 아무렇게나 헝클어진 머리카락 사이로 아내의 얼굴이 검푸르게 변해가고 있었다.

아내가 운명을 한 것은 이튿날 새벽 5시 25분이었다. 환갑을 갓 넘긴 꼭 61세 나이에 먼저 저 세상으로 떠나간 것이다. 결혼을 눈앞에 두고 있는 큰 딸애와 아직 철부지 막내를 남겨놓은 채.

장병(長病)에 효자 없다고 아내가 병석에 누운 지 3년여에 가뜩이나 쪼들리는 가세(家勢)는 더욱 기울어가기만 하였다. 형편이 웬만했으면 병원에 장기입원이라도 해야 할 판인데 혼수(昏睡) 기운이 있을 때만 입원했다가 응급조치로 소생하면 다시 퇴원하기를 몇 번 되풀이하다보니 이번에도 그러려니 하는 막연한 기대를 걸고 입원했었다.

## 고운 한복 입고 상견례(相見禮)

병은 병자 자신이 가장 잘 안다고 그도 자신의 죽음을 진즉부터 예감하고 있었던 것 같다. 돌아가기 바로 전 해 여름에 큰 딸 애 시집식구와의 상견례가 이루어졌었다. 격식은 갖추지 않았어도 약혼식이나 다름없는 행사였다. 인사동에 있는 한 전통음식점에서 있은 이 날의 만남이 이루어지기까지는 아내의 성화가 크게 작용을 했다. 병세가 조금도 호전되지 않고 있는 경황(驚惶)중이라 우선 이런 행사를 주선할 엄두를 낼 수 없었는데 하도 졸라대는 바람에 막상 날짜를 잡아 알려주자 아내는 그렇게 좋아할 수가 없었다.

그날은 딸애의 부축을 받아 목욕까지 하고 자주색 단을 두룬 날아갈 듯 한 망사한복을 입고 자리에 앉아있는 모습이 전에 없이 우아(優雅)하고 생기가 도는 듯 했다.

한 번은 아주 무서운 꿈을 꾸었다며 소스라쳐 깨어 일어나더니 느닷없이 "나 죽거든 반드시 화장을 하여달라"고 지성으로 당부하는 것이었다. 방금 꾼 꿈의 충격 때문인 것 같았다.

누군가에 의해 묘 속으로 떠밀려 들어가는 꿈을 꾸었는데 캄캄절벽으로 사방이 꽉 막힌 묘 안에 갇혀 버둥대다 꿈을 깨었다는 것이다. 그 속이 얼마나 무섭고 답답한 줄 아느냐고 제처 묻더니만 제발 자기 몸은 화장을 해서 강물에 띄워 달라는 마지막 부탁이었다.

젊어서는 불교를 믿다가 뒤에 기독교로 개종한 아내는 죽을 때까지 권사 소임을 맡을 만큼 독실한 신자였다. 그들은 부활(復活)신앙으로 화장을 금하고 있는데도 본인의 생전 소원을 저버릴 수 없다 하여 담당 목사도 동의를 한 것이다. 그는 지금 쯤 온갖 속박 훌훌 다 털어버리고 자신의 소원대로 자유의 비상(飛翔)을 하고 있을 넌지 이따금 그 황량(荒凉)한 강 언덕의 정경을 떠올릴 때가 있다.(2006.12.)

# 복사 골 사계(四季)

소사(素沙) 복숭아로 유명했던 부천(富川)으로 이사 온지도 벌써 6년째로 접어들고 있다. 이 고장 향토문인들은 복사 골의 노래를 즐겨 부른다. 그러나 옛 과수원과 전지(田地)들이 모두 도시 택지로 개발되는 바람에 이제 복숭아밭은 그 어디에서도 찾을 길이 없다. 다만 조선 초의 명재상 하연(河演)과 동도지(東桃枝, 가장 척사 斥邪의 힘이 강하다고 믿었던 동쪽으로 뻗은 복숭아나무 가지)에 얽힌 축귀(逐鬼) 전설만이 전해 올뿐이다.

## 가뭄 모르는 옻 우물 약수

그 중에도 서울 신월동 오류동 온수동과 산등성이를 마주대고 있는 부천 작동(鵲洞)과 성곡동(省谷洞) 일대만이 야트막한 구릉(丘陵) 산지를 낀 산야로 남아 있어 그나마 삭막한 도시 속의 숨통 구실을 하고 있다.

거기다 사철 물이 철철 쏟아지는 약수터까지 있어 그야말로 금상첨화(錦上添花)다. 해발로 쳐도 1백 미터가 체 안 되는 산기슭 잡목림 속에 옻

나무 한 그루가 있다고 해서 붙여진 이름이 옻 우물,  한자로는 칠천(漆泉)이다. 토박이 동노(洞老)들 말에 의하면 예부터 피부병에 특히 좋다는 선성을 얻고 있다고 했다.

북한산이나 천마산(天摩山)같은 높은 산에서도 물이 말랐던 지난해 가을에도 이 약수에서는 장정 엄지손가락 만 한 물 줄기가 여전히 솟아 뜻밖의 천혜(天惠)를 누리는 것 같았다.

집에서 약수터까지는 2킬로 남짓한 거리. 보통 걸음으로 20분가량 걸리는데 걷느라 속이 얼마쯤 달아올랐을 때 한 바가지 떠서 마시는 약수 맛이 그럴 수 없이 시원하다. 내장 속까지 다 뚫리는 것 같은 그 알싸한 광물성 물맛으로 하여 순간 몸과 마음이 자연과 동화되는 것 같은 느낌이 든다.

약수 소문이 얼마나 널리 퍼졌던지 서울 쪽과 부천 시내 인천 등지에서까지 차를 몰고 오는 바람에 겨우 경운기나 다닐만한 좁다란 길 주변은 온통 뿌연 흙먼지로 뒤덮여버리고 말았다. 고요하기만 하던 논틀밭틀 길에도 마침내 문명의 공해(公害)가 밀어닥친 것이다.

작년 봄까지만 해도 약수터 다니는 사람이 그렇게 많지가 않았다. 늦은 시간 후미진 굽잇길 목에서는 무뢰배(無賴輩)들까지 출몰한다는 소문이 나돌아 부녀자들은 몇 사람 식 무리를 지어 다닌다고들 했다.

## 유배(流配)심리를 달래고

이제는 그럴 염려를 던 대신에 사람의 발길과 자동차가 내뿜는 배기가스의 오염(汚染)이 날로 번져가고 있다  서울에서 이 먼 곳까지 이사를 나올 때는 형편이 여의치 못했기 때문인데 그나마 이 약수터로 해서 처음에 느꼈던 유배(流配)심리가 얼마쯤은 상쇄(相殺)되었다고 내심 기뻐하고 있던 참이다.

이른 봄이면 양지 바른 비릿 냇가 둑길 따라 나물을 캐고 있는 어린 소녀들의 익숙한 손놀림을 보면서 머나먼 남도 산촌(山村)의 봄을 추억하게 된다.

경상도 거창(居昌) 산골에서 자란 나는 어린 시절 학교에서 돌아오기가 바쁘게 염소를 몰고 마을 앞 냇가로 나가 풀을 뜯기며 물 오른 버들강아지 꺾어 귀가 아프도록 불던 버들피리 소리가 지금도 귓가에 쟁쟁하게 들리는 것 같다. 집 안팎을 돌아다니며 시도 때도 없이 불어대던 버들피리 소리에 '뱀이 나온다.'고 성화를 대시던 어머니 얼굴이 겹쳐서 떠오른다.

그런데 평택(平澤) 들녘에서 자란 아내는 처음엔 이런 나의 시골 취향(趣向)을 그리 달갑게 여기지 않다가 내가 하도 열중하는 것을 보고는 뒤늦게 옛 솜씨를 발휘하여 약수터 오가는 길에 쑥이며 냉이를 한 옹큼씩 캐다가 밥상에 올리곤 하였다.

개천을 오른 쪽으로 끼고 가다가 맞은 편 시루봉 언덕에 진달래꽃이 필 무렵이면 이 고장 봄은 절정을 이룬다. 올해로 벌써 2년째 이 꽃을 따다가 술을 담궈 먹고 있다.

1천여 평 쯤 되는 진달래 꽃밭에 들어서면 그 화사한 꽃빛에 물들어 얼굴이 불그레하게 상기되면서 홍조(紅潮)를 띤다. 꽃이 핀 다음 비를 맞으면 꽃잎이 희끄무레하게 퇴색(退色)하기 때문에 되도록 꽃이 막 필 무렵 첫 물에 따야 좋고 홑꽃보다는 겹꽃이 더 소담스럽고 색깔도 곱다.

## 첫 꽃 따다 두견주(杜鵑酒) 빚어

아내와 둘이서 주말 하루 온 종일 따면 부대로 돼 자루가 되는데 소주를 부어 독에 담가 땅 속에 묻었다가 6개월 만에 파내면 비로소 푹 익는다. 진달래술에 독성(毒性)이 있다고들 하는데 꽃 수술을 뽑아내고 꽃잎만 담그면 제독(除毒)이 된다. 이 술을 아침 공복에 한 잔 식 마시면 신경통 예방에 그리 좋다고 한다.

그리고 이맘 때 쯤이면 마을 앞 농장 울밑에서 새 순이 돋기 시작하는 캄푸리 잎은 나의 식탁에서 빼놓을 수 없는 영양식단이다. 갓난아기 조막손처럼 도톰하고 연한 캄푸리 잎을 따다가 계란을 풀어가지고 후라이팬에다 지지면 흡사 생선 전 맛이다.

지지난 해 여름에는 한꺼번에 140mm가 넘는 폭우가 집중적으로 쏟아지는 바람에 폭이 5.6m밖에 안 되는 비릿 내가 넘쳐 고지대로 피란까지 간 일이 있다. 토박이들 말에 의하면 20년만의 큰물이라고 한다. 이 일대가 원래 논이었던 것을 택지로 개발하여 침수가 잘 된다는 것이다. 홍수가 지나가고 난 냇가에서는 동내 아희들이 그물질을 하는 모습도 눈에 띤다. 아직은 물이 살아있다는 증좌다. 그러나 비가 오지 않는 갈수기(渴水期)에는 물줄기가 끊어지지 않을 정도로 말라 버려 바닥이 거의 드러난다. 거기에다 목장 쪽에서 흘러내리는 가축 분뇨까지 뒤섞여 물빛은 시커면 오물(汚物)로 변해버리고 만다.


## 추억의 산밤 서리

대지는 이렇게 몸살을 앓고 있는데도 어김없이 찾아오는 가을은 역시 푸지고 살져서 좋다.

지난해 가을의 산(山)밤 서리는 도시인으로서는 좀처럼 맛보기 힘든 황금 같은 기쁨이었다.

그러나 말이 서리지 산을 온통 뒤덮은 야생 밤나무 숲은 무주공산(無主空山)으로 빽빽하게 자라고 있기 때문에 누구나 재주껏 따 먹는 사람이 임자였다. 밤알이라야 고작 도토리 만한데 풀 섶에서 윤기(潤氣)가 반들거리는 알밤을 주을 때마다 하도 신기해서 나도 모르게 탄성(歎聲)이 터져 나온다. 긴 장대를 휘둘러서 턴 풋밤송이는 뾰족한 막대기로 겉껍데기의 결을 질러서 깐다. 보통 두 세 개식 들어 있는 풋밤은 표피(表皮)를 벗겨낸 다음 속 살갗을 엄지손톱으로 밀어서 발라낸다. 속살만 남은 밤알을 오도독 깨무는 순간 싱그러운 풋밤 내움이 온 입 안에 가득 괸다.

신경질환으로 여름내 입원생활을 하다가 갓 퇴원한 아들 녀석이 처음에는 썩 내키지 않는지 그냥 무심코 지나치더니 밤 서리에 맛을 들인 뒤부터는 주말만 되면 먼저 룩섹을 짊어지고 집을 나선다. 밤도 따고 산바람도 쐬고 온 가족이 실로 오랜만에 한 마음으로 웃음을 되찾은 일거삼득(一擧三得)의 행복한 시간이었다.

## 봄을 기다리는 가난한 시인처럼

유난히도 춥고 지루했던 지지난 해의 겨울이 나에게는 가시 같은 아픔으로 기억된다. 살을 애일 듯 매운바람을 안고 눈 덮인 산모퉁이 길을 돌아가면서 지금쯤 차디 찬 감방 안에 웅크리고 앉아 있을 큰 딸애의 영양실조로 누르딩딩하게 부어오른 얼굴이 불현듯 떠올랐기 때문이다. 그때마다 나는 자식의 가슴에 못을 박은 회한(悔恨)과 자책으로 가슴을 쥐어뜯으며 몸을 떨었다. 아마 이것이 바로 정화수 떠받혀놓고 소지(燒紙)

장 사르며 못다 푼 전생의 업장(業障) 녹여달라고 빌고 또 빌던 소복(素服)차림 어머니의 심정 아니었을까 싶다.

꽁꽁 얼어붙은 시냇물 밑으로 소리 없이 흘러내리는 실낱같은 물줄기처럼 봄을 기다리는 가난한 시인(詩人)이 되어 나는 거의 날마다 백로(白鷺)가 춤추는 그림엽서를 감방 안으로 띠워 보냈다. 마음이라도 훨훨 창살 밖으로 날려 보내게 하고 싶었기 때문이다. 때로는 내용이 너무 어둡고 자극적이라는 이유로 전달되지 않고 되돌아오는 것도 있었다. 나 혼자 만의 부질없는 넋두리를 담아 보낸 사연에 딸애의 먹물 같은 답장이 날아들 때는 가슴이 철렁 내려앉는다. 한껏 절제(節制)된 말의 행간(行間)에서 원망 섞인 자학(自虐)의 그림자를 발견했기 때문이다.

올 겨울 따라 눈도 참 인색하기도 하다. 찬바람 속에 잔뜩 웅크리고 누워있는 붉은 들판(赤隱坪)이 바람에 나부끼는 비닐자락처럼 스산하기만 하다.(1985)

마을 앞 시루봉 언덕을 물들인 진달래 꽃밭에서

# 이별 연습

어쩌다 지나가는 32 번 버스를 보기만 해도 불현듯 아내 얼굴이 떠오른다. 오랜 병원생활 끝에 지치고 고통으로 일그러진 얼굴이 생시처럼 눈앞에 아른 거린다.

그러니까 지지난해 말께부터 병원생활을 처음 시작하여 서울과 수원의 병원을 전전하다가 재활(再活)과 치료를 겸해서 하는 시흥요양병원으로 옮긴 것이 지난 해 초가을이다.

그 유명타는 시흥포도가 한창 무르익어갈 무렵이었으니까 한 여름 더위가 한풀 꺾이고 이따금 생량(生凉)한 기운이 옷소매를 스치고 지나가기만해도 절로 시려오는 가슴을 남몰래 어루만지곤 하였다.

이때 마음은 벌써 겨울을 예감하고 있었는지 모른다. 아내와의 이승에서의 마지막 3개월은 그래서 더더욱 나에게는 힘든 시간이었다. 그러나 다른 한편으로는 폭풍 전야의 고요 같은 이 '불안한 평온'이 마냥 지속되기를 내심 바라고 있었다.

내가 사는 안양(安養)에서 시흥(始興)까지는 버스로 약 40여 분 거리.

이 고장의 유일한 바다 출구인 소래(蘇來) 포구까지 가는 버스가 32번인데 시흥시내 초입에 있는 등기소에서 내려 병원까지는 또 걸어서 한 10여 분이 걸리는 거리다. 길 양 편으로 드문드문 주택이 들어서 있으나 아직은 전원 풍경이 얼마쯤 살아있는 호젓한 거리를 씨엉씨엉 걷다보면 병원 못 미쳐 둔덕 위 밭에서 여름내 자란 옥수수 대가 제 무게를 이기지 못해 보도바닥에 널부러져 길을 가로 막는다. 일손이 모자란 때문인지 한동안 치우지 않고 방치하는 바람에 하는 수 없이 차도로 내려가 걸으면서도 불평 한마디 하지 않은 것은 살아있는 자연의 호흡을 훼방치고 싶지 않아서였을 게다. 이 같은 생명에의 외경심(畏敬心)은 호전될 기미를 보이지 않고 날로 사위어 가는 아내의 병세가 마음에 걸려서 더욱 더 깊어졌는지도 모른다.

2층 병실에서 차츰 누 런 빛으로 물들어가는 시흥들을 물끄러미 바라다보던 아내는 그것으로는 성에 차지 않았는지 4층에 있는 옥상 휴게실로 가자고 한다. 시야가 더 넓어지니까 가슴이 후련해진다고 했다. 그리고 옥상 뒤쪽에 있는 산 숲에서 풍기는 향긋한 소나무 향이 코끝을 스칠 때마다 어린애처럼 좋아하는 모습을 보고 병원에 오는 날이면 일주일에 서너 번은 재활치료가 끝나는 대로 반드시 옥상 휴게실로 데려가 솔숲바람 목욕을 시키곤 하였다. 그러면서 나는 마음속으로 이별 연습을 하고 있었다. 그와의 동반 40 여년을 정리하는 마음 속 이별 연습을 하고 있었다. 처음에는 아내의 마지막 순간을 생각만 해도 가슴이 먹먹해 오는 것이 이 고비를 과연 어떻게 넘길 수 있을까 하고 내심(內心) 두려운 생각이다 들었다.

'너는 너 나는 나' 하는 식으로 마음을 냉정하게 고쳐먹으라는 어느 선배의 충고도 들을 때뿐이고 돌아서면 금시 덧난 상처처럼 에어오는 가슴의 아픔을 주체할 길이 없었다.

수원 빈센트 병원에서 먹던 약과 시흥병원 약의 색깔이 다르다고 바꿔오라는 것을 효력은 똑같다는 의사의 말만 믿고 차일피일 미루다가 뒤늦게 바꿔다 준 것이 다 후회가 되고 자책(自責)까지 된다.

그러나 이렇게 보낸 마지막 3 개월이 그나마 행복했는지 모른다. 그가 살아 숨 쉬고 있는 병상을 지키면서 이 상태로라도 곁을 지킬 수만 있다면 하고 바란 것은 나의 지나친 욕심이었을까. 유난히도 추위가 빨랐고 모질게 느껴졌던 지난해 겨울 어느 날 아내는 기어코 그 먼 길을 떠나고 말았다. 그리고 그가 생시에 그렇게 좋아했던 솔향기가 사철 풍기는 양평(楊平)의 한 수목원 소나무 밑에 묻혔다.(참 좋은 이들 21, 2011.7월호)

# 단군 저작상(著作賞)을 받고…

제가 단군을 국조(國祖)로서 처음 만난 것은 신문사에 들어가 막 견습기자 딱지를 떼일 무렵이었습니다. 50년대 말로 기억됩니다. 그 이후 50년 넘게 신화(神話)아닌 단군의 실재(實在)와 역사 복원, 그리고 단군 전건립운동의 최전선(最前線)을 한 발짝도 벗어나지 않고 지켰다는 나름의 자부심을 가지고 있었습니다. 그 연장선상에서 이번에 '역사의 고향으로 떠난 사람들'을 출간(出刊)하게 된 것입니다. 저로서는 자식이 부모를 섬기듯 너무도 당연한 도리(道理)를 다 한 것뿐인데 이렇게 분에 넘치는 상(賞)까지 주시니 앞으로 남은 여생 더욱 분발(奮發)하라는 격려(激勵)와 채찍으로 알고 감사히 받겠습니다.

얼마 전에 국사교과서가 국정(國定)에서 검인정(檢認定)으로 바뀐 뒤 처음으로 서점에 들려 고조선(古朝鮮)의 서술 내용을 한 번 살펴보았습니다. 그런데 아직도 일부 교과서는 국정(國定) 때보다도 오히려 더 후퇴(後退)한 기술을 하고 있는가 하면 모범적인 모델을 제시한 교과서도 있었습니다.

그 중의 하나가 '삼화 한국사' 입니다. 이 교과서 첫머리 '단군 고조선을 세우다.' 라는 항목을 보면 '족장(族長) 사회에서 가장 먼저 국가로 발전한 것이 고조선(古朝鮮)이다. 고조선을 세운 중심 세력은 환웅(桓雄) 부족과 곰(웅 熊) 부족이었다. 두 부족의 연합으로 탄생한 지배자 단군왕검(檀君王儉)은 제사장(祭司長)으로 정치적 지배자를 겸하였다.' 고 〈삼국유사〉에 처음 등장하는 원(原) 단군 기록의 취지(趣旨)를 그대로 살려 기술하고 있었습니다.

그러나 아직도 우리 앞에는 풀어야할 과제가 많습니다. 그것은 너무나 험난하지만 우리가 기필코 넘어야할 산이기도 합니다. 명실상부(名實相符)한 단군 역사의 복원을 위해서는 지금까지의 문헌사학적(文獻史學的)인 한계(限界)를 뛰어넘어야 하기 때문입니다.

일찍부터 우리 고대사의 요람(搖籃)이었던 요동(遼東)을 중심으로 하는 요하(遼河)문명 발원지에서 그 단서(端緒)를 찾는 작업이 눈앞의 당면 과제입니다. 중국 측의 대대적인 발굴로 베일을 벗기 시작하는 동이(東夷)문명의 발원지(發源地), 홍산(紅山)문화 유적이 바로 그것입니다. 그 중에서도 '아사달'로 곧잘 비정(比定)되는 조양(朝陽) 서북방 50km지점에 있는 우하량 유적(牛河梁 遺蹟)에서는 BC 3500년까지 올라가는, 그러니까 5500년 전 대형 제단(祭壇)과 여신묘(女神廟, 사당)가 발굴되었는데 현장(現場) 안내판에 보면 이 유적이 '원형(原形)으로서의 초기적(初期的) 국가가 되기 위한 모든 조건, 즉 all conditions to be a state를 갖추고 있다고 표기하고 있습니다. 이를 가리켜 일반적으로 '신비(神秘)의 왕국' 또는 '여왕국'으로 불리는 고대 국가가 이 지역에 존재했었다고 보는 것입니다. 우리의 역사연대로 치면 우리가 지금까지 신화(神話)로만 다루고 있는 단군 이전 환웅(桓雄)시대에 해당되겠습니다.

그렇다면 이 홍산문화의 주인공은 과연 누구냐 하는 문제가 대두(擡頭)되는데 원래 이 지역은 한족(漢族), 즉 화하족(華夏族)의 입장에서 보면 그들이 동방 오랑캐라고 수천 년 래 멸시해오던 동이족(東夷族)의 본거지입니다. 발굴 당시인 1980년대 초까지만 해도 이것은 당연히 동이족의 문화라는 것을 그들도 부정하지 않았습니다. 그 대표적인 예로 당시의 중국고고학회 상임이사장 곽대순(郭大順)은 여신묘에서 발견된 곰과 용을 상징하는 웅룡(熊龍) 조각상을 두고 '그 상징성(象徵性)과 곰의 습속을 한(韓)민족과 관련지어 단군을 낳은 웅녀(熊女)일수도 있다는 추론(推論)을 가능케 한다.'고까지 말한 적이 있습니다.

그러나 그 뒤 동북공정(東北工程)에 앞서 2003년부터 그들이 추진했던 중국고대문명의 근원을 탐구하는 이른바 탐원공정(探源工程)을 계기로 상황은 180도로 달라졌습니다. 지금까지 세계 4대문명의 하나로 그들이 자랑하던 황하(黃河) 문명보다도 최대 1500년이 앞서는 홍산 우하량 유적을 품고 있는 요하문명을 그들의 시원사(始源史)로 바꿔치기 한 것입니다.

역사상 화하족이 그들의 수장인 황제(黃帝)의 정통성(正統性)에 도전(挑戰)한 난적(亂賊)으로 철천지원수(徹天之 怨讐)처럼 구적시(仇敵視)하

출판기념회의 단상에서
(출판기념회)

던 치우(蚩尤)를 어느 날 갑자기 염제신농씨(炎帝神農氏)와 함께 중화삼
조당(中華 三祖堂)에 모셔놓고 중화민족의 공동 조상이라고 받들던 그
수법으로 이번에는 여신묘에서 발견된 등신대(等身大)의 여신상(女神像)
을 두고 홍산인의 여자 조상이자 중화민족의 공동 조상이라고 눈 딱 감
고 우겨대고 있습니다. 논리란 원래 합리성을 그 전제로 하는 것인데 이
두 가지가 모두 실종(失踪)된 막무가내 식 역사침탈(歷史侵奪) 앞에서 그
들과 대적(對敵)하는 데는 분명 한계(限界)가 있습니다. 일제식민사관(日
帝 植民史觀)이라는 여우 굴을 피해서 이번에는 중국의 역사패권주의(歷
史 覇權主義)라는 호랑이 굴에 든 격이 되었습니다.

　그러나 마지막 승부(勝負)는 원천적으로 우리에게 있는 역사 사실과
그 현장이 일치하고 있다는 사실을 확신하고 저들의 터무니없는 날조극
(捏造劇)의 실상을 밝혀내는 데 총력을 기울여야 하리라고 생각합니다.
또 한 가지 우리가 명심해야할 것은 일부이긴 합니다마는 우리들의 사려
(思慮) 깊지 못한 ‘단군 부인(否認)’이 저들에게 단군 말살(抹殺)의 빌미

를 제공하는 자해(自害) 행위가 되고 있다는 사실을 이젠 분명히 깨달아야 할 때입니다.

그리고 지금이야말로 '하늘은 스스로 돕는 자를 돕는다.'는 격언(格言)과 같이 "역사 연구를 게을리 할 경우 자기 역사를 지킬 수 없다."고 일찍이 북한 역사학자들에게 경고(警告)했다는 중국 초대총리 주은래(周恩來)의 말을 다시금 되새겨 보아야할 때입니다.(2011.12. 27.)

# 빛깔있는 책들


## 민속(분류번호 : 101)

| | | | | |
|---|---|---|---|---|
| 1 짚문화 | 2 유기 | 3 소반 | 4 민속놀이(개정판) | 5 전통 매듭 |
| 6 전통 자수 | 7 복식 | 8 팔도 굿 | 9 제주 성읍 마을 | 10 조상 제례 |
| 11 한국의 배 | 12 한국의 춤 | 13 전통 부채 | 14 우리 옛 악기 | 15 솟대 |
| 16 전통 상례 | 17 농기구 | 18 옛다리 | 19 장승과 벅수 | 106 옹기 |
| 111 풀문화 | 112 한국의 무속 | 120 탈춤 | 121 동신당 | 129 안동 하회 마을 |
| 140 풍수지리 | 149 탈 | 158 서낭당 | 159 전통 목가구 | 165 전통 문양 |
| 169 옛안경과 안경집 | 187 종이 공예 문화 | 195 한국의 부엌 | 201 전통 옷감 | 209 한국의 화폐 |
| 210 한국의 풍어제 | 270 한국의 벽사부적 | | | |

## 고미술(분류번호 : 102)

| | | | | |
|---|---|---|---|---|
| 20 한옥의 조형 | 21 꽃담 | 22 문방사우 | 23 고인쇄 | 24 수원 화성 |
| 25 한국의 정자 | 26 벼루 | 27 조선 기와 | 28 안압지 | 29 한국의 옛 조경 |
| 30 전각 | 31 분청사기 | 32 창덕궁 | 33 장석과 자물쇠 | 34 종묘와 사직 |
| 35 비원 | 36 옛책 | 37 고분 | 38 서양 고지도와 한국 | 39 단청 |
| 102 창경궁 | 103 한국의 누 | 104 조선 백자 | 107 한국의 궁궐 | 108 덕수궁 |
| 109 한국의 성곽 | 113 한국의 서원 | 116 토우 | 122 옛기와 | 125 고분 유물 |
| 136 석등 | 147 민화 | 152 북한산성 | 164 풍속화(하나) | 167 궁중 유물(하나) |
| 168 궁중 유물(둘) | 176 전통 과학 건축 | 177 풍속화(둘) | 198 옛 궁궐 그림 | 200 고려 청자 |
| 216 산신도 | 219 경복궁 | 222 서원 건축 | 225 한국의 암각화 | 226 우리 옛 도자기 |
| 227 옛 전돌 | 229 우리 옛 질그릇 | 232 소쇄원 | 235 한국의 향교 | 239 청동기 문화 |
| 243 한국의 황제 | 245 한국의 읍성 | 248 전통 장신구 | 250 전통 남자 장신구 | |

## 불교 문화(분류번호 : 103)

| | | | | |
|---|---|---|---|---|
| 40 불상 | 41 사원 건축 | 42 범종 | 43 석불 | 44 옛절터 |
| 45 경주 남산(하나) | 46 경주 남산(둘) | 47 석탑 | 48 사리구 | 49 요사채 |
| 50 불화 | 51 괘불 | 52 신장상 | 53 보살상 | 54 사경 |
| 55 불교 목공예 | 56 부도 | 57 불화 그리기 | 58 고승 진영 | 59 미륵불 |
| 101 마애불 | 110 통도사 | 117 영산재 | 119 지옥도 | 123 산사의 하루 |
| 124 반가사유상 | 127 불국사 | 132 금동불 | 135 만다라 | 145 해인사 |
| 150 송광사 | 154 범어사 | 155 대흥사 | 156 법주사 | 157 운주사 |
| 171 부석사 | 178 철불 | 180 불교 의식구 | 220 전탑 | 221 마곡사 |
| 230 갑사와 동학사 | 236 선암사 | 237 금산사 | 240 수덕사 | 241 화엄사 |
| 244 다비와 사리 | 249 선운사 | 255 한국의 가사 | 272 청평사 | |

## 음식 일반(분류번호 : 201)

| | | | | |
|---|---|---|---|---|
| 60 전통 음식 | 61 팔도 음식 | 62 떡과 과자 | 63 겨울 음식 | 64 봄가을 음식 |
| 65 여름 음식 | 66 명절 음식 | 166 궁중음식과 서울음식 | | 207 통과 의례 음식 |
| 214 제주도 음식 | 215 김치 | 253 장醬 | 273 밑반찬 | |

## 건강 식품(분류번호 : 202)

105 민간 요법        181 전통 건강 음료

## 즐거운 생활(분류번호 : 203)

67 다도            68 서예            69 도예            70 동양란 가꾸기      71 분재
72 수석            73 칵테일          74 인테리어 디자인    75 낚시            76 봄가을 한복
77 겨울 한복         78 여름 한복         79 집 꾸미기         80 방과 부엌 꾸미기    81 거실 꾸미기
82 색지 공예         83 신비의 우주        84 실내 원예         85 오디오          114 관상학
115 수상학         134 애견 기르기        138 한국 춘란 가꾸기   139 사진 입문       172 현대 무용 감상법
179 오페라 감상법     192 연극 감상법       193 발레 감상법       205 쪽물들이기       211 뮤지컬 감상법
213 풍경 사진 입문    223 서양 고전음악 감상법                 251 와인           254 전통주
269 커피

## 건강 생활(분류번호 : 204)

86 요가           87 볼링           88 골프           89 생활 체조        90 5분 체조
91 기공           92 태극권          133 단전 호흡       162 택견           199 태권도
247 씨름

## 한국의 자연(분류번호 : 301)

93 집에서 기르는 야생화              94 약이 되는 야생초   95 약용 식물                96 한국의 동굴
97 한국의 텃새       98 한국의 철새       99 한강           100 한국의 곤충       118 고산 식물
126 한국의 호수      128 민물고기        137 야생 동물       141 북한산         142 지리산
143 한라산         144 설악산         151 한국의 토종개     153 강화도         173 속리산
174 울릉도         175 소나무         182 독도           183 오대산         184 한국의 자생란
186 계룡산         188 쉽게 구할 수 있는 염료 식물           189 한국의 외래 · 귀화 식물
190 백두산         197 화석          202 월출산          203 해양 생물       206 한국의 버섯
208 한국의 약수      212 주왕산         217 홍도와 흑산도     218 한국의 갯벌      224 한국의 나비
233 동강          234 대나무         238 한국의 샘물       246 백두고원        256 거문도와 백도
257 거제도

## 미술 일반(분류번호 : 401)

130 한국화 감상법     131 서양화 감상법      146 문자도         148 추상화 감상법     160 중국화 감상법
161 행위 예술 감상법   163 민화 그리기       170 설치 미술 감상법   185 판화 감상법
191 근대 수묵 채색화 감상법            194 옛 그림 감상법     196 근대 유화 감상법    204 무대 미술 감상법
228 서예 감상법      231 일본화 감상법      242 사군자 감상법     271 조각 감상법

## 역사(분류번호 : 501)

252 신문          260 부여 장정마을      261 연기 솔올마을      262 태안 개미목마을    263 아산 외암마을
264 보령 원산도      265 당진 합덕마을      266 금산 불이마을      267 논산 병사마을     268 홍성 독배마을